Christoph Marzi

Malfuria

Arena

In neuer Rechtschreibung

1. Auflage 2007

Gesamtherstellung: Westermann Druck Zwickau GmbH
ISBN: 978-3-401-06089-7

www.arena-verlag.de

Prolog

Sie waren wegen ihr gekommen, so viel stand fest. Die Nebelnymphen, die in den frühen Morgenstunden am Strand anzufinden waren, hatten es ihr gesagt. Vor Tagen schon.

Jetzt waren sie hier und nichts würde sie aufhalten.

Nuria Niebla, die alt und gebrechlich wirkte, stützte sich auf ihren Gehstock und wankte zu dem Küchenschrank, der schäbig aussah wie sie selbst. Zwischen den Tassen, Tellern und dem anderen wertlosen Tand hatte sie die Papierrollen aufbewahrt, all die Jahre lang. Vergilbt waren sie, ganz fleckig und an den Ecken eingerissen. Nicht mehr so elegant, wie sie einst gewesen waren. Nur altes Papier, auf das vor langer Zeit ein Mädchen lebendige Bilder gemalt hatte. Damals nannte man sie einfach Nuria. Sie war ein ganz gewöhnliches Mädchen gewesen und nicht die alte Rabenmutter, die den Dorfbewohnern stets mit ihren Mittelchen und Wässerchen half, wenn sie ein Leiden plagte.

Doch die Zeiten ändern sich. Jetzt war sie eine alte Frau, deren einziger Begleiter ein mürrischer Rabe namens Rabe war.

Die Leute im Dorf dachten, dass sie weise sei, aber das war sie nicht. In ihrem Herzen war sie noch immer das junge Mädchen, das es auf die Insel verschlagen hatte und das hier zu zeichnen begonnen hatte.

»Du solltest fortgehen«, hatten die Nebelnymphen ihr geraten. Dicht über den Wassern hatten sie geschwebt.

»Ich bin zu alt zum Fortlaufen.« Das war die Wahrheit.

»Aber sie werden kommen.«

»Ich werde vorbereitet sein.«

Ihr Entschluss hatte festgestanden. Doch jetzt, wo es so weit war, verließ sie der Mut.

Vorsichtig öffnete sie die gläsernen Türen des Schranks und holte die Pergamentrollen hervor. Zeichnungen waren es und Karten, die sie all die Jahre über angefertigt hatte. Sie atmeten in ihren Armen wie lebendige kleine Kinder. Das brüchige Papier zitterte förmlich, als habe es schlecht geträumt.

»Ihr müsst keine Angst haben«, flüsterte die alte Frau den Pergamentrollen zu. Die faltigen Hände streichelten zärtlich über die raue Oberfläche, spürten die Verzweiflung. »Es wird bald vorüber sein.« Sie senkte ihre Stimme, redete behutsam auf die Karten und Bilder ein.

Doch das Papier, das jünger war als sie selbst, fürchtete sich noch immer. Es raschelte sein Papierrascheln und wisperte sein Papierwispern. Es flehte sie an, es nicht allein zu lassen.

Nuria Niebla seufzte und schaute zum Fenster hinaus. Draußen erklangen die panischen Schreie der Menschen, die um ihr Leben rannten. Dabei hatte keiner der Dorfbewohner die geringste Ahnung, woher die Wesen kamen, die dem Arxiduc folgten. Wäre es ihnen bekannt gewesen, dann hätten sie sich erst gar nicht die Mühe gemacht zu fliehen. Denn dem, was im Dorf wütete, konnte man nicht entkommen. Allein den Versuch zu wagen war so unsinnig wie der, seinem Spiegelbild davonlaufen zu wollen. Nuria Niebla wusste, es würde keine Rettung geben. Das Dorf würde schon bald nicht mehr existieren und die Bewohner anderer Dörfer würden erschauern, wenn sie auch nur seinen Namen nannten.

Die alte Frau schloss den Schrank.

Ihr ganzes Leben lang hatte sie befürchtet, dass der Arxiduc sie finden würde. Jetzt war er hier und nichts auf der Welt konnte sie retten.

»Ihr müsst keine Angst haben«, flüsterte sie dem bebenden Papier erneut zu. Die Pergamentrollen raschelten aufgeregt, tuschelten untereinander.

Dunkle Schatten huschten draußen am Fenster vorbei. Wie Flügelschläge aus dunklen Wolkenfetzen, so sahen sie aus. Nuria Niebla spürte, wie die Kälte bis in die behagliche Stille ihrer Küche eindrang.

Die alte Frau ließ sich auf einem Stuhl nieder, der mitten im Raum stand. Ein alter Stuhl aus Holz war es, einer, den sie selbst gezimmert hatte, vor vielen Jahren. Zu ihren Füßen glänzten die Dielen feucht und der beißende Geruch des Petroleums, das sie überall um den Stuhl herum verschüttet hatte, stieg ihr in die Nase.

Die Pergamentrollen hielt sie fest im Arm, drückte sie an sich, fest, ganz fest.

So würde der Arxiduc sie vorfinden. Eine Frau mit Kittelschürze und schmutzigem Rock, die wie eine Bauersfrau aus der Gegend aussah und doch keine war. Ein Kopftuch machte noch lange keine Bauersfrau. Sie war mehr gewesen. Jemand, den die Welt schon fast vergessen hatte.

Der Rabe, der auf dem Küchentisch stand, senkte den Kopf und betrachtete sie traurig. Die beiden kannten einander noch nicht lange, aber Nuria Niebla war die Rabenmutter des Dorfes, schon immer gewesen, und hatte sich des einsamen Tieres angenommen. Jetzt konnte sie ihr eigenes Antlitz in den Augen des Raben erkennen.

»Sie werden sich holen, was du ihnen niemals geben wirst«, hatte der Rabe zu ihr gesagt. Nuria hatte ihm von den Nebelnymphen erzählt, sie vertraute ihm. »Der Arxiduc wird keine Gnade walten lassen. Dein Verderben wird auch das aller anderen sein.« Er hatte sie mit seinen pechschwarzen Rabenkulleraugen angesehen und sie hatte gewusst, dass er recht hatte.

Jedoch getan hatte sie nichts.

Nur gewartet.

Darauf, dass sie zur Insel kommen würden.

Wie töricht sie doch gewesen war!

Jetzt war es so weit und jene, die dem Arxiduc dienten, brachten Leid und Finsternis über das gesamte Dorf. Der Rabe hatte es vorhergesehen.

Nuria Niebla schloss die Augen. Das, was sie dem Arxiduc niemals würde geben wollen, hielt sie zärtlich in ihren Armen wie ein Kind, das man trösten und beschützen musste.

Die alten Pergamentkarten zeigten Länder und Kontinente, Wälder und Ebenen. Breite Straßen kreuzten sich auf ihnen mit schmalen Wegen, Flüsse strömten in die blaue See. Jeder Strich und jede Linie hatte ihre Bestimmung. Papier nur, gewiss, aber eines, in das ihr Herzblut geflossen war.

Niemals dürfte der Arxiduc diese Zeichnungen benutzen. Unvorstellbar wäre, was dann geschähe.

»Er wird sie dir wegnehmen«, krächzte der Rabe auch jetzt noch.

Die Schreie draußen verstummten mehr und mehr. Es ging zu Ende. Nichts würde von dem Dorf an den Steilklippen nahe dem Port Xarraca übrig bleiben. Nur Schatten würde es hier geben. Finsterste Nachtfetzen, die in den Ruinen der Häuser lauern und arglosen Wanderern ganz sicher zum Verhängnis werden würden.

»Du musst etwas für mich tun«, sagte die alte Frau zu dem Raben.

Die schwarzen Knopfaugen betrachteten sie stumm.

Vor dem kleinen runden Fenster wurde es mit einem Mal so dunkel, als habe draußen jemand das Mondlicht ausgeschaltet. Alle Laute verstummten. Das klägliche Wimmern der Dorfbewohner wich der Stille, die der alten Frau die Tränen in die Augen trieb.

»Er ist hier«, krächzte der Rabe.

Nuria spürte, wie die Angst in ihr höher kroch.

»Du musst über die See fliegen«, wisperte sie.

»Was soll ich tun?«

Sie sagte es ihm.

»Du darfst keine Zeit verlieren.«

Für einen kurzen Augenblick nur begegneten sich ihre Blicke. »Hast du mich verstanden?«

Der schwarze Vogel nickte, wie nur Raben es tun können. Dann trat er vor, hüpfte der alten Frau auf die Schulter und berührte ganz sanft ihr Gesicht mit dem Schnabel. Es war eine zärtliche Geste, ein letztes Lebwohl. Beide wussten, dass sie einander nie wieder begegnen würden.

Dann flog er aus dem Fenster, hinaus in die Nacht. Und noch bevor der letzte Flügelschlag verklungen war, öffnete sich die Tür. Ein Mann stand dort, ein Schattenriss nur.

»Arxiduc«, sagte die alte Frau.

Die Gestalt rührte sich nicht.

Aber die Schatten, die den Arxiduc umgaben, flossen in das Haus hinein. Sie reckten ihre Finsterfinger nach der alten Frau, wollten sie packen und ihr in die Augen fließen.

Doch Nuria Niebla lächelte, weil sie genau so sterben wollte.

Mit einem Lächeln im Gesicht.

Sie wusste, dass der Rabe die anderen warnen würde. Er würde über Meere und Länder fliegen, um sein Ziel zu erreichen. Den letzten Wunsch würde er seiner Rabenmutter nicht abschlagen, komme, was wolle.

»Flieg zur Cala Silencio«, hatte sie ihm aufgetragen. »Flieg wie der Wind und ruf nach Malfuria.«

Das Streichholz, das sie die ganze Zeit über versteckt in ihrer Hand gehalten hatte, flammte zischend auf. Nuria Niebla ließ es zu Boden fallen und spürte die lodernde Hitze. Die Schatten schrien auf, gepeinigt und überrascht. Und während das Feuer sich wie ein hungriges Tier an den anderen Häusern des Dorfes labte, stand der Arxiduc wie ein Schattenriss an den Klippen und sah dem Raben hinterher, der kaum mehr als ein schwarzer Punkt in der Nacht war.

Die singende Stadt

Sie kam jeden Tag hierher und sprach mit dem Wind, der meistens um diese Zeit zur Burg hoch über dem Hafen wehte und in den knorrigen Zweigen der Pinien hockte. Catalina Soleado kannte den wispernden Wind schon seit ihrer Kindheit und wusste, auf welchen Namen er hörte: El Cuento. Warm war er wie die Sonne und so geheimnisvoll wie eine Geschichte, die ihr leise um die Nase wehte und selbst dann noch ein Lächeln in das gebräunte Gesicht mit den hellen grünen Augen zaubern konnte, wenn niemand sonst dies vermochte. Auch heute, an diesem Tag, vor dem sie sich schon seit Langem gefürchtet hatte.

Der Wind war ein Freund, und wenn er ihr die Geschichten erzählte, die er draußen weitab der weißen Klippen oder sonst wo gefunden hatte, dann fühlte sie sich wie jemand, der einfach nur glücklich war.

Oft saß sie, wie gerade jetzt, auf der breiten Festungsmauer vor dem Kastell, ließ die Füße baumeln und blickte auf die azurblaue See hinaus, wo die kleinen Fischerboote mit den dreieckigen Segeln ihre Runden drehten. Und während der Wind ihr Worte zuflüsterte, die zu Geschichten wurden, da kam ihr das Leben, das sie führte, gar nicht so einsam vor und die singende Stadt war mit einem Mal das Zuhause, das hier zu finden sie niemals geglaubt hätte.

Catalina hatte die wuselnden Worte im Wispern des Windes schon als kleines Kind erkannt. Am Strand in ihrer Heimat war sie ihm das erste Mal begegnet und von da an waren sie Freunde gewesen. Schon damals hatte er ihr Geschichten erzählt und sie zum Lachen gebracht. Immer war er für Streiche zu haben gewesen und niemals war einer der Nachbarn dahintergekommen, wer die Wäsche von der Leine geweht oder die Hunde so lange am Fell gekitzelt hatte, dass ihr wütendes Gebell selbst den müdesten Schläfer aus seiner Siesta hatte aufschrecken lassen. Sie hatten viel Spaß miteinander gehabt, der Wind und sie.

Ihre Eltern aber waren von all dem nicht gerade begeistert gewesen. »Du darfst mit niemandem darüber reden!«, hatten sie gewarnt.

Catalina hatte nicht verstanden, was schlimm daran sein sollte, dass sie mit dem Wind sprach.

»Die anderen Menschen halten dich für verschroben.«

»Was heißt das ... verschroben sein?« Sie war gerade einmal fünf Jahre alt gewesen, noch zu klein, um die Besorgnis ihrer Eltern zu verstehen. Aber alt genug, um die Furcht in ihrer beider Augen zu erkennen.

»Verschroben sein heißt, dass du anders bist.«

»Anders als wer?«

»Anders als die anderen. Die Menschen reden normalerweise nicht mit dem Wind.«

»Was ist so schlimm daran?«

»Die Menschen mögen es nicht, wenn jemand anders ist.«

»Aber es wäre langweilig, wenn alle gleich wären!«

»Du bist noch zu jung, um das zu verstehen.«

»Was soll denn schon passieren, wenn sie es herausfinden?«, hatte sie gefragt.

Ihr Vater hatte langsam ihre Hände ergriffen und sie ganz ernst angeschaut. »Nicht alle Menschen«, hatte er gesagt, »sind auch gleichzeitig gute Menschen. Und selbst die guten Menschen sind manchmal böse, ohne dass sie es wirklich sein wollen. Sie tun dann schreckliche Dinge. Dinge, von denen sie glauben, dass sie richtig sind. Das, Catalina, ist überhaupt das Allerschlimmste.«

Sie war wirklich noch zu jung gewesen, um das zu verstehen.

»Ich werde es für mich behalten«, versprach sie. Und genau das hatte sie all die Jahre getan.

Catalinas Blick wanderte von der Küstenlinie zu den bunten Häusern, deren Dächer im Sonnenlicht funkelten, hinüber zu den spitzschrägen Kirchtürmen der Sagrada Família, und zurück an den Ort, wo die klare blaue See das Land berührte.

La Marina, das Viertel der Fischer und Seeleute, lag träge in der flimmernden Hitze der Mittagssonne. Kaum jemand regte sich dort unten. Selbst die Katzen lagen ausgestreckt in den Ecken und schliefen schnurrend. Boote mit Netzen und schlaffen Segeln säumten die Piers. Von hier oben sahen die Menschen, die sich in den Gassen herumdrückten, winzig wie Ameisen aus. In den sanften Wellen tanzten kleine Gischtgeister, die sich während der Siesta bis in den Hafen von Barcelona vorgewagt hatten.

»Du siehst müde aus«, stellte El Cuento fest.

»Ich musste gestern Abend noch eine Karte kopieren.« Sie gähnte und legte den Kopf in den Nacken. Der große Strohhut rutschte zur Seite. Braunes Haar kam darunter zum Vorschein, das sie zu zahlreichen, dünnen Zöpfen gebunden hatte, die viel zu zerfranst waren, um ordentlich zu wirken. »Die Serra de la Mala Costa, der Puig d'en Forns und die zackige Küstenlinie von Punta Xarraca bis zum Torre d'en Valls.« Sie seufzte gequält auf. »Die Karte von Eivissa soll übermorgen schon fertig sein.«

Eigentlich hatte Catalina Gefallen am Zeichnen gefunden. Doch sie ärgerte sich darüber, dass sie sich damit begnügen musste, die Karten des Meisters zu kopieren. Seit Langem brannte sie darauf, dass der alte Márquez ihr endlich den Tuschestift anvertraute und sie ihre eigenen Karten zeichnen ließ.

»Du lächelst jetzt öfter als früher«, sagte der Wind.

Catalina schloss für einen Moment die Augen und konnte das Meer riechen. »Es geht mir gut.« So schnell waren die Worte aus ihr herausgesprudelt, dass dies wohl die Wahrheit sein musste. Sie öffnete die Augen wieder und blinzelte in die Sonne hinein.

Noch vor wenigen Monaten hätte sie nicht gedacht, dass sie das je sagen würde. Doch Barcelona und die Windmühle des Kartenmachers Márquez waren wirklich so etwas wie ihre zweite Heimat geworden. »Man nennt Barcelona die singende Stadt«, hatte ihre Mutter ihr beim Abschied zugeflüstert. »Sie wird auch für dich singen, Catalina.«

Catalina hatte nicht daran glauben können, nicht damals, als ihre Mutter sie ohne ein Wort der Erklärung bei Márquez zurückgelassen hatte. Und doch hatte sie recht behalten.

Wenn Catalina heute in La Marina unterwegs war und die winzigen Fische mit den mosaikbunten Schuppen an ihrem Kopf vorbeiflogen oder einfach nur hoch oben auf den Laternen hockten, dann wusste sie, dass sie kaum einen Ort auf der Welt den Straßen Barcelonas vorziehen würde.

Ihr Blick glitt den Hang hinab. Mächtige Festungsmauern umarmten die weißen Häuser, die sich eng an den Berg schmiegten, der vom Westen her den großen Hafen und La Marina wie auch die Steilklippen und den Rest der Stadt überragte. Montjuic war der einzige Berg in der Gegend. Stieg man beharrlich all die in den Stein gehauenen Treppenstufen empor und lief dann durch das Labyrinth aus engen Gassen, dunklen Tunneln und verzweigten Wegen, so erreichte man schließlich das Kastell. Niemand lebte mehr hier oben. In den einsamen Höfen wuchs dichtes Unkraut. Moosmarder und winzige, flink dahinhuschende Eidechsen versteckten sich in den Mauern. Man konnte sie in ihren Nestern rascheln hören, wenn man nur lauschte. Gleich neben dem Kastell befand sich eine Kirche, die ebenfalls alt war, in der aber noch ein Pastor lebte – und vor der Kirche schließlich wuchsen auf einem kleinen Platz Palmen und Pinienbäume.

Dies war Catalinas Lieblingsort. Die Windmühle, in der sie gemeinsam mit dem Kartenmacher Arcadio Márquez wohnte, befand sich weiter unten am Berg, in Dalt Vila, einem der ältesten Stadtteile Barcelonas.

Catalina lebte seit fast zwei Jahren in der Stadt und sie wusste noch immer nicht, warum ihre Mutter sie damals aus ihrer Heimat im Südwesten hierhergebracht hatte. Alles war so plötzlich geschehen. Die Blumen auf dem Grab ihres Vaters waren noch nicht einmal verwelkt, da hatte Sarita Soleado ihrer Tochter verkündet, dass sie sich für eine lange Reise bereit machen sollte. Einen Grund hatte sie nicht genannt. Dafür hatte sie in Windeseile gepackt und so war Catalina ihrer Mutter nach Barcelona zu Arcadio Márquez gefolgt, bei dem sie nach dem Wunsch ihrer Mutter die Kunst des Kartenmachens erlernen sollte.

Ihre Mutter war noch am selben Tag weitergezogen. Wohin, das hatte sie nicht sagen wollen – oder auch nicht sagen können. Catalina war bei Márquez geblieben, ohnmächtig in ihrem Kummer und ihrer Einsamkeit.

Doch dann war sie dem Wind begegnet, der ihr in die singende Stadt gefolgt war. El Cuento hatte ihr geraten, die Augen zu öffnen und die Stadt genauer anzuschauen.

»Viele Dinge«, hatte er ihr gesagt, »bleiben uns verborgen, weil wir sie gar nicht erst sehen wollen. Du darfst keine Angst haben. Musst offen sein für das, was vor dir liegt.«

So hatte sie also die Augen geöffnet und die Furcht war tatsächlich verschwunden.

Denn eine neue Welt hatte sich vor ihr aufgetan. Eine Welt, die voller Wunder war und in der das Leben nur so pulsierte.

Noch immer konnte Catalina staunen, wenn sie die Dampfdroschken und Straßenbahnen erblickte, die mit zischenden Lauten und schnaubendem Getöse durch die Straßen fuhren. So viele Menschen lebten in der Stadt und keiner glich dem anderen. Überall gab es Musik und Tänze in den Gassen, auf den Plätzen und an den breiten Kanälen. Selbst wenn keine Lieder erklangen, so lebte die Musik in den Gesichtern der Menschen fort wie eine niemals enden wollende Melodie. Ihre Mutter hatte recht gehabt. Die Stadt sang auch für sie.

Catalina streckte sich. Sobald die Siesta zu Ende war, musste sie noch in den kleinen Laden am Placa Molina. Sie sollte für Márquez bunte Tusche und tiefblaue Tinte erstehen, dazu einige neue Federn für die Stifte. Bald würde es Zeit werden, aufzubrechen. Doch vorher wollte sie noch ein paar Geschichten von El Cuento hören. Ganz besonders heute wollte sie darauf nicht verzichten.

El Cuento, der, wenn er nur wollte, ein unauffälliges Lüftchen sein konnte, belauschte heimlich die Fischer, wenn sie in ihren Booten saßen. Still und leise nahm er sich der Wörter an und die Seeleute ahnten nicht im Geringsten, dass ihre Geschichten mit dem Wind über die Wellen flogen, um irgendwann und irgendwo weitererzählt zu werden.

»Du bist ein neugieriger Wind«, stellte Catalina nicht zum ersten Mal fest.

»Und du bist eine ziemlich neugierige Zuhörerin«, konterte der Wind.

Catalina grinste. Zugegeben, da war etwas dran. Sie liebte seine Geschichten, die von fernen Abenteuern, lauernden Gefahren, bösartigen Stürmen, entführten Mädchen und wagemutigen Kapitänen erzählten.

»Diese Geschichten sollten anders sein«, beschwerte Catalina sich und schüttelte unwillig ihre Zöpfe. »Eigentlich sollten sie von wagemutigen Mädchen und entführten Kapitänen erzählen.« Immerzu waren es die Mädchen, die sich hilflos ihrem Schicksal ergaben und gerettet werden mussten. Sie sorgten für Verwirrung, weil sie in kniffligen Momenten genau das Falsche taten. Sie wirkten töricht und tollpatschig, romantisch und hilflos.

»Ich gebe die Geschichten nur wieder, wie ich sie gehört habe.«

»Vermutlich haben sich Männer das alles ausgedacht«, grummelte Catalina.

El Cuento wehte ihr um die Füße, die schmutzig waren, voller Sand, und in ausgetretenen Sandalen steckten. »Du kannst die Geschichten ja aufschreiben und aus den wagemutigen Kapitänen wagemutige Mädchen machen.«

»Ich bin Kartenmacherin und keine Schreiberin.«

»Eine reichlich junge Kartenmacherin«, neckte er sie, »oder vielmehr: ein junges Mädchen, das Kartenmacherin werden will.«

»Ich bin vierzehn!«

»Vierzehn ist noch jung«, wehte der Wind ihr die Worte um die Ohren.

»Ach«, sagte sie spöttisch. »Dann bist du ein alter Besserwisser.«

El Cuento lachte sein leises Lachen und gemeinsam schwiegen sie einen Moment. Doch plötzlich erhob er sich und strich ihr über die Wange.

»Du weißt, welcher Tag heute ist, nicht wahr?«, fragte er mit einem sanften Wispern.

Unwillig sah sie hoch und schüttelte den Kopf. »Ich will nicht darüber sprechen.« Ihr Blick war auf die wogenden Wellen gerichtet und ihre Augenbraunen waren plötzlich zornig zusammengekniffen.

Irgendwo jenseits des tiefen Blaus lagen Cala Silencio und ihr altes Leben. All die Dinge, die einmal passiert waren. Dinge, die vorüber waren.

»Seitdem du in der Stadt lebst, hast du nie wieder von ihm gesprochen.«

Wie recht El Cuento doch hatte. Und sie hatte auch nicht vor, das zu ändern.

»Weil es da nichts zu reden gibt. Er ist tot.«

»Du warst nicht mehr schwimmen seit jenem Tag.«

Sie musste schlucken, blinzelte. »Warum willst du ausgerechnet jetzt darüber sprechen?«

»Ich bin der Wind«, sagte der Wind, »und ich habe ein gutes Gedächtnis.«

Sie gab sich geschlagen. Heute jährte sich der Tod ihres

Vaters zum zweiten Mal und Catalina hatte ihr Möglichstes versucht, um die Gedanken daran zu verscheuchen.

»Papa hat Tage wie diesen hier gemocht.« Sie musste unwillkürlich lächeln. »Er hätte nicht gewollt, dass ich traurig bin. Leider hat er nur vergessen, mir zu verraten, wie das geht.«

Sie streckte die Hand aus und El Cuento ließ sich darauf nieder, wehte ihr um die Finger.

»Du warst seit jenem Tag nicht wieder im Meer«, sagte er.

»Ich mag die See nur aus der Ferne. Ich weiß jetzt, was sie tun kann.« Catalina sagte das ohne Bedauern. Es war eine Feststellung, denn es war das Meer, das ihren Vater zu sich genommen hatte.

»Möchtest du weinen?«

Energisch sagte sie: »Nein!«

»Aber warum nicht? Weinen Menschen denn nicht in solchen Momenten?«

El Cuento versuchte seit Jahren, die Menschen und ihre Verhaltensweisen zu verstehen. Er schlich sich heimlich in die Häuser und versteckte sich in den Takelagen der Schiffe, und das nur, um zu lernen, warum die meisten Menschen sich so verhielten, wie sie es taten. »Die Winde verwehen zu schnell, um Gefühle zu haben«, sagte er. Nur deshalb stellte er seine Fragen so unverhohlen.

Catalina legte weitaus mehr Entschiedenheit in ihre Stimme, als sie in Wirklichkeit empfand. »Ich weine nicht mehr«, sagte sie.

»Du erinnerst dich an den Tag?«, fragte El Cuento.

»Natürlich erinnere ich mich daran.« Sie merkte, wie ihre Stimme dunkel wurde. Wie konnte sie sich nicht daran erinnern, an diesen sonnigen Herbstag, der zum schrecklichsten in ihrem Leben werden sollte? Alles war noch da und würde auf immer da sein. Die Bilder, selbst die Gerüche und die Laute. Das aufgebrachte Wasser, in dem die Luftblasen sprudelten. Antonio, der verzweifelt an dem dicken Schlauch zerrte und dann erst die Kurbel drehte, die das Seil aufrollte, das ihren Vater beim Tauchen sichern sollte.

»Die See ist unser Freund.« War es nicht das, was ihr Vater immer geglaubt hatte?

Catalina hatte das Meer verflucht, geweint, geschrien. Aber es hatte nichts geholfen. Ihr Vater war an jenem Tag gestorben.

»Warum weinst du nicht mehr?«, fragte der Wind noch einmal.

Wann hatte sie aufgehört zu weinen? Sie wusste es nicht. Tatsache war, dass ihre Trauer nicht weniger geworden war. Aber die Verzweiflung hatte nachgelassen und mittlerweile waren auch die Momente wiedergekommen, in denen sie sich freuen konnte.

»Mein Vater hat mir einmal gesagt«, erklärte sie dem Wind, »wie wichtig es ist, dass wir diejenigen, die von uns gegangen sind, genau so in Erinnerung behalten, wie sie einmal gewesen sind. Dann sind sie nie ganz fort, hat er gesagt.« Sie schwieg einen Moment. »Ab und zu, wenn ich ganz fest an ihn denke, weiß ich, dass er recht damit hatte.«

El Cuento wehte eine verwirrte Figur in den Sand. »Es ist schwierig für einen Wind, das zu verstehen«, gab er zu.

Catalina betrachtete nachdenklich die singende Stadt im Sonnenlicht. »Eigentlich verstehe ich es nicht einmal selbst«, sagte sie.

El Cuento erhob sich in einer sanften Brise. »Du bist seltsam«, stellte er fest.

»Ich weiß«, entgegnete sie ihm. »Aber das merkt ja niemand.« Sie sprang von der Mauer und der Wind folgte ihr. Der Sand zu ihren Füßen formte sich zu einem Muster, das wie Catalinas Gesicht aussah.

Sie hockte sich nieder, berührte das sandige Bildnis mit dem Finger, ganz zögerlich. »Hast du noch eine Geschichte für mich?«, fragte sie ihren Freund.

Der Wind, der seinen Namen nicht von ungefähr trug, gab ihr die Antwort, die sie hören wollte. Leise begann er Worte zu wispern, die er irgendwo in La Marina aufgeschnappt hatte. Und je länger er sprach, desto weiter rückte Catalinas Trauer in die Ferne. Sie spürte, wie die Sonnenstrahlen ihre spitze Nase kitzelten, schloss die Augen und genoss die Worte, die auf den Schwingen des Windes dahergeflogen kamen. Still lächelte sie in sich hinein und hörte die Melodie der singenden Stadt.

Catalina ahnte nicht im Geringsten, wie schnell sich Dinge ändern können, wenn man am wenigsten daran denkt.

Der Lichterjunge

Jordi Marí bekam nicht oft die Gelegenheit, Barcelona zu besuchen, auch wenn er sich jeden Tag ausmalte, wie es wäre, Teil des bunten Treibens zu sein.

»Schlag dir das aus dem Kopf«, sagte sein Vater immer. »Du bist ein Lichterjunge, wie ich einmal einer gewesen bin.« Heute war Malachai Marí einer der Lichtleuchter von Port Vell. »Jeder im Leben hat eine Aufgabe zu erfüllen und wir müssen uns nun einmal um den Leuchtturm kümmern.«

Er hatte seinem Sohn von pflichtvergessenen Lichtleuchtern erzählt, die ihre Aufgabe nicht ernst genommen und Schiffe mit Maus und Mann zum Untergang verdammt hatten. »Wenn die Lichter nicht mehr leuchten, dann gibt es keine Hoffnung für die Seeleute. Sie verlassen sich darauf, dass wir tun, was unsere Aufgabe ist, denn so funktioniert die Welt.«

Der Leuchtturm auf dem zerklüfteten Felseneiland draußen vor dem Hafen von Barcelona war Jordis Welt, seitdem er zurückdenken konnte. Er kannte es nicht anders.

Der runde, nahezu vierzig Meter hohe Turm aus ineinanderverkeilten Granitsteinen ragte aus dem Felsgestein der kleinen Insel, die gerade groß genug war, um dem Fundament des Leuchtturms Platz zu bieten. Eine eiserne Leiter, auf der Muscheln und Seegras klebten, führte zur einzigen Tür, die in fünf Metern Höhe in den Turm eingelassen war. Bei schlechtem Wetter konnte es sein, dass die Wellen sogar die eiserne Tür umspülten, so hoch konnte der Seegang vor dem Hafen sein.

Drinnen wand sich eine Wendeltreppe hinauf zu den Lagerräumen und den Wohnräumen. Ganz oben befand sich unter einem roten Kuppeldach aus Stahl das Drehfeuer mit seinen vier großen Brenngläsern. Wie eine riesige Glühbirne, so sah das Drehfeuer aus. Wenn es in Betrieb war, dann tickte die gesamte Apparatur wie ein Uhrwerk.

Draußen, vor den Fenstergläsern, befand sich ein Rundgang. Hierher kam Jordi oft, wenn die bösen Geister, die seinen Vater befielen, müde wurden und schwiegen. Er stand dann einfach nur da, hielt sich an dem eisernen Geländer fest und betrachtete die Wellen, die so unberechenbar und ungestüm sein konnten wie das Gemüt seines Vaters.

»Es tut mir leid.« Mit diesen Worten endete es immer. Tatsächlich, es tat Malachai Marí jedes Mal leid, dass er zugeschlagen hatte. Doch warum, fragte sich Jordi, machte er es dann immer und immer wieder?

»Du bist ungeschickt!«, herrschte sein Vater ihn oft an. Viel zu oft – und noch viel öfter, wenn er getrunken hatte. Eine Ohrfeige handelte sich der hochgewachsene Junge mit dem braunen Haar und den traurig dunklen Augen dann ein, ein Tritt ins Hinterteil oder einen kräftigen Stoß in die Rippen. Sein Vater konnte seinem Unmut auf vielfältige Weise Ausdruck verleihen. Es war sogar schon einmal vorgekommen, dass er mit einem Holzscheit oder gar einem Kochtopf nach dem Jungen geworfen hatte. »Warum, verdammt noch mal, habe ich keinen Jungen, der ein richtiger Junge ist?«, tobte er und hielt Jordi all die Dinge vor, die ein Junge in seinem Alter können müsse – und dummerweise waren dies alles Dinge, die Jordi nicht besonders gut beherrschte.

Früher hatte Jordi sich Mühe gegeben, hatte versucht, alles richtig zu machen. Doch mit der Zeit hatte er gemerkt, dass, egal, wie sehr er sich auch anstrengte, es doch nicht gut genug für Malachai Marí war. Fast schien es, als warte sein Vater nur darauf, dass ihm ein neues Unglück widerfuhr. Er spürte die lauernden, abwartenden Blicke in seinem Rücken, und das verunsicherte ihn noch mehr.

»Du bist wie deine Mutter, die war auch zu nichts zu gebrauchen.« Die Worte tropften wie glänzendes Gift von den Lippen seines Vaters. Ganz hasserfüllt konnte das unrasierte Gesicht sein, wenn er so sprach.

Jordi starrte seinen Vater meist nur stumm an. Und Malachai Marí raunte nach einer Weile des Schweigens. »Das . . . wollte ich nicht sagen.«

Beide sprachen dann lange nichts mehr. Viel zu lange. »Wo ist Mama hingegangen?« Nur einmal hatte Jordi seinem Vater diese Frage gestellt.

Für meine
zauberhaften Hexenmädchen
Catharina, Luzi und Stella

Inhalt

Malachai Marí hatte ihn geohrfeigt. »Das soll uns egal sein.« Tränen hatten in den Augen des Mannes gebrannt. »Sie ist fort, und das ist alles, was für uns von Bedeutung ist.«

Abends hatte Jordi vor dem runden Fenster in seinem Zimmers gekniet und nach draußen geschaut.

Die Lichtkegel waren über die Felsen und die Wellen gewandert und ein sanfter Wind war ihm ins Gesicht geblasen, gerade so, als wolle er ihn trösten. Doch sofern der lauwarme Meereswind Worte ausgesprochen hatte, so wenig hatte Jordi diese verstehen können. Trotzdem war es ein leiser Trost gewesen, irgendwie.

Die Welt, in der er aufgewachsen war, war noch immer die Welt, in der er jetzt lebte. Es gab den Leuchtturm und den Lichtleuchter, der sein Vater war. Es war der Leuchtturm, für den sie lebten. Es war ihrer beider Aufgabe, den Schiffen zu leuchten. Die Gezeiten und das Wetter bestimmten ihren Tagesablauf und ihre Gedanken.

Das war Jordis Leben. Und er hatte sich damit abgefunden.

Doch dann kam der seltsame Tag, an dem Jordi das fliegende Schiff erblickte, und alles, aber auch wirklich alles, sollte sich für ihn verändern.

»Mir ist kalt«, dachte er nur und fragte sich, warum er die fliegende Galeone mit den gewundenen Gebläsemaschinen und den Segeln aus Nacht nicht schon früher bemerkt hatte. Keine zwei Seemeilen entfernt schwebte sie still und leise am Leuchtturm vorbei.

Jordi stand oben beim Drehfeuer und hatte gerade erst damit begonnen, die Fensterscheiben zu putzen, als er ihre Anwesenheit spürte. Einen Moment nur hatte er geglaubt, dass ihn ein Schatten gestreift haben mochte. Dann hob er den Blick und sah hinunter auf das klare Blau des Meeres, wo die rastlosen Gischtgeister ihre Wellentänze aufführten.

Die Galeone nahm mit geblähten Segeln direkten Kurs auf Port Vell.

»Wo kommt sie nur her?« Jordi wusste, dass niemand da war, um ihm eine Antwort zu geben, und er war froh darum. Sein Vater lag mal wieder unten auf dem Küchenboden, um ihn herum die leeren Flaschen.

In nahezu zwanzig Metern Höhe schwebte das fliegende Schiff über dem Wasser. Es war uralt, sein Rumpf pechschwarz und rund wie der gedrungene Hinterleib einer fetten Kreuzspinne. Faulige Seeschneckengehäuse und modriger Seetang klebten daran. Die Galeone mochte noch vor gar nicht langer Zeit im Wasser gefahren sein.

»*Meduza.*«

Jordi zuckte beim Klang der rauen Stimme zusammen. Sein Vater stand plötzlich hinter ihm und starrte mit rot geränderten Augen auf das fliegende Schiff. Dann hustete er und stieß eine Reihe von Flüchen aus.

Jetzt erst sah Jordi, was seinem Vater nicht entgangen war. Der Name stand deutlich lesbar auf dem Rumpf geschrieben.

Er kniff die Augen zusammen. Ihm war nicht wohl bei dem Gedanken, dass dieses Schiff nach Barcelona kam.

Warum es ihm Angst machte, konnte er sich auch nicht erklären. Es ist nur ein fliegendes Schiff, sagte er sich. Er hatte gehört, dass es noch einige von ihnen geben sollte.

»Was starrst du so in der Gegend herum?«, schnauzte Malachai Marí plötzlich. »Hast du nichts zu tun?«

»Ich«, stammelte Jordi, »ich habe das Schiff ... es ist mir eben erst aufgefallen.«

Sein Vater gab ihm geistesabwesend eine Kopfnuss. »Du musst aufmerksamer sein.«

Jordi spürte den Schmerz, aber er sagte nichts. Klüger, den Mund zu halten.

»Meduza«, raunte Malachai Marí erneut.

Während Jordi nach dem Fensterputzlappen griff, beobachtete er aus den Augenwinkeln, wie die Galeone draußen vor dem Hafen vor Anker ging. Tief unter ihr schaukelten die kleineren Schiffe auf den Wellen wie Spielzeuge. Die weißen Segel der Fischerboote waren winzige Dreiecke auf dem Azurblau des Meeres, und als sich der Schatten der *Meduza* über sie legte, da sah es für einen ganz kurzen Moment so aus, als verschwände alle Farbe aus den Segeln.

»Was sie wohl nach Barcelona führt?«, fragte Jordi leise.

Eigentlich hatte er keine Antwort erwartet, aber sein Vater neigte den Kopf. »Sie kommt aus Gibraltar«, erwiderte er nachdenklich.

Jordi sah verwundert auf. Wenn sein Vater getrunken hatte, dann sprach er normalerweise kaum mit seinem Sohn. Er schimpfte und tobte, ja. Aber er sprach nicht mit ihm.

»Früher sind die fliegenden Galeonen sogar über Land

geflogen«, murmelte der Lichtleuchter und betrachtete das schwarze Schiff. »Sie haben Hexen damit gejagt. Dafür hat man sie gebaut.«

»Woher weißt du das?«

Zuerst dachte Jordi, dass sein Vater ihn gar nicht gehört habe. Doch dann antwortete Malachai Marí: »Alle wissen das. Die fliegenden Galeonen der Familie Karfax aus Gibraltar. Legendär waren sie.« Er hustete laut. »Aber heute gibt es keine Hexen mehr und deswegen sieht man auch die fliegenden Galeonen immer seltener.«

Was, in aller Welt, redete sein Vater da nur?

Selbst wenn die fliegende Galeone einmal Hexen gejagt haben sollte . . . Jordi glaubte nicht, dass dies der Grund war, weshalb sie nach Barcelona gekommen war. Dies hier war die wirkliche Welt. Und Hexen gab es nur in den alten Geschichten. Nein, die *Meduza* musste wegen etwas anderem in die singende Stadt gekommen sein.

»Es soll uns nicht kümmern«, grummelte Malachai Marí, »was die Galeone hier zu suchen hat.« Er wendete seinen Blick von dem fliegenden Schiff ab und bemerkte den Eimer und den Putzlumpen, den Jordi noch immer in der Hand hielt und von dem Wasser auf den Boden tropfte.

»Jordi!«, knurrte er warnend.

Jordi wappnete sich innerlich. So klang Malachai, wenn die bösen Geister aus ihrem Schlaf erwachten, die sonst nur in den Flaschen lebten.

»Ich mache mich sofort an die Arbeit«, sagte er, so ruhig er konnte.

Eine Ohrfeige raubte ihm für einen Moment das Bewusstsein, und als er rückwärtstorkelte, da trat er gegen den Wassereimer, dessen Inhalt sich auf den Boden ergoss.

»Trottel!«, schimpfte sein Vater. »Wisch das sofort auf!« Seine Stimme wurde lauter, überschlug sich. Wie immer, erwachten die Geister mit Getöse und ganz plötzlich.

Jordi kniete sich auf den Boden und begann, mit dem Putzlumpen in der Pfütze herumzuwischen.

»Du putzt den Boden mit dem Glastuch?« Jordi spürte einen Tritt in den Rücken und fiel vornüber gegen die Fensterscheibe, die glücklicherweise nicht zerbrach. »Hast du eine Ahnung, wie teuer diese Tücher sind?« Malachai wartete die Antwort gar nicht erst ab. Dieses Mal spürte Jordi den Schmerz im rechten Oberschenkel explodieren. »Dummkopf!«, war das letzte Wort, das er hörte. Dann fiel eine Tür scheppernd zu und es wurde still. Schritte polterten die Treppe hinunter, wurden leiser und verstummten schließlich ganz.

Nur langsam setzte Jordi sich auf.

»Mist!«, fluchte er leise und schlug mit den Fäusten auf den Boden. Dass sie danach schmerzten, kümmerte ihn gar nicht mehr. Er griff nach dem Putzlumpen und warf ihn in die Ecke.

Dann lehnte er sich gegen die Glaswand und schloss die Augen. Er spürte die Tränen in den Augenwinkeln, wie er die Schmerzen im Bein und im Rücken spürte. Sein Ohr brummte, als säßen Bienen darin.

»Nein!« Zornig wischte er sich übers Gesicht. Früher

hatte er oft geweint, wenn sein Vater einen seiner Wutanfälle gehabt hatte. Doch Jordi hatte dazugelernt. Am besten war es, einfach nicht auf den Schmerz zu achten, nicht darüber nachzudenken. Denn solche Gedanken machten es nur noch schlimmer. Und sie konnten gefährlich werden.

Er biss die Zähne zusammen, stand auf und humpelte zum Eimer. »Ich werde die Fenster putzen und dann ...« Er hustete und merkte, wie hartnäckig die Tränen doch waren. »Warum tut er das nur?«

Nicht nachdenken!

Jordi atmete tief durch, warf einen Blick auf die fliegende Galeone im Hafen und führte die Arbeit, die er begonnen hatte, zu Ende. Zuerst nahm er die Wasserlache mit einem richtigen Putzlumpen auf, bevor er begann, die einzelnen Lampen des Drehfeuers zu reinigen.

Als er bei der vierten Lampe angelangt war, ließ das Zittern in seinen Händen nach. Langsam wurde er ruhiger.

Hexen, du meine Güte! Wie viele Flaschen musste sein Vater wohl geleert haben, um solch einen Unsinn zu erzählen? Jordi wollte es gar nicht wissen. Er wollte bloß die Arbeit beenden, bevor er ...

Ein Glühstab rutschte aus der Verankerung und fiel zu Boden.

Glas splitterte.

Jordi stand stocksteif da.

Er schloss die Augen. Nein, bitte, nicht schon wieder!

Glühlampen waren teuer und selten. Sein Vater würde

ihn grün und blau prügeln, wenn er davon erführe. Malachai Marí durfte nichts davon mitbekommen, auf gar keinen Fall.

Jordi lauschte. Es war nichts zu hören. Vorsichtig öffnete er die Tür einen Spaltbreit. Ein grollender Ton drang von unten aus dem Treppenhaus hinauf. Ein Schnarchen! Mit ein wenig Glück würde Jordi die Gunst des Augenblicks nutzen können. Wenn er schnell genug mit dem Boot an Land führe, dann könnte er vielleicht vor Einbruch der Dunkelheit mit einem nagelneuen Glühstab zurückkehren.

Rasch schlich Jordi in die Küche hinunter, wo sich seine Ersparnisse in einer alten Mehldose befanden. Er steckte sich die wenigen Geldscheine in die Hosentasche. Malachai Marí war in einen tiefen Schlaf gefallen, der eher einer Ohnmacht glich, und aus Erfahrung wusste Jordi, dass dieser Zustand bis in die späten Abendstunden andauern konnte. Bis dahin wäre er längst zurück. Er hätte den neuen Glühstab in die Fassung gedreht, das Drehfeuer würde leuchten wie eh und je.

Vorsichtig kletterte er die Leiter hinunter, sprang behände über die Felsen und hinein in das kleine Boot. Er ließ den Motor an und entfernte sich in Windeseile von der Felseninsel.

Vor ihm lag Port Vell und dahinter erhob sich Barcelona. Die Dächer der Stadt funkelten in der Sonne.

Eine halbe Stunde später erreichte er den Kai St. Sebastiá. Die Golondrinas, hölzerne Barkassen, lagen wie die Katamarane träge im Wasser. Die Säule des Kapitän Colom ragte wie bereits vor Hunderten von Jahren in den Himmel und noch immer deutete die Bronzefigur nach Westen.

Jordi vertäute das Boot und machte sich auf zum Geschäft des Leuchtgefäßemachers. Schon oft war er hier gewesen, doch in letzter Zeit ließ ihn sein Vater seltener zum Hafen fahren.

Nur wenige Menschen tummelten sich in den Straßen von La Marina. Die Sonne stand noch zu hoch am Himmel. Erst in wenigen Stunden würde das Leben hier richtig erwachen, das wusste der Junge.

Er betrat die Stadt an der Porta del Mar, wo zwei römische Statuen aus weißem Carrara-Marmor, ein stattlicher Krieger und eine hübsche Göttin, zu beiden Seiten des Tors standen.

Rasch durchquerte er die Gasse, die einstmals ein Waffenhof gewesen war, und fand sich nur wenige Augenblicke später auf der Placa de les Drassanes wieder. Einige Obsthändler bauten hier ihre Stände für den späten Nachmittag und den Abend auf und ein Schmied arbeitete bei geöffneten Türen in seiner Werkstatt. Zwischen den Häusern waren Leinen gespannt, an denen die Wäsche zum Trocknen hing. In den Ecken saßen Männer an kleinen runden Tischen und schlürften Kaffee. Maurische Händler boten Datteln feil. Palmen, krumm oder hochgewachsen, befanden sich allerorts. Es roch nach der warmen Ruhe eines sonnigen Nachmittags.

Dieser Ort war so anders als der Leuchtturm. In der

Stadt gab es Menschen, und wo man im Leuchtturm nur sein eigenes Herz schlagen hören konnte, da tönten hier die Stimmen vieler durch die Gassen wie eine einzige Melodie. Das Kopfsteinpflaster war so alt, dass niemand mehr wusste, wer es verlegt hatte.

Geschichten wehten durch die Gassen und Jordi fragte sich oft, wie viele davon bereits in Vergessenheit geraten waren.

Wieder musste er an die fliegende Galeone denken und das, was ihm sein Vater über die Hexen erzählt hatte. Dass es eine Zeit gegeben haben sollte, in der Häscher in fliegenden Schiffen auf der Suche nach Hexen das Land durchstreift hatten, klang unglaublich. Doch wohnt nicht jedem Märchen auch eine gehörige Portion Wahrheit inne? Jordi hatte die Galeone gesehen, daran bestand kein Zweifel.

Ein Hund bellte ihn an und Jordi schrak zusammen. Er tat es schon wieder – das, was sein Vater so an ihm hasste. Er träumte in den Tag hinein. Hastig verlängerte er seine Schritte und lief durch die Straßen und Ramblas, bis er endlich sein Ziel erreicht hatte.

Der Laden des Leuchtgefäßemachers befand sich in der Costa Vella nahe der Carrer de Santa Eulalia, einer schmalen Gasse, in der es nur wenige Geschäfte gab.

Jordi klopfte gegen die kleine runde Holztür und wartete ungeduldig. Nach einigen Augenblicken wurde ihm geöffnet. Ein großer Mann, der dünn war wie ein Streichholz und einen braunen Kaftan trug, reckte seinen Kopf aus dem Türrahmen hinaus ins Sonnenlicht.

»Aha, der junge Marí«, sagte er nur und trat zur Seite, sodass Jordi an ihm vorbei in den Laden schlüpfen konnte. »Ist dir mal wieder einer kaputtgegangen?« Der Mann lächelte wissend. Isidor Villàngomez fertigte die meisten seiner Glühstäbe in mühsamer Handarbeit an. Er war ein wahrer Meister seines Fachs. Glühstäbe für das Drehfeuer eines Leuchtturms konnte man in der ganzen Stadt nur hier erwerben. Es war also nicht weiter verwunderlich, dass Villangòmez seine Kundschaft kannte.

»Dein Vater ist schon lange nicht mehr in der Stadt gewesen. Wie geht es ihm?«

»Wir haben jede Menge zu tun«, log Jordi.

Der dünne Mann nickte. »Wie viele brauchst du denn heute?«

»Einen einzigen nur.«

»Du hast Glück.« Er führte den Jungen in einen Raum voller Kisten, aus denen Stroh quoll und die vollgestopft waren mit Glühstäben und Glühbirnen und Leuchtröhren. Villangòmez stakste zielstrebig auf eine der Kisten zu, wühlte darin herum und hielt schließlich das in der Hand, weswegen Jordi hergekommen war. »Der hier ist der einzige und gleichzeitig auch der letzte Glühstab, den ich dir verkaufen kann«, verkündete der Leuchtgefäßemacher. »Der Lichtleuchter aus Nova Cariá ist bereits gestern hier gewesen und hat gleich vier mitgenommen.« Er grinste und entblößte dabei eine Reihe von Goldzähnen. »Hat vielleicht auch einen ungeschickten Sohn, wer weiß, wer weiß?«

Jordi fand den Spruch alles andere als witzig. »Einer reicht mir«, sagte er knapp.

Villàngomez gab ihm den Glühstab, sodass er ihn begutachten konnte. Jordi drehte den Glaskolben mit den filigranen Drähten im Inneren hin und her. Er wusste, worauf er beim Kauf eines Glühstabs achten musste. Manchmal waren die Drähte verbogen. Dann glommen sie nur unzureichend und das Licht war zu schwach für den Leuchtturm. Der Stab war so lang wie sein Unterarm und unter dem gelblich glänzenden Glas umschlangen die Drähte einander, bevor sie in einem silbrigen Ding endeten. Elektrizität, das wusste Jordi, war das, was Magie am nächsten kam. Mächtiger noch als die Dampfkraft, die in den Fabriken auf dem Land und in den Katakomben Barcelonas hergestellt wurde.

»Zufrieden?«, fragte Villàngomez.

Jordi nickte. »Ich nehme ihn.« Er reichte dem Händler das Geld und damit war der Kauf besiegelt.

Villàngomez wickelte den Glühstab in festes braunes Papier ein.

»Lass ihn nicht fallen«, riet er dem Jungen.

Jordi zog es vor, den Mann nicht weiter zu beachten. Er bedankte sich und machte sich auf den Heimweg. Die Sonne senkte sich langsam über der Stadt und er würde sich beeilen müssen. Wenn sein Vater erst einmal aus seinem Schlaf erwacht wäre und das Drehfeuer einschalten würde, dann wäre es zu spät.

Aber daran wollte Jordi jetzt nicht denken. Schließlich

hatte er den letzten Glühstab in Barcelona ergattert. Manchmal hatten selbst Pechvögel Glück im Unglück, dachte er grinsend bei sich.

Er sah sich kurz um, dann lief er quer über den Platz auf die schmale Gasse zu, die nach La Marina führte. Wieder schweiften seine Gedanken ab zu der Galeone am Hafen. Vielleicht reichte die Zeit doch noch und er konnte das Schiff etwas genauer in Augenschein nehmen?

Jordi schrak zusammen. Er hatte die große Gestalt nicht bemerkt, die plötzlich vor ihm aufgetaucht war. In Gedanken versunken war er mitten in sie hineingelaufen. Jordi strauchelte, stolperte . . . und fiel hin. Das braune Papier mit dem Glühstab glitt ihm aus den Händen. Das Glas zerbrach mit einem fast harmlos klingenden Splittern auf dem Kopfsteinpflaster.

Jordi hätte aufschreien können vor Ärger und Verzweiflung. In dem Bild des zerborstenen Glühstabs tauchte das Gesicht seines Vaters auf, der außer sich sein würde vor Zorn. Dann erst fiel sein Blick auf die Gestalt, die ihn hatte stürzen lassen.

Eine plötzliche Kälte ließ Jordi frösteln. Es war die gleiche Eiseskälte wie vorhin, als er die *Meduza* zum ersten Mal erblickt hatte. Und hatte er eben noch schimpfen und fluchen und sich bei dem Mann beschweren wollen, so blieben ihm die Worte nunmehr im Hals stecken.

Groß war die Gestalt. Ganz in Schwarz gekleidet stand sie in der Gasse und rührte sich nicht. Sie schien den Jungen zu beobachten, der fassungslos auf dem Boden saß.

Das Gesicht der Gestalt wurde von einer lächelnden schwarz-weißen Harlekin-Maske verdeckt, die blutroten Lippen waren zu einem breiten Grinsen verzogen. Hinter den schmalen Augenschlitzen lag nur allertiefste Nachtschwärze.

Jordi bewegte sich nicht.

Die große Gestalt trat auf ihn zu. Sie beugte sich zu ihm herab, bis die leeren Augenschlitze ganz nah an seinem Gesicht waren.

Für einen kurzen Moment dachte Jordi, dass die schattenhafte Dunkelheit, die hinter der Maske verborgen lag, aus den Augenschlitzen herausfließen und ihn berühren würde. Doch dann erhob sich die Gestalt wieder. Was immer sie in dem Jungen hatte sehen wollen, nun schien er sie nicht weiter zu interessieren.

Jordi fühlte, wie ein Zittern in ihm hochkroch.

Das Harlekin-Ding verschwand in einem Hauseingang und es sah fast so aus, als wäre es eins geworden mit den Schatten, die dort lebten.

Jordi wusste gar nicht richtig, wie ihm geschehen war. Er betrachtete den Scherbenhaufen zu seinen Füßen und das braune Papier. Er erinnerte sich daran, wie die fliegende Galeone im Hafen festgemacht hatte, er dachte an die Hexen und das Harlekin-Ding. Er sah den Leuchtturm vor sich und seinen Vater. Und irgendwie spürte er, dass die Dinge bereits begonnen hatten, sich zu verändern.

Der alte Kartenmacher

Wie immer, so war Catalina auch an diesem Nachmittag spät dran, als sie vom Montjuic zurückkam. El Cuento hatte ihr noch zwei weitere Geschichten erzählt und war dann hinaus aufs Meer geweht.

Catalina hatte sich ihre Sandalen übergestreift und war in die Stadt gelaufen, um ihre Besorgungen zu erledigen. Obwohl sie sich beeilte, dämmerte es bereits, als sie Farbe und die Tusche eingekauft hatte. Sie rannte durch die Straßen, Tunnel und Gassen von Dalt Vila und stellte sich vor, selbst wie der Wind zu sein, der flott den Berg hinabwehte.

Schließlich erreichte sie die Carrer de Roman Pinol. Hoch über der Porta Francolina, auf dem flachen Dach eines Hauses, war ein Garten angelegt. Inmitten des saftigen Grüns über dem eigentlichen Haus erhob sich eine Windmühle mit gerade einmal zwei Flügeln. Hier wohnte der Kartenmacher Arcadio Márquez.

Die Mühle war vor Ewigkeiten erbaut worden, genau wie die umliegenden Häuser in diesem Stadtteil. Márquez hatte Catalina Bilder und Fotografien von früher gezeigt und jedes Mal, wenn Catalina in die Gasse einbog und das weiße Haus mit all dem wuchernden Grünzeug auf dem Dach erblickte, musste sie daran denken, dass es hier vor über hundert Jahren schon genauso ausgesehen hatte.

Catalina hatte die Windmühle von Anfang an gemocht, weil sie nicht so perfekt war wie viele andere Gebäude. Sie war klein und etwas schief und gab sich Mühe, ein nettes Zuhause für den Kartenmacher und sie selbst zu sein.

In dem weißen Haus darunter hatte sich einmal eine Bäckerei befunden. Die Mühle auf dem Dach zu haben war für den damaligen Besitzer wohl von Vorteil gewesen. Heute jedoch besaß die Windmühle nur noch zwei löchrige Flügel, die notdürftig mit bunten Stofffetzen ausgebessert waren.

Die Flickenfetzen waren Catalinas Idee gewesen, nachdem Holzwürmer und die Zeit an den dünnen Holzplatten und Verstrebungen genagt hatten und der Wind durch all die Löcher gepfiffen hatte, ohne aber die Flügel bewegen zu müssen. In mühseliger Kleinarbeit hatte sie allerlei Stofffetzen zusammengefügt und den Flügeln übergestülpt. Sie erfüllten ihren Zweck, aber sie verliehen der Mühle auch ein kunterbuntes und irgendwie fröhliches Aussehen.

Catalina nahm die kleine Treppe, die zu dem Garten auf dem Dach führte, im Laufschritt. Arcadio Márquez blickte von seiner Arbeit hoch, als sie durch die Tür stürmte. Er kniete auf einem Hocker vor dem Tisch, den Oberkörper über die halb fertige Karte gelehnt, und kraulte sein Kinnbärtchen. Er hatte lockiges Haar, das ihm bis zur Schulter fiel und bereits ergraut war.

»Catalina«, sagte er sanft, als sie atemlos vor ihm zum Stehen kam und in ihrer Tasche nach Tusche und Farbe kramte. »Wir müssen reden.«

»Nein.« Das war alles.

Catalina spürte, wie Arcadio Márquez ihr besorgt hinterhersah, während sie eilig die Leiter hinaufkletterte, die ins obere Geschoss führte, aber sie war sicher, dass er ihr nicht folgen würde.

In der schlimmen Zeit am Anfang war er es gewesen, der sich um sie gekümmert hatte, auf seine leise und unaufdringliche Art. Er schien zu spüren, was in ihr vorging, und war für sie da, ohne sie zu bedrängen. Und auch heute respektierte er ihren Wunsch, allein zu sein, ohne weitere Nachfragen. Sie war ihm dankbar dafür.

Die Windmühle konnte nur zwei Etagen vorweisen, die zugleich auch die einzigen beiden Räume waren – und obendrein noch ganz kreisrund. Arcadio Márquez lebte und arbeitete im Erdgeschoss (berücksichtigte man aber die Tatsache, dass die Windmühle auf dem Dach eines anderen Hauses stand, dann war es, streng genommen, natürlich kein Erdgeschoss).

Catalina dagegen hatte das obere Stockwerk für sich. Es war ein winziger Raum, weil die Mühle nach oben hin spitz zulief wie ein Kegel mit einem rotem Dach.

In der Mitte des Zimmers, gleich neben dem Arbeitstisch, befand sich die Königsspindel, die wie ein dicker hölzerner Stab aussah, der sich nach unten wand und die Bewegungen der Flügelwelle auf dem Dach übertrug. Die Spindel endete tief unten im Fundament der Windmühle, wo sich die rostige uralte Dynamo-Maschine befand, die aus den Umdrehungen der Spindel Elektrizität zu zaubern vermochte. Der so erzeugte Strom reichte normalerweise aus, um die Beleuchtung in Gang zu bringen, den Kühlschrank am Laufen zu halten und dem Radio die Melodien zu entlocken, die dreimal am Tag für eine Stunde erklangen.

Catalina schlief auf einer alten Matratze gleich unter dem Kartentisch, was sie nicht im Geringsten als schlimm empfand. Den Gedanken, dass die Karten, die sie zeichnen durfte, so dicht bei ihr waren und das selbst noch im Schlaf, empfand sie sogar als äußerst beruhigend. Zudem ermöglichte es ihr dieser Schlafplatz, jederzeit, wenn ihr danach war, mit der Arbeit fortzufahren oder aber in tiefen Schlaf zu fallen, wenn sie während des Zeichnens von Müdigkeit übermannt wurde. Sie lebte mit den Karten und schlief in ihrer Mitte ein.

Hier oben roch es nach dem festen Pergament, auf dem sie mit Tusche die Linien malte – und natürlich nach der Tusche selbst, deren Duft selbst wie eine schwere Farbe in der Luft schwebte.

Die dicken Holzdielen knarrten laut, wenn man mit nackten Füßen darauf herumlief, wie Catalina es zu tun pflegte, wenn sie zu Hause war. In einem Land zu leben, wo man Socken an den Füßen tragen musste, konnte sie sich nie und nimmer vorstellen. Wie eine Gefangene würde sie sich dort vorkommen.

»Du wirst dich erkälten oder in einen Splitter treten«, hatte der alte Márquez sie anfangs gewarnt.

»Ich pass schon auf.«

Danach hatte er es aufgegeben, seine neue Schülerin zu belehren.

Catalina streifte die Sandalen ab, zog ihr blaues Kleid über den Kopf und schlüpfte in ein altes Hemd und Hosen aus Leinen, die ihr bis knapp über die Knöchel gingen. Dann kniete sie sich auf den Hocker vor ihren Kartentisch. Diese Haltung hatte sie sich bei Márquez abgeschaut. Es war die beste Körperhaltung, wenn man zeichnete. Man konnte sich schnell aufsetzen und die Karte als ein Ganzes betrachten, um dann, ebenso schnell, wieder ganz nah bei den Feinheiten zu sein, den kleinen Buchten und verwinkelten Pfaden, die es mit den Tuschestiften zu skizzieren galt, bevor, am Ende dann, die Farbe auf das Pergament aufgetragen wurde.

Das Mädchen betrachtete die Linien, die sie gestern Abend und am Vormittag gezeichnet hatte. Das Original hing vor ihr an der Wand. Vorsichtig tastete sie mit dem Finger nach der Farbe.

Sie war trocken.

Gut so!

Mit ein wenig Glück würde sie die Karte heute Nacht fertig zeichnen und am nächsten Morgen dann farbig illustrieren können. Jeden Abend arbeitete Catalina bis spät in die Nacht hinein. Sie konnte in diesen Stunden, wenn alles um sie herum ganz still war, am allerbesten zeichnen. Die Konturen flossen ihr nur so aus der Hand und die Linien waren schwungvoll und lebendig.

Arcadio Márquez ließ sie gewähren, denn am Ende zählte nur das, was sie gezeichnet hatte. Was sie *reproduziert* hatte. Denn bisher war es ihr nur erlaubt, die vom Kartenmacher gemachten Karten zu kopieren, was ein ebensolches Maß an Fertigkeit erforderte wie die Arbeit, die der Meister leistete. Dennoch waren es nur Kopien – und Catalina konnte den Tag nicht erwarten, an dem der Meister ihr erlauben würde, ein Original anzufertigen. Etwas, das einzigartig war und das jemand anderes dann kopieren würde.

Sie bewunderte die Kunst des alten Márquez, aber insgeheim ärgerte sie sich auch darüber, dass er ihr so wenig zutraute. Dabei war sie sicher, dass sie seit Langem schon so weit war.

An den Wänden in der Windmühle hingen überall Karten und Catalina hatte manch eine von ihnen detailgetreu kopieren müssen. Es gab eine Reproduktion der Weltkarte des Fra Mauro, gleich daneben hing eine Mappea Mundi aus dem Mittelalter, die auch Regionen jenseits der bekannten Welt aufzeigte. Im unteren Stockwerk, in der Küchenecke gleich neben dem Kamin, prangte die zerfledderte Kopie der Tabula Peutingerana, auf der alle Wege nach Roma führten, der Stadt der Kanäle und lebendigen Fluten. Einige frühe Entwürfe aus der Werkstatt Abraham

Cresques hingen neben der Garderobe und eine portugiesische Planisphäre teilte sich über den Regalen den Platz mit einer botanischen Weltkarte, die ein gewisser Hercule Nicolet gefertigt hatte.

Auf manchen dieser Karten waren weiße, unbeschriebene Flecken zu erkennen.

»Das kommt daher, weil man die Welt damals noch nicht kannte.« So hatte der alte Márquez ihr die Flecken erklärt. »Die guten Kartenzeichner ließen die Stellen unbeschriftet. Denn das war ehrlich.«

»Aber nicht alle Karten haben die weißen Flecken.«

»Es gibt nur noch wenige Karten, die weiße Flecken zeigen. Irgendwann hat man sie verboten.«

»Aber warum?«

Der Kartenmacher hatte ihr statt einer Antwort eine Karte gezeigt. Monster bevölkerten die fremden Kontinente. In den Meeren tummelten sich Ungetüme mit breiten Mäulern, Tentakeln und Stacheln. Über den dichten Wäldern flogen Hexen und an den Rändern der Weltenkugel lauerten Teufel. »Nicht viele Menschen machen sich die Mühe, das Unbekannte zu verstehen«, hatte er erklärt und traurig dabei gewirkt. »Wenn Seefahrer einen Wal erblickten, dann war dies für sie der Beweis, dass tatsächlich Seeungeheuer existieren. Wenn Schiffe sanken, dann gab man den Seeungeheuern die Schuld. Bei Missernten und Krankheiten suchte man die Schuld oft bei denen, die anders waren als die meisten Menschen. Man schimpfte sie Wechselbälger, Nachtalbe, Hexen – und Schlimmeres.« Er hatte geseufzt. »Am Ende dann verstieß man sie. Jagte alles, das anders war, weit, weit fort. Oder verbrannte es auf den Scheiterhaufen. Zu viele Unschuldige mussten sterben, weil die Menschen nicht herausfinden wollten, was es mit den weißen Flecken wirklich auf sich hatte.«

Catalina hatte an den Wind denken müssen und das, was ihre Eltern ihr einst gesagt hatten.

»Die Könige und Staatsmänner, die solche Karten in Auftrag gegeben hatten, wollten keine weißen Flecken mehr auf ihnen sehen. Sie wussten nur zu gut, dass die Menschen immer einen Schuldigen brauchten. Jemanden, den man verantwortlich machen konnte für all das, was ihnen selbst nicht gelingen wollte.«

»Deswegen mussten die weißen Flecken auf den Karten verschwinden«, hatte Catalina nachdenklich seinen Gedanken weitergeführt. »Sie haben lieber etwas erfunden, an das man glauben konnte.«

Der Kartenmacher hatte genickt. »Nicht alle Menschen sind auch wirklich gute Menschen.« Dann war wieder jenes unternehmungslustige Leuchten in seinen Augen aufgetaucht, das normalerweise immer dort wohnte. »Aber diese Zeiten sind nun vorüber. Die Karten, die wir beide heute anfertigen, haben nicht länger weiße Flecken, weil es keine unbekannten Gebiete mehr gibt. Wir leben in einer Welt, in der das Wissen die Macht hat und nicht der Aberglaube.«

Dann hatte er ihr erklärt, wie man einen Tuschestift benutzte und die Tinte auf dem Pergament mit einem trockenen Lappen abtupfte, damit bloß keine Kleckse zurückblieben.

»Am Ende denkt noch jemand, dass der Klecks ein Berg sein soll.« Er hatte dem Mädchen zugezwinkert. »Das würde jene, für die wir die Karten anfertigen, dann vollends verwirren. Und das, meine ich, sollten wir vermeiden, wenn wir die Bezahlung sichern wollen.«

Sie hatte gelacht.

Und der alte Márquez ebenso.

»Catalina?«

Es war der Kartenmacher, der den Kopf zur Bodenluke hereinsteckte und sie fragend ansah.

»Ja?«

»Ich bin hungrig.«

Das Mädchen stand augenblicklich auf. »t'schuldigung.«

»Eine Tortilla wäre jetzt eine feine Sache«, schlug Márquez vor und verschwand auch gleich wieder nach unten.

Barfuß kletterte Catalina hinter dem Kartenmacher die Leiter herunter.

Der untere Raum war geräumig und lichtdurchflutet. Hier fertigte Márquez auf einem riesigen Holztisch seine Karten an und hielt Siesta in einem richtigen Bett, das gleich neben dem Arbeitstisch stand. Es gab eine Küche und eine Ecke, in der sich die Holzscheite für den Herd und den Kamin stapelten. Daneben befand sich ein Vorsprung in der Mauer, der als eine Art Tisch genutzt werden konnte. In der Mitte des Raums lief die Königsspindel nach unten in den Boden.

Während Márquez sich wieder an seinen Arbeitsplatz hockte, ging das Mädchen zum Herd und bereitete mit geübten Handbewegungen eine Tortilla zu. In Windeseile roch es in der Windmühle nach Kartoffeln und Ei. Catalina lief kurz vor die Tür, zupfte einige Blätter Basilikum im Kräutergarten, pflückte Tomaten und kehrte ins Haus zurück. Sie schnitt die Tomaten in dicke Schreiben, die sie mit Olivenöl übergoss. Zum Abschluss legte sie die Basilikumblätter auf die Tomaten. Fertig war das Abendessen.

»Wir müssen reden«, sagte Arcadio Márquez, nachdem er aufgegessen hatte.

Catalina blickte auf und schüttelte langsam den Kopf.

Ja, sie wusste, dass heute der Todestag ihres Vaters war. Und sie wusste auch, dass der Kartenmacher sich Sorgen um sie machte. Aber sie hatte immer noch keine Lust, darüber zu sprechen. Sie wollte die Tomaten und die Reste der Tortilla aufessen, nach oben gehen und an ihrer Karte weiterzeichnen, das war alles.

»Deine Mutter war eine talentierte Kartenmacherin.« Márquez starrte den leeren Teller an, der vor ihm stand. Dann nahm er ein Stück Brot und tunkte es ins Olivenöl. »Sie konnte Karten zeichnen, wie niemand sonst es vermochte.« Er knabberte an dem Brot. »Das ist ihr besonderes Talent gewesen, weißt du?«

Catalina runzelte die Stirn. Was meinte er damit? Natürlich wusste sie, dass ihre Mutter eine Kartenzeichnerin war, gerade deswegen hatte sie Catalina ja hierhergebracht.

Weil sie hoffte, dass das gleiche Talent auch in ihrer Tochter schlummerte.

»Aber hat sie dir auch von den Karten erzählt, die sie gezeichnet hat?« Márquez' Stimme nahm einen Flüsterton an.

Catalina sah ihn verwirrt an. Was hatte das alles mit ihrem Vater zu tun? Oder ging es etwa gar nicht um ihn?

»Den *besonderen* Karten, die nur Sarita allein zeichnen konnte?« Márquez blickte sie eindringlich an.

»Was heißt das?«, fragte sie und merkte, dass auch sie unwillkürlich flüsterte.

Márquez stand auf und ging zu einer Landkarte aus dem 16. Jahrhundert, die an der Wand über dem knatternden Kühlschrank hing. Sorgfältig hing er den Rahmen mit der Karte darin ab. Dahinter kam ein Loch in der Mauer zum Vorschein. Dort zog er heraus, was er Catalina zeigen wollte.

»Komm her«, forderte er sie auf und ging, ohne eine Antwort abzuwarten, zu seinem Arbeitstisch. Mit flinken Handbewegungen fegte er die anderen Karten und Utensilien beiseite.

Langsam, behutsam, rollte er die Karte vor dem Mädchen auf.

»Das ist es, was Sarita Soleado tun konnte.«

Catalina starrte ihn sprachlos an.

Sie streckte die Hand aus, um die feinen Linien auf der Karte zu berühren. So lebendig wirkten sie. Ganz warm und fast schon, als würden sie ... nun ja, *atmen.* Es war ein Stadtplan auf brüchigem Pergament. Die Karte zeigte Barcelona, wie es einmal gewesen war. Im Jahre 1345. Die singende Stadt war damals kleiner gewesen, als sie es heute war. In den Kartuschen am Rand der Karte standen Erläuterungen zu den Straßen und Plätzen. Ein leises Summen war zu hören wie der Hall von Liedern aus den engen Gassen von Vilapicina. Wie dahingehauchte Melodien aus einer ganz anderen Zeit, gespielt auf Instrumenten, die heute kaum jemand mehr benutzte.

»Was ist das?«

»Du meinst die Musik?« Der Kartenmacher lächelte wissend.

»Ja.«

»Dies hier«, betonte er, »ist die singende Stadt.«

Das Mädchen fragte sich einen Augenblick lang, ob sie ihn richtig verstanden hatte.

Doch bevor sie eine weitere Frage stellen konnte, berührte der alte Márquez die Karte. Dort, wo die Zahl 1345 gestanden hatte, schrieb er unsichtbar mit dem Zeigefinger etwas auf das Pergament. Eine Jahreszahl, wie Catalina richtig vermutete.

Augenblicklich begann sich der Stadtplan zu verändern. Straßen und Wege krochen vom Montjuic aus in alle Richtungen. Eine Hafenmauer wurde erkennbar und dort, wo eben noch grüne Felder gewesen waren, machten sich nun Häuser und Kirchen breit. Sogar Fabriken wuchsen am Stadtrand aus dem Nichts. Schiffe, die kleine Punkte waren, wurden auf dem Blau des Meeres sichtbar. In der Kartusche erschien eine neue Jahreszahl: 1889.

»Was, in aller Welt …?«, flüsterte Catalina und wagte es nicht einmal, die Karte zu berühren.

Immer noch war leise Musik zu hören und das Mädchen war sich ganz sicher, dass die Töne vom Pergament herkamen. Dass sie *aus* dem Pergament kamen, irgendwie. Es passierte einfach. Wie so etwas möglich war? Catalina hatte nicht die geringste Ahnung.

»Das ist … Zauberei.« Ein anderes Wort fiel ihr nicht ein.

Arcadio Márquez, der sie die ganze Zeit über nicht aus den Augen gelassen hatte, sagte: »Deine Mutter mochte in deinem Alter gewesen sein, Catalina, als sie das hier erschaffen hat.« Zärtlich berührte er die Karte und bedeutete Catalina, das Gleiche zu tun.

»Was ist das?«, flüsterte das Mädchen erschrocken. Das Papier fühlte sich warm an, fast als würde es atmen.

»Meine Mutter hat wirklich diese Karte gemacht?«

Das Bild vor Catalinas Blick wurde mit einem Mal ganz bunt. Überall in den Straßen flackerten Farben. Rote, gelbe, blaue und grüne Tupfer allerorts.

»Sie erkennt dich«, sagte der Kartenmacher.

Ungläubig starrte Catalina auf das Farbenspiel, das so schnell wieder erlosch, wie es aufgeflammt war. »Die Karte erkennt, dass ich Saritas Tochter bin?« War es das, was er ihr sagen wollte?

»Sie hat dich begrüßt.«

Catalina atmete tief durch.

Die Karte mit dem Plan der singenden Stadt lag jetzt wieder auf dem Tisch wie eine gewöhnliche Karte.

»Wie hat sie das gemacht?«

Arcadio Márquez zuckte die Achseln. »Sie hat es einfach gekonnt.«

»Einfach so?«

Er nickte. »Ja, einfach so.«

Das Mädchen überlegte kurz. »Seit wann besitzen Sie diese Karte?«

»Seit mehr als zwanzig Jahren.«

»Und warum zeigen Sie mir sie erst jetzt?«

Sorgen huschten über das Gesicht des Kartenmachers. »Das ist eine lange Geschichte.«

»Wir haben Zeit.«

»Ich weiß. Ja, ich weiß.« Er griff mit zittriger Hand nach der Dose, in der er seine Zigarillos aufbewahrte. »Es hat sich etwas ergeben, das ...« Er stockte. »Nein, nein, ich sollte von vorne beginnen.«

Catalina schwieg und wartete ab.

Arcadio Márquez zupfte sich an seinem Bärtchen. Das tat er nur, wenn er angespannt war. So gut kannte Catalina ihn mittlerweile. »Als Sarita mit dir in jener Nacht hier auftauchte, da ahnte ich, dass mehr hinter diesem Besuch stecken mochte, als sie mir zu erzählen bereit war. Deine Mutter hatte schon immer ihre Geheimnisse. Wie eine Katze ist sie gewesen, damals. Dir nicht unähnlich, will ich meinen.« Er zwinkerte ihr zu. »Wenn da etwas in ihrem Leben passiert war, das sie nach Barcelona hat kommen lassen ... sie hätte es mir nicht gesagt.« Er hob die Hand, bevor Catalina etwas einwenden konnte. »Der Tod deines

Vaters hatte nichts damit zu tun. Es war etwas anderes, das ihr Sorgen bereitete.«

»Was ist es gewesen?« Catalina fühlte sich mit einem Mal ganz atemlos. Sie hatte nie verstehen können, warum ihre Mutter sie so plötzlich hierhergebracht hatte, verstand es noch immer nicht.

Sie hatte natürlich gefragt, wieder und wieder. »Warum tust du das? Warum lässt du mich allein? Wir müssen zusammenbleiben, gerade jetzt. Wir sind doch eine Familie, wir zwei.«

»Auf manche Fragen gibt es keine Antworten«, hatte ihre Mutter gesagt.

»Papa wäre da anderer Meinung gewesen.«

Sarita Soleado hatte nichts darauf zu erwidern gewusst.

»Ich komme bald wieder«, hatte sie stattdessen versprochen. Doch sie hatte Catalina dabei nicht ins Gesicht sehen können und bis heute hatte sie ihr Versprechen nicht gehalten.

Der alte Márquez schaute dem Mädchen in die Augen. »Ich weiß nicht, warum Sarita dich hergebracht hat oder wo sie ist. Das musst du mir glauben.«

»Aber Sie haben doch eine Vermutung.«

»Die habe ich, allerdings.« Er entzündete ein Streichholz und zog an seinem Zigarillo.

»Und?«

»Sie gab mir ein Blatt Papier, nichts weiter.« Er stand auf, ging zu dem Schrank in der Kochecke und kehrte mit einem winzigen Zettelchen zurück, das zerknittert und an den Ecken schon vergilbt war. Jemand hatte ein dickes Schiff daraufgemalt. Tief unter dem Schiff befanden sich zwei Wellenlinien und in einer Ecke des Blattes erkannte Catalina etwas, das sie entfernt an eine Harlekinmaske erinnerte.

»Sarita bat mich, allzeit einen Blick auf diese Zeichnung zu werfen«, sagte der Kartenmacher. »Jeden Tag sollte ich nachschauen, ob das Schiff noch auf den Wellen schwimmt.«

»Es schwimmt aber nicht auf den Wellen, sondern ein gutes Stück darüber.«

Der Kartenmacher nickte. »Du hast recht. Heute Morgen war noch alles so wie immer. Aber irgendwann am Nachmittag hat sich die Zeichnung verändert. Seitdem sieht sie so aus wie jetzt.«

Catalina betrachtete die Zeichnung mit zusammengekniffenen Augen. Düster wirkte das Schiff, obgleich es nicht viel mehr als eine Kontur war. Etwas, das ihre Mutter gezeichnet hatte. Es wirkte bedrohlich. Und verschlagen.

»Ich sollte dir etwas ausrichten, sobald sich die Zeichnung verändern würde, das war der Wunsch deiner Mutter.«

Jetzt wurde dem Mädchen erst richtig mulmig zumute. Was, in aller Welt, ging hier nur vor? Der strahlende Herbsttag schien auf einmal zu etwas zu werden, an das sie sich später nur ungern würde erinnern wollen. Es war, als geriete ihre Welt aus den Fugen. Als passiere etwas. Dinge, dachte sie, die da kommen, kündigen sich nur selten vorher an. Ihre Mutter hatte ihr das einmal gesagt, aber sie hatte nicht verstanden, was sie damit gemeint hatte. Jetzt glaubte sie zu fühlen, was Sarita ihr hatte mitteilen wollen.

»Was sollten Sie mir ausrichten?«

Der alte Kartenmacher stand ganz plötzlich auf und lief im Raum auf und ab. »Wenn die Zeichnung sich verändert, sagte Sarita damals, dann wird ein Schiff in die singende Stadt kommen. Sie sagte, dass es deinetwegen nach Barcelona kommen würde.«

»Wegen mir?« Sie war doch nur ein Mädchen. Noch nicht mal eine echte Kartenmacherin.

»Sarita Soleado«, sagte der alte Kartenmacher, »ist eine Hexe.«

So!

Jetzt war es ausgesprochen.

Arcadio Márquez schien irgendwie erleichtert zu sein.

Catalina nicht.

Sie starrte ihn an.

»Du hast mich richtig verstanden. Deswegen konnte sie diese Karten zeichnen, wie niemand sonst es zu tun vermochte.«

Das Mädchen dachte für einen Moment, dass sich die Wände der Windmühle zu drehen begannen. Die Gedanken rasten in ihrem Kopf herum wie eine Wolke aufgeschreckter Vögel. Das war einfach zu viel. Sarita Soleado, ihre Mutter, eine Hexe? Nein, das musste ein Irrtum sein. Und was war das für eine abenteuerliche Geschichte mit dem Schiff? Weswegen sollte irgendjemand nach *ihr* suchen sollen?

»Da ist noch etwas . . .«, fuhr Arcadio Márquez fort. Doch bevor er weitersprechen konnte, pochte es an der Tür.

Sie sahen einander an.

Wer sollte das sein? Kundschaft kam um diese Tageszeit normalerweise keine mehr.

Noch benommen von den seltsamen Neuigkeiten, sprang Catalina auf und ging zur Tür. Sie spürte die kalte Klinke in ihrer Hand, hörte das leise Knarren der Scharniere. Erst als die Tür mit einem Ruck ganz unsanft aufschwang und sie die hochgewachsene Gestalt mit der boshaft grinsenden Harlekinmaske erblickte, begriff sie, was die Zeichnung vorhergesagt hatte. Ein Schiff war in die Stadt gekommen. Und der Harlekin, dessen Augenschlitze finsterste Schatten waren, hatte gefunden, wonach er gesucht hatte.

Nicht Schatten, nicht Licht

Jordi Marí gestand sich ein, dass er niemals zuvor solche Angst gehabt hatte. Nicht einmal vor den Schlägen, die sein Vater austeilte, fürchtete er sich so sehr wie vor dem Harlekin-Mann. Selbst der zerbrochene Glühstab, der zu seinen Füßen lag, ließ ihn nicht so frösteln wie das Ding mit dem breiten schwarz-weißen Grinsen in seinem maskenhaften Gesicht.

So nah war der Junge der Maske gewesen, dass er die Kälte in der Dunkelheit dahinter sogar hatte riechen können. Er hatte sie gefühlt, wie man einen eisigen Hauch auf der Haut spürt, wenn ein Unheil ganz dicht an einem vorüberzieht.

Erschöpft rieb er sich über die Augen und sah sich in der Gasse um. Das Ding mit der Harlekin-Maske war fort. Jordi hatte keine Ahnung, wohin es verschwunden war. Darüber hinaus konnte er sich auch gar nicht erst erklären, wo in aller Welt es hergekommen war. Keine Menschenseele hatte sich in der Gasse herumgetrieben, bevor er mit der Gestalt zusammengestoßen war, da war er sich so gut wie sicher. Die Gestalt mit den dunklen Klamotten war einfach auf der Bildfläche erschienen und er war in sie hineingelaufen.

Er seufzte gequält auf. Was für ein Schlamassel!

Zu seinen Füßen glänzten die Scherben des einzigen Glühstabs, der in ganz Barcelona noch zu haben gewesen war. Langsam zog die Dämmerung auf. Niemals würde er es rechtzeitig schaffen und vor dem Einbruch der Dunkelheit beim Leuchtturm sein. Aber das war auch schon egal. Denn mit leeren Händen dort zu erscheinen war undenkbar. Jordi wusste, was ihn erwartete.

Plötzlich fühlte er, wie unendliche Müdigkeit ihn überkam. Selbst die Vorstellung, sich einfach nur aufzusetzen und hinunter zum Hafen zu gehen, erschien ihm mit einem Mal unfassbar anstrengend.

Und warum auch? Was hatte das überhaupt für einen Sinn?

Er könnte zurück zum Laden des Leuchtgefäßemachers laufen, um . . . ja, um was zu tun? Um den spindeldürren Villángomez um einen neuen Glühstab zu bitten, obwohl er doch wusste, dass es gar keinen mehr gab? Nein, der Mann im Leuchtgefäßeladen konnte ihm nicht helfen.

Niemand konnte ihm mehr helfen.

So einfach war das.

Der Leuchtturm würde heute Nacht ohne den Glühstab auskommen müssen, womöglich auch morgen und die ganze Woche. Blieb allein die Frage, wie Jordi *das* seinem Vater beibringen konnte.

Ein sanfter Lichtschein fiel auf ihn. Jordi sah überrascht

hoch. Die Laternen Barcelonas begannen zu glühen, der Abend breitete zögerlich seine Schwingen aus. Wie lange mochte er hier schon sitzen und grübeln?

Bald würde es finstere Nacht sein und Barcelona hell erleuchtet von Abertausenden funkelnder Lichterlampen. Die Glühwürmchen würden um die Laternen tanzen und die Menschen kämen aus ihren Häusern, um die Besorgungen zu machen, für die es in der Mittagszeit zu heiß gewesen war. Die Stadt würde zum Leben erwachen, gerade so, als sei man in ein ganz schillerndes buntes Märchen versetzt worden.

Einzig Jordis Gedanken würden trüb und traurig sein und ganz ohne Farbe.

Ein Schmetterling erweckte mit einem Mal seine Aufmerksamkeit, weil er ihm dicht vor der Nase herumtanzte. Orangerot-bunte Flügel hatte er und Fühler, die wie wunderschöne Wimpern aussahen. Er flatterte lange vor dem Gesicht des Lichterjungen.

Jordi streckte die Hand aus und für den Bruchteil eines Augenblicks setzte sich der Schmetterling auf seine Fingerspitze. Die winzigen Beinchen kitzelten ein wenig auf der Haut, und als Jordi lächelte, stellte er sich vor, wie das kleine Tier zurücklächelte.

»Guten Flug«, flüsterte Jordi und achtete darauf, die zarten Schmetterlingsflügel nicht zu berühren.

Dann flog der Schmetterling davon, tanzte durch die Gasse, umrundete eine Laterne, schwebend und flatternd, steuerte einen Balkon an, umkreiste die Wäsche, die dort hing, ließ sich vom Wind nach unten tragen, setzte sich auf das Schild einer Schusterei.

Er sah nicht das Netz, das die Spinne dort gespannt hatte.

»Pass auf«, flüsterte Jordi erschrocken.

Zu spät! Wild zappelnd hatte sich der Schmetterling in dem großen Spinnennetz verfangen.

Jordi überlegte kurz, ob er dem Schmetterling zu Hilfe kommen sollte. Er würde an der Hauswand emporklettern müssen, um zu dem Schild zu gelangen. Dann jedoch sah er, wie die bunten Flügel wütend auf- und zuklappten, wie die kleinen dürren Beinchen sich aus dem Netz zu befreien versuchten, während die Spinne mit dem fetten Leib in einer schattigen Ecke nur darauf wartete, dass die Kräfte ihrer Beute nachließen.

Der Schmetterling jedoch dachte nicht im Traum daran, sich in sein Schicksal zu fügen. Weiter und weiter zappelte er, wild und ungestüm, suchte mit den Beinen nach neuem Halt, löste sich nach und nach von den klebrigen Fäden. Das ganze Spinnennetz schaukelte im sachten Wind, der vom Meer her wehte. Fast kam es Jordi so vor, als helfe der Wind dem Schmetterling, indem er der Spinne ins Gesicht blies und sie daran hinderte, zu ihrer Beute zu kriechen.

»Du schaffst es«, hörte sich Jordi murmeln.

Er trat vor. Der Efeu, der an der Hauswand in die Höhe rankte, müsste ihm ausreichend Halt bieten, wollte er nach oben klettern.

Dabei wusste er, dass man die Flügel gar nicht berühren durfte. Schmetterlingsflügel, einmal berührt, und niemals wieder werden sie sich erheben. Das jedenfalls sagte man sich. Jordi hatte keine Ahnung, ob das wirklich der Wahrheit entsprach.

Der Schmetterling, dem solche Weisheiten egal waren, hatte sich unterdessen fast befreit. Mit kräftigen Flügelschlägen löste er sich aus der klebrigen Falle und stieg in die Lüfte empor – und die fette Spinne, die jetzt aus ihrem Versteck gekrabbelt kam, weil sie um ihr Abendessen fürchtete, konnte nunmehr den bunten Flügeln hinterhersehen, die noch einen Moment dicht vor dem Netz auf und ab tanzten, bevor der Schmetterling davonflog.

Und während Jordi beobachtete, wie das schillernde Wesen in der Ferne verschwand, wusste er mit einem Mal, dass er in ebendem Augenblick, in dem es dem Tier gelungen war, sich gegenüber der Spinne zu behaupten, einen Entschluss gefasst hatte. Es war ein Entschluss von solcher Tragweite, dass es ihn verwunderte, wie ein solcher Gedanke von ihm höchst selbst gedacht worden sein konnte.

»Etwas muss sich endlich ändern.« Er sprach diese Worte laut aus. Die Worte klangen hell und klar, als hätten sie schon lange in ihm gelauert und nur darauf gewartet, ausgesprochen zu werden.

»Ich werde nicht mehr zurückgehen!« Auch das sagte er laut. Es war niemand da, der sich über ihn hätte wundern können. Und selbst wenn da jemand gewesen wäre, hätte das nichts daran geändert, dass Jordi Marí zum ersten Mal seit Jahren eine Entscheidung getroffen hatte und den Weg vor sich sah, den er gehen wollte. Nun ja, wenn er ehrlich war, sah er den Weg noch nicht besonders deutlich vor sich. Aber das kümmerte ihn in diesem besonderen Moment herzlich wenig.

Jordi trat an das Spinnennetz heran und beobachtete die fette Jägerin, die nun ganz ruhig am Rand des Netzes saß und wartete.

Warte du nur, dachte er beschwingt. Der Schmetterling wird den gleichen Fehler jedenfalls nicht noch mal machen.

Jordi atmete einmal tief ein und wieder aus. Ja, er würde hier bleiben, in der Stadt, die er schon immer geliebt hatte, das war so sicher wie die Tatsache, dass der Leuchtstab noch immer zerbrochen zu seinen Füßen lag. Er hörte, wie die singende Stadt um ihn herum langsam erwachte, und wusste, dass er es schaffen würde. Irgendwie würde er sich durchschlagen.

»Leb wohl, Spinne«, sagte er. Und lächelte dabei, wie er es seit langer Zeit schon nicht mehr getan hatte.

Aus einem Grund, den er selbst nicht kannte, zog es Jordi nach Dalt Vila, jenem Stadtteil Barcelonas, der sich mit seinen weißen Häusern an den Montjuic schmiegte. Es mochten zwei Stunden vergangen sein, seit er die Spinne in der Gasse irgendwo nahe der Avinguda de les Drassanes zurückgelassen hatte. Umhergewandert war er, ohne Ziel. Und dabei hatte er sich so frei gefühlt wie der Schmetterling in der Luft.

Die engen Straßen und Gassen in der Altstadt trugen

noch immer die Namen der Handwerker und Zünfte, die sich einst hier niedergelassen hatten. Es gab Spiegelmacher in der Carrer dels Mirallers, Hutmacher in der Carrer dels Sombrerer und Silberschmiede in der Carrer de la Argentaria. Mancherorts sah man geschnitzte Treppen, die außen an den Fassaden zu den Hauseingängen unter den Dachfirsten führten. Es gab Gaststätten, in deren Fenstern warmes Licht leuchtete und die Tapas und Cava anboten.

Dort, wo sich der Passaeig el Born zur Placa Mercat öffnet, befanden sich die Markthallen, große Gebäude aus Eisen und Glas. Jordi war schon mehrmals hier gewesen, wenn er Vorräte für den Leuchtturm hatte einkaufen müssen. Auf den gekrümmten Laternen aus Gusseisen saßen oft fliegende Fische, deren Mosaikschuppen das sanfte Licht brachen, sodass sie wie durchsichtig kunterbunte Wesen aussahen, die ein Maler in die Wirklichkeit gepinselt hat. Es roch nach heißer Schokolade und den Nadeln der Pinien, nach Kaffee und den Blüten der katalonischen Herbstbäume, in deren Ästen auch um diese Jahreszeit noch Buchstaben wuchsen.

Die ersten Stunden in Freiheit waren es, in denen Jordi durch Straßen wanderte, die er schon lange kannte, aber doch nie so gesehen hatte, wie er es jetzt tat. Er atmete das richtige Leben und war so voller Zuversicht, dass er förmlich hätte platzen können vor Glück.

Doch dann traf er zum zweiten Mal an diesem Tag auf den Mann mit der Harlekin-Maske und ihm wurde bewusst, dass es Dinge in der Stadt gab, um die man besser einen großen Bogen machte.

Er bemerkte den Maskenmann am Placa del Laietana, aber er konnte nicht sagen, ob es die gleiche Gestalt war, mit der er vorhin zusammengestoßen war. Es war eine ähnliche Maske, ganz sicher, breit grinsend in schwarzweiß mit Lippen so rot wie Blut. Halb lag sie im Schatten des breiten Hutes, den der Mann trug. Sein Gewand wirkte irgendwie mittelalterlich und dann doch wieder nicht. Es war fremdartig, wie aus einer Zeit, an die sich niemand mehr zu erinnern vermochte.

Der Harlekin-Mann stand in einem Obstladen und redete mit der Händlerin, einer Bauersfrau mit rosigem, rundem Gesicht. Ihre Augen leuchteten fröhlich.

Von weit her kamen die Bauern, um in Barcelona ihre Waren anzubieten. Die Frau war gerade dabei, eine Handvoll Trauben in eine Papiertüte einzuwickeln, als sie von dem Harlekin-Mann angesprochen wurde. Zumindest sah es für Jordi so aus, als würde der Harlekin mit dem gemalten Mund sprechen. Er beugte sich zu der Händlerin, als wollte er ihr ein Geheimnis zuflüstern.

Schnell ging Jordi an einem gegenüberliegenden Zeitungsstand in Deckung und lugte vorsichtig zwischen den Tageszeitungen hindurch.

Der Kunde, für den die Bauersfrau die Trauben einpackte, trat instinktiv zur Seite. Der Harlekin-Mann war der Händlerin jetzt ganz nah und für einen kurzen Augenblick lang glaubte Jordi zu sehen, wie Dunkelheit aus den Sehschlitzen in der weiß-schwarzen Maske mit der krummen Nase floss und die Augen der Bauersfrau benetzte.

Der Kunde, der das alles verfolgt hatte, wurde mit einem Mal so bleich, dass man hätte meinen können, einem Gespenst gegenüberzustehen. Er rührte sich jedoch nicht von der Stelle. Der Harlekin-Mann packte ihn so schnell am Arm, dass es wie eine flüchtige freundschaftliche Geste aussah. Er beugte sich zu seinem Opfer hinüber, das sich nur kurz zur Wehr setzte. Und dann war auch dessen erschrockenes Gesicht von Dunkelheit benetzt.

Mit einem Mal schien Jordi seine neu entdeckte Freiheit höchst trügerisch. Etwas ging in der Stadt vor sich und er hatte nicht die geringste Ahnung, was es sein könnte.

Die Geschichten von der fliegenden Galeone, die früher einmal die Hexen im Land gejagt haben mochte, blitzten in einem Winkel seines Hirns auf. Vielleicht hatten diese Gestalten etwas mit der Galeone zu tun? Aber warum trieben sie sich in Barcelona herum? Was suchten sie hier?

Jordi merkte, wie er sich krampfhaft an einer Zeitung festhielt, die er unwillkürlich aus dem Ständer neben sich gegriffen hatte.

Die Bauersfrau stand jetzt ganz still da, ebenso der Mann, den der Harlekin wieder losgelassen hatte. Die Mienen der beiden sahen, selbst auf die Entfernung hin, mit einem Mal anders aus. Das fröhliche Leuchten war gänzlich aus dem runden Gesicht der Bauersfrau verschwunden. Sie wirkte bleich, leblos. Und die Trauben, die sie noch immer in der Hand hielt, waren verfault.

Der Harlekin-Mann schaute von einem zum anderen. Die Augen, die keine waren, blickten leblos zur Straße und der Mund, der nur gemalt war, flüsterte keine Worte, die man sehen konnte. Er nickte der Bauersfrau und dem Mann im Anzug zu, dann verschwand er im hinteren Teil des Ladens und wurde eins mit den Schatten, die dort hinten lebten. Wieder hatte Jordi das Gefühl, als sei er einfach so verschwunden.

»Du da!«

Erschrocken drehte sich Jordi um.

Ein Mann mit hochgekrempelten Hemdsärmeln und einer Schnapsnase stand hinter ihm.

»Ich habe nichts getan«, sagte Jordi schnell. Er wusste, dass es viele Diebe in Dalt Vila gab. Der Zeitungsmann wusste das wohl auch.

»Willst du eine Zeitung kaufen?«

Im ersten Moment hatte Jordi keine Ahnung, was der Mann meinte. »Eigentlich nicht«, murmelte er.

Verstohlen warf er einen Blick zum Obstladen auf der anderen Straßenseite.

»Kauf eine Zeitung oder verschwinde von hier!«, fuhr ihn der Zeitungsmann mürrisch an. Er roch nach kaltem Tabak. »Ich mag es nicht, wenn die Leute nur zum Lesen herkommen. Sie betatschen mir meine Sachen und hauen dann ab, um ihr Geld sonst wo zu lassen. Auf die Art von Kundschaft kann ich gerne verzichten.« Er schnaubte und hustete danach recht lautstark in ein schmutziges Taschentuch. »Also, was ist jetzt?«

Aus den Augenwinkeln heraus beobachtete Jordi, wie die Bauersfrau und der Mann im Anzug den Obstladen verließen. Etwas schien mit ihren Augen zu sein. Sie sehen dunkler aus als vorhin, dachte Jordi und fragte sich, ob das Dämmerlicht ihm etwas vorgaukelte.

Der mürrische Zeitungsmann hatte genug. Er gab Jordi eine Ohrfeige. »Sieh zu, dass du Land gewinnst!«

Bevor er sich noch einen Tritt einhandeln konnte, machte Jordi, dass er wegkam.

Der Obstladen lag jetzt verlassen da. Vom Harlekin-Mann war keine Spur zu sehen. Es war, wie Jordi es vermutet hatte. Irgendwie war er eins mit den Schatten geworden.

Die Bauersfrau und der Mann im Anzug aber gingen gemeinsam die Straße entlang. Warum die Frau ihren Stand verwaist zurückließ, konnte Jordi sich nicht erklären. Die fauligen Trauben hatte sie einfach auf den Boden fallen lassen.

Am Ende der Gasse blieben die beiden lange stehen, betrachteten eingehend jeden Passanten, schienen Witterung aufzunehmen. Ja, genauso sah es aus. Die beiden kamen dem Jungen vor wie frisch abgerichtete Bluthunde, die auf eine Fährte angesetzt worden waren. Sie sind dunkler als vorhin, dachte Jordi und wusste nicht einmal, was genau er damit meinte.

Er fröstelte. In den fünfzehn Jahren seines Lebens hatte er noch nie etwas so Furchteinflößendes gesehen und ihm wurde klar, dass er von nun an in einer Stadt auf sich allein gestellt war, in der etwas vor sich ging, dessen Bedeutung er noch längst nicht erfasst hatte.

Er schüttelte den Kopf, wie um die Bilder zu vertreiben, und blickte sich nach allen Seiten um. Eine alte Frau stand neben dem Zeitungsladen und drohte dem mürrischen Besitzer mit ihrem Stock. Der Mann sah auf einmal ganz kleinlaut aus.

Jordi musste grinsen.

Nein, er würde sich keine Angst mehr einjagen lassen. Das war es, was er ein für alle Mal hinter sich gelassen hatte. Es mochte Zufall sein, dass er auf den zweiten Harlekin-Mann getroffen war. Und auch die Galeone, die am Hafen lag, mochte nicht von Bedeutung sein.

Dagegen war sehr wohl von Bedeutung, dass er, Jordi Marí, von nun an in Barcelona leben würde, das gerade zu singen begann. Alles, was er tun musste, war, den Liedern zu lauschen und tanzen zu lernen. Denn was immer da auch kommen mochte – Jordi war endlich frei.

Die Flucht

Der erste Gedanke, der Catalina Soleado durch den Kopf schoss, als der Eindringling mit der Harlekin-Maske im Türrahmen stand, galt ihrer Flucht. Der zweite galt dem alten Kartenmacher, den sie unter gar keinen Umständen in der Windmühle würde zurücklassen können. Sie starrte den Eindringling an und alles in ihr erschauderte. Nie zuvor hatte sie derartige Furcht empfunden. Ein Kaninchen musste sich so fühlen, wenn es dem Fuchs ins Antlitz schaut. Es war die Angst der Beute vor dem Jäger.

In den Augenschlitzen der schwarz-weißen Maske mit dem rot geschminkten Grinsen war nur allertiefste Nachtschwärze zu erkennen – und dieser Erkenntnis folgte dann auch gleich der dritte Gedanke, der tief in ihr etwas auslöste, das man als kreischend kopflose, zähneknirschende Panik hätte bezeichnen können.

Dahinter ist nichts, dachte Catalina und konnte den Blick kaum mehr von den Augenschlitzen lösen. Hinter der Maske befindet sich rein gar nichts; nichts, nur Dunkelheit. Ja, das ist es, was das breite Grinsen verbirgt.

Aber war das eine Erklärung?

Mitnichten!

Ein Schatten war in die Windmühle gekommen, um die Hexentochter mit sich zu nehmen. Sie erinnerte sich an die Worte des alten Kartenmachers. An die Zeichnung mit dem schwarzen Schiff, das über den Wassern schwebte.

Was, in aller Welt, ging hier nur vor?

Der alte Márquez hatte sich von seinem Platz erhoben. »Wie könnt Ihr es wagen, in mein Haus einzudringen?«, herrschte er den Eindringling an. »Gebt Euch wenigstens zu erkennen und tragt Euer Anliegen vor!« Er griff sich einen langen Schürhaken, der neben dem Ofen lag, und trat forschen Schrittes auf den Mann mit der Harlekin-Maske zu.

Dieser wiederum tat etwas, womit weder der alte Kartenmacher noch das Mädchen gerechnet hatte.

Er zischte. Wie eine Schlange, so hörte es sich an, nur kälter.

Catalina ging einen Schritt rückwärts.

Stolperte.

Erschrocken schrie sie auf, als der Fremde seinen Fuß über die Schwelle setzte. Flink und geschmeidig waren die Bewegungen der Kreatur, die, davon war Catalina überzeugt, nie und nimmer ein Mensch sein konnte. Sie hatte schon oft Menschen mit Masken gesehen. Und so klein und eng die Augenschlitze auch gewesen waren, es waren doch immer noch Augen dahinter zu erkennen gewesen.

Aber dieses Ding hatte keine Augen. Jeder Zweifel war ausgeschlossen. Blieb die Frage, was es war.

Es ist Dunkelheit, wisperte eine düstere Vorahnung, die tief in ihr verborgen war. Ein Schatten.

Sie stand auf und rannte auf den alten Kartenmacher zu, der sich mit hoch erhobenem Schürhaken dem Wesen entgegenstellte.

Der Harlekin-Mann blieb einen Augenblick lang stehen und betrachtete den Raum. Für einen ganz kurzen Moment hatte Catalina das Gefühl, als würde Dunkelheit aus den Augenschlitzen heraustropfen. Sie warf dem alten Márquez einen raschen Seitenblick zu. Auch er hatte es gesehen. Ganz bleich war er geworden und seine Hände zitterten.

»Lauf weg!«, befahl er dem Mädchen. »Lauf weg, so schnell du kannst und so weit es nur geht.«

Doch Catalina hörte nicht auf ihn. Wie erstarrt blieb sie stehen und alles, was sie denken konnte, war, dass sie auf gar keinen Fall einfach so davonlaufen würde.

Hier war ihr Zuhause. Die Windmühle war alles, was ihr etwas bedeutete. Die vielen Karten, die zwei Räume, der Herd und der Kräutergarten draußen auf dem Dach. Der alte Márquez, der sich um sie gekümmert hatte, als sie dachte, von allen verlassen worden zu sein. Und wo sollte sie auch hin? Einfach in die Nacht hinauszuflüchten erschien ihr wenig klug. Überhaupt: Vielleicht irrten sie sich ja. Vielleicht war der Harlekin-Mann nichts weiter als ein hundsgewöhnlicher Gauner, der den Kartenmacher bestehlen wollte?

Vielleicht, vielleicht, vielleicht ...

Der Harlekin-Mann drehte den Kopf zur Seite, wie ein Raubvogel, der seine Beute betrachtet. Dann ging alles sehr schnell.

»Lauf!«, schrie der alte Márquez.

Fast im selben Augenblick setzte sich der Harlekin-Mann in Bewegung. Er sprang auf den alten Kartenmacher zu.

Nein, das war nicht richtig.

Es war Catalina, auf die er es abgesehen hatte.

Die Handschuhe, die der Harlekin-Mann trug, griffen nach dem Mädchen und der Gedanke, dass auch in diesen Handschuhen nichts anderes war als Dunkelheit, blitzte so schnell auf, dass Catalina ihn kaum fassen konnte.

Schon war der Maskierte fast heran, als sich der Kartenmacher dem Wesen in den Weg stellte. Arcadio Márquez schlug ohne Vorwarnung mit dem Schürhaken zu. Der Harlekin-Mann aber duckte sich, sodass der erste Schlag ins Leere ging.

»Verschwinde!«, schrie ihn der Kartenmacher an. Der Zorn in seiner Stimme verdeckte nur schwer seine Furcht.

Catalinas Blick irrte durch den Raum. Etwas – irgendetwas, das sie als Waffe benutzen konnte! In Ermanglung etwas Besseren entschied sie sich für einen der Holzstühle aus der Küchenecke.

Kurz entschlossen hielt sie den Stuhl hoch über den Kopf und schlug damit nach dem Eindringling. Der Harlekin-Mann, der sich auf den alten Kartenmacher mit dem Schürhaken konzentriert hatte, zischte sie wütend an.

Blitzschnell kam er auf sie zu, entriss ihr den Stuhl und packte sie fest am Hals. Das Mädchen keuchte und rang nach Luft, so fest war der Griff. Catalina wand sich in den Armen des Fremden, dessen Maskengesicht dem ihren auf einmal ganz nahe kam.

Oh nein, bitte nicht, flehte sie in Gedanken. Die Augenschlitze kamen näher und näher. Und mit ihnen die Dunkelheit.

»Lass sie los!« Der alte Márquez ließ den Schürhaken auf den Arm des Mannes niedersausen.

Der eiserne Griff der langen Finger lockerte sich und plötzlich wurde Catalina zu Boden geschleudert. Sie fiel auf den Rücken, doch als sie versuchte, sich abzurollen, prallte sie mit der Seite gegen die Königsspindel. Der Schmerz raubte ihr fast den Atem.

Der alte Kartenmacher, das sah sie noch, holte zu einem weiteren Schlag aus. Der Schürhaken traf sein Ziel mit voller Wucht. Die schwarz-weiße Maske fiel mit einem dumpfen Ton auf die blank polierten Holzdielen, aber sie zerbrach nicht. Sowohl das Mädchen als auch der Kartenmacher konnten nun einen Blick auf das Gesicht des Fremden erhaschen.

Der alte Márquez starrte entsetzt und wie gelähmt auf die Stelle, wo vor wenigen Augenblicken noch die Maske gewesen war. Jene Stelle, an der nun gar nichts mehr war.

Sie war leer.

Catalina schnappte nach Luft, wollte gar nicht hinsehen – und doch gelang es ihr nicht, den Blick abzuwenden.

»Was ist das nur?«, hörte sie den Kartenmacher flüstern.

Nur finsterste Dunkelheit war an der Stelle, an der das Gesicht des Fremden hätte sein müssen. Rabenschwarze Nacht, nichts weiter. Ein Schatten, der sich bewegte, irgendwie.

»Catalina, lauf endlich fort. Du hast nicht mehr viel Zeit, um . . .«

»Sie müssen mitkommen!«, keuchte Catalina. »Ich lasse Sie nicht allein!«

Der alte Kartenmacher stand noch immer stocksteif da. Dem Harlekin-Mann floss die Finsternis aus dem Gesicht und es sah aus, als tropfe sie in die wuselnden Schatten auf dem Boden. Erschrocken wich Catalina zur Leiter zurück, die in den oberen Stock führte.

»Nun kommen Sie doch endlich!«, schrie sie Márquez an. »Kommen Sie!«

Der Kartenmacher zeigte keine Reaktion. Er hatte ihr den Rücken zugewandt, sodass sie sein Gesicht nicht sehen konnte. Worauf wartete er denn noch?

Der Harlekin-Mann regte sich ebenso wenig wie der alte Mann.

Vielleicht, dachte sich das Mädchen, haben wir ihn unschädlich gemacht. Vielleicht muss man der Kreatur nur die Maske entreißen, damit sie sich nicht mehr rühren kann.

Vielleicht, vielleicht, vielleicht . . .

»Catalina.« Langsam, unendlich langsam, drehte sich der Kartenmacher zu dem Mädchen um. Catalina sah die

Furcht in den alten Augen. »Du musst ohne mich gehen, schnell.«

Stumm schüttelte sie den Kopf. Nein, das konnte sie nicht, das würde sie niemals tun.

»Ich bleibe bei Ihnen«, sagte sie.

Der alte Márquez tat einen Schritt auf das Mädchen zu. Ehe sich Catalina versah, hatte er sie bei der Hand gegriffen und zu sich gezogen. Nie und nimmer hätte sie gedacht, wie stark der alte Mann noch war. »Lauf, Catalina, bitte!«, flehte er sie an. Einen weiteren Schritt kam er auf sie zu, sodass sie die Tortilla in seinem Atem riechen konnte.

»Sie tun mir weh.« Catalinas Stimme war nur ein Krächzen.

Der alte Márquez weinte und packte ihre andere Hand. Catalina schrie auf. Er öffnete den Mund, wollte etwas sagen, doch es gelang ihm nicht. Catalina starrte ihn nur ungläubig an. Der Harlekin-Mann regte sich noch immer nicht.

»Sie ... tun ... mir ... weh!« Sie versuchte sich seinem Griff zu entziehen, aber er packte nur umso fester zu. »Warum ... tun ... Sie ... das ...?«

Er war ihr Meister. Der Mann, dem ihre Mutter so sehr vertraute, dass sie ihre einzige Tochter in seine Obhut gegeben hatte.

Er schlug die Augen nieder und Catalina folgte seinem Blick. Was sie dort am Boden sah, konnte sie nicht glauben.

»Was geschieht mit Ihnen?«, stammelte sie.

Die Schatten, die dem Harlekin-Mann eben aus dem Gesicht geflossen waren, hatten sich mit dem des Kartenmachers verbunden. Niemals zuvor hatte das Mädchen etwas Ähnliches gesehen. Arcadio Márquez war nun nichts weiter als eine Marionette. Sein Schatten gehorchte nicht länger ihm allein. Nein, es war der Körper des Kartenmachers, der nun das tun musste, was der fremde Schatten ihm auftrug. Eine verdrehte Welt, aus der es kein Entrinnen mehr geben mochte.

»Bitte!« Jetzt flehte Catalina förmlich.

Der Griff um ihre Handgelenke verstärkte sich. So fest packte der alte Mann zu, dass die Knöchel weiß hervortraten. Die feinen Äderchen auf seiner Haut färbten sich dunkel.

»Catalina.« Selbst diesen Namen auszusprechen gelang ihm kaum mehr.

»Lassen Sie mich los!«

Er schüttelte den Kopf.

Sie wimmerte und in ihrer Verzweiflung trat sie ihm schließlich mit aller Kraft gegen das Schienbein. Im Gesicht des alten Kartenmachers spiegelten sich Überraschung und Schmerz. In einem Reflex ließ er die rechte Hand des Mädchens los, um nach seinem Bein zu greifen. Die andere Hand packte jedoch nur umso fester zu.

Er fürchtet sich davor, mich laufen zu lassen, dachte sie, weil die Schatten ihn dafür bestrafen werden.

Sie holte tief Luft. »Es tut mir leid«, schluchzte sie. Dann riss sie ihren Meister mit der freien Hand und aller Kraft an den Haaren.

Das zeigte Wirkung. Der Kartenmacher ließ sie augenblicklich los. Catalina verlor das Gleichgewicht, taumelte rückwärts, stieß gegen die Kante des Küchentischs und fiel zu Boden. Die Schmerzen flammten jetzt überall auf. Sie spürte die Tränen, die ihr über das Gesicht liefen. Herrje, sie hatte gar nicht gemerkt, dass sie zu weinen begonnen hatte. Sie wusste nicht einmal, ob sie wegen der Schmerzen weinte oder aufgrund der Tatsache, dass sich der einzige Mensch, dem sie während der vergangenen Monate vertraut hatte, nun gegen sie wandte. Aus einem Grund, den sie nicht einmal richtig kannte.

Ein Zischen, laut und schneidend.

Sie riss den Kopf herum und sah den Harlekin-Mann, der noch immer reglos an seinem Platz stand. Seelenruhig schien er einfach nur abzuwarten, was der alte Kartenmacher tun würde.

Catalinas Blick fiel auf die Leiter, die in den zweiten Stock hinaufführte, dann schaute sie zur Tür, die noch immer offen stand. Würde sie es schaffen, dort hinauszugelangen?

Nein – unmöglich. Der Harlekin-Mann stand zu dicht am Ausgang. Entweder der Kartenmacher oder der Harlekin-Mann selbst würden sie schnappen. Sie hatte keine Wahl. Ihr blieb nur die Flucht nach oben.

Das ist eine Sackgasse, schoss es ihr durch den Kopf.

Du vergisst die Windmühlenflügel.

Und das bedeutete ...

Was?

Wenn sie es bis zur Leiter schaffen würde, dann könnte sie nach oben klettern, die Königsspindel entriegeln und so die Flügel in Gang setzen. Sie könnte genau in dem Moment aus dem Fenster springen, wenn einer der beiden Flügel dort vorbeiraste. Falls es ihr gelang, sich an ihm festzuklammern, konnte sie sich bis zum Boden tragen lassen.

Der alte Kartenmacher setzte sich in Bewegung. Ein letzter Blick in seine Augen überzeugte sie davon, dass er nicht mehr er selbst war. Wer oder was auch immer ihn für seine Zwecke benutzte, es war heimtückisch und boshaft.

Catalina rannte.

Ihre Hände und Füße flogen förmlich die Sprossen der Leiter hinauf. Nicht ein einziges Mal sah sie sich um. Oben angekommen, schlug sie die Klappe zu und verriegelte die Luke. Dann legte sie den Schalter für die Königsspindel um und hörte, wie sich der Mechanismus der Windmühle langsam in Gang setzte. Die beiden Flügel begannen sich im sanften Abendwind zu drehen. Das Rumpeln des Dynamos dröhnte durch die Mühle und brachte die Lichter im Raum zum Glühen.

Der Kartenmacher hämmerte mit den Fäusten von unten gegen die Falltür. Sie verstand nicht, was er schrie, doch der Klang seiner Stimme jagte ihr ein Schaudern über den Rücken. Wie tobsüchtig hörte er sich an.

Die Falltür bebte bedrohlich und es war nur allzu offensichtlich, dass sie nicht ewig den wütenden Schlägen standhalten würde. Catalina musste sie beschweren, irgendwie.

Ihr Blick irrte durch den Raum, der mit einem Mal überhaupt nichts mehr von einem Zuhause an sich hatte.

Tränen der Wut traten ihr in die Augen. Dies hier war ihr Zimmer, wenngleich es niemand so nannte. Aber sie empfand es so, und auch der alte Márquez hatte immer nur von ihrem »klitzekleinen und kunterbunten Refugium« gesprochen und ihre Unordnung lachend zur Kenntnis genommen. Doch nun schien ihr alter Meister den Verstand verloren zu haben und Catalinas liebste Zuflucht wurde ihr plötzlich zur gefährlichen Falle.

Wieder hämmerte es gegen die Bodenluke.

Der Tisch! Damit konnte sie sich ein wenig Zeit verschaffen.

Catalina zerrte den Arbeitstisch, der immerhin aus massivem Holz war, zur Falltür. Quälend langsam bewegte er sich von der Stelle. Die Tuschestifte rollten über die polierte Oberfläche. Die fast vollständige Karte der Insel Eivissa, die sie eigentlich in der Nacht hatte fertigstellen wollen, würde wohl lange Zeit unvollendet bleiben.

»Lass mich rein!«, zischte der Kartenmacher. Seine Stimme war kaum wiederzuerkennen. Catalina verstärkte ihre Anstrengung und im selben Moment, als Márquez von unten abermals gegen das Bodenholz schlug, schob sie das Tischbein auf die Luke, die sich mit jedem Schlag aufwölbte. Fast kippte der Tisch zur Seite, doch Catalina umfasste die Platte mit beiden Händen und drückte sie nach unten, in dem sie ihr ganzes Gewicht auf die Platte legte.

Woher, fragte sich Catalina, hat er nur diese Kräfte? Arcadio Márquez war alt und an manchen Tagen benutzte er sogar einen Gehstock. Jetzt stand er unten auf der wackligen Leiter und schaffte es dennoch, die massive Falltür nahezu aus der Verankerung zu reißen. Allein die Scharniere aus festem Eisen hielten die Tür noch am Boden.

Catalina versuchte ihre Gedanken zu ordnen. Ruhig bleiben musste sie jetzt, sie durfte nichts überstürzen, ehe sie nicht sicher war, dass ihr Plan gelingen konnte.

Wieder warf sich der Kartenmacher von unten gegen die Bodentür. Er zischte, wie der Schatten es vorhin getan hatte. Ganz deutlich hörte sie das Geräusch. Fingernägel kratzten gegen das Holz – ein Schaben, das Catalina innerlich aufschreien ließ.

Zu gerne hätte sie gewusst, was der Harlekin-Mann gerade machte. Stand er einfach nur zwischen Márquez und der Haustür und betrachtete die Szenerie aus sicherer Distanz? Oder war er gar nach draußen gegangen, um einen anderen Weg zu finden, der ihn zu ihr bringen würde?

Wenn er über die Schatten gebieten konnte, warum griffen dann nicht weitere Schatten an? Immerhin versteckten sie sich überall im Raum. Unter dem Tisch, in den Regalen, hinter den Büchern, tief in den Rollen, in denen die Karten aufbewahrt wurden. Wo es Licht gab, da waren auch Schatten. Daran konnte man wohl kaum etwas ändern. Wenn aber der Harlekin-Mann selbst so etwas wie ein

Schatten war und wenn er die Schatten anderer Menschen lenken konnte, warum hatte er dann nicht auch ihren Schatten angegriffen? Warum nur den Schatten des Kartenmachers?

Ein Schlag gegen die Bodentür, fester als alle vorherigen.

Denk nach, denk nach!

Ihr Blick wanderte zum Fenster. Der Raum war nicht besonders groß und auch die Fensteröffnungen hier oben waren klein und rund, sodass sie sich nur mit Mühe durch eines würde hindurchzwängen können. Genau da lag das Problem. Würde sie jetzt versuchen, aus dem Fenster zu klettern, und gelänge ihr das nicht . . .

Herrje, wie groß war wohl die Wahrscheinlichkeit, dass sie im Fensterrahmen stecken blieb? Sie war zwar spindeldürr, aber . . . sie hatte vorher einfach noch niemals mit dem Gedanken gespielt, sich durch eines der Fenster nach draußen zu zwängen. Warum hätte sie so etwas Törichtes auch nur in Erwägung ziehen sollen? Da draußen ging es gut acht Meter in die Tiefe, mindestens. Die Häuserwand war glatt und außerdem waren da die Flügel der Windmühle, groß genug, um jemanden, der unachtsam den Kopf nach draußen steckte, ernsthaft zu verletzen.

Es musste einen anderen Weg geben.

Sie rief sich das Gesicht des Kartenmachers ins Gedächtnis zurück. Etwas Dunkles war ihm in die Augen gekrochen, zumindest hatte es so ausgesehen. Als wären die Schatten, die sich hinter der Harlekin-Maske verborgen hatten, in den Körper des alten Mannes geflossen.

Wie zum Teufel ließ man Schatten verschwinden?

Indem man das Licht einschaltete? Wohl kaum, denn Licht gebar nur weitere Schatten.

»Es muss dunkel sein«, dachte Catalina laut nach. »Im Dunkeln gibt es keine Schatten.«

»Es sei denn ...« Gequält rieb sie sich über die Augen. »Es sei denn, Dunkelheit und Schatten sind ein und dasselbe.«

Am Ende gab es nur einen Weg, um herauszufinden, was es mit den Schatten auf sich hatte. Und wenn sie irrte, dann ... Nun ja, darüber würde sie sich anschließend noch Gedanken machen.

Plötzlich fragte sie sich, ob Márquez Schmerzen verspürte, wenn er mit den bloßen Händen gegen die Falltür schlug. Erneut drang das Nagelkratzen an ihre Ohren. Sie hörte Fingernägel brechen, irgendwo jenseits der Falltür. Holz splitterte.

Die dicken, festen Schrauben lösten sich langsam aus dem Scharnier heraus. Jedes Mal, wenn sich der Kartenmacher von unten gegen die Tür warf, stob Staub auf und die Schrauben zuckten unruhig.

Catalina hatte die Schatten nie zuvor als Bedrohung empfunden. Angenehme Begleiter waren sie gewesen und Verbündete im Kampf gegen die gleißende Mittagssonne. Doch jetzt sah das alles anders aus. Die Schatten waren darauf aus, sie zu fangen und ...

Was zu tun?

Das Mädchen stutzte.

Was wollten die Schatten eigentlich von ihr? Warum waren sie hinter ihr her? Weil ihre Mutter angeblich eine Hexe war, die lebendige Karten zeichnen konnte? War da nicht noch etwas gewesen? Was hatte ihr der alte Márquez sagen wollen, bevor es an der Tür gepocht hatte und der Harlekin-Mann aufgetaucht war?

Eine der Schrauben wurde mit einem Ruck aus der Verankerung gerissen. Sie rollte über den Boden.

Im Bruchteil eines Augenblicks fasste Catalina einen Plan, der vielleicht gut war, vielleicht auch nicht, aber auf jeden Fall wagemutig.

Nein, sie würde nicht aus dem Fenster klettern. Selbst wenn sie es schaffen würde, hieß das, den alten Márquez zurückzulassen – und das brachte sie nicht übers Herz. Es gab noch einen anderen Weg und Catalina wusste, dass sie es sich nie verzeihen würde, wenn sie es nicht wenigstens versuchte.

Schnell rannte sie von einem Fenster zum anderen und versicherte sich, dass die Läden verschlossen waren. Dann nahm sie eine Sandale, die in einer Ecke lag, und schlug mit ihr alle Lichter aus, bis auf eines. Schließlich suchte sie nach einem Versteck.

Die Schläge gegen das Holz ließen mit einem Mal nach und die Geräusche hinter der Luke verstummten vollständig. Es war, als ob der alte Márquez Atem holte für einen letzten Angriff.

Catalina kauerte sich an die Wand hinter der Falltür und verharrte in völliger Regungslosigkeit. Mit ein wenig

Glück würde die Dunkelheit sie verbergen, wenn die Falltür aufsprang.

In der Hand hielt sie die alte Sandale, die mehr als nur ein Loch in der Sohle vorweisen konnte. Über der Bodenluke baumelte die letzte noch verbliebene Lampe im Raum. Ihr Licht ließ die Schatten hervorkriechen, die zwischen den Regalen gelebt und sich unter den Stühlen und Tischen versteckt hatten. Sie waren überall, diese schattenhaften Fetzen geliehener Dunkelheit. Sie fluteten den Raum, bis nur mehr eine winzige Insel aus Licht übrig blieb, in deren Mitte sich die Falltür befand.

Catalina saß ganz still. Die Sandale in ihrer Hand zitterte merklich. Nervös knabberte sie an ihrer Unterlippe.

Warum waren die Schatten hier oben so ruhig? Warum konnte der Mann mit der Harlekin-Maske nicht auch diesen Schatten gebieten?

Warum, warum, warum . . .?

Keiner der Gedanken wurde zu Ende gedacht.

Mit einem lauten Bersten von festem Holz und Metall sprang die Falltür auf. Schrauben flogen durch den Raum, rollten in alle Richtungen.

Catalina duckte sich und war froh, dass die Tür ihren Körper verbarg. Direkt hinter der aufgeklappten Falltür kauerte sie und rührte sich nicht.

Sie hörte, wie der alte Kartenmacher den Raum betrat. Wieder war es ganz still, bis auf das leise, kaum merkliche Zischen, das der alte Márquez von sich gab.

Der Kartenmacher schien sich umzuschauen. Für einen

Moment nur schloss Catalina die Augen. Er würde nicht lange brauchen, um herauszufinden, wo sie sich versteckte. Sie musste sofort losschlagen. Ein Zurück gab es nicht mehr.

Sie öffnete die Augen. Über ihr schaukelte das flackernde Licht. Zackige Schatten hüpften von den Wänden zur Decke, wo sie zwischen den Balken lauerten.

Jetzt!

Catalina trat gegen die Falltür, so fest sie nur konnte. Mit einem Knirschen schloss sich die Luke.

Der alte Kartenmacher stand mitten im Raum und drehte sich blitzschnell um, als er die Bewegung des Mädchens registrierte. Die Falltür beachtete er gar nicht erst.

Fast hätte Catalina aufgeschrien beim Anblick der dunklen Fäden, die in den Pupillen des alten Márquez tanzten. Ja, es waren Schatten und es war der dunkle Schatten des Kartenmachers, der sich wie von selbst bewegen konnte.

Arcadio Márquez war zur Marionette seines eigenen Schattens geworden. Wenn der Schatten die Schattenhand erhob, dann tat die runzlige Menschenhand des Kartenmachers genau dasselbe. Sie tat es, weil sie gar nicht anders konnte. Sie tat es, weil es das war, was hier passierte.

Die Schatten, dachte Catalina unzusammenhängend, sind lebendig geworden.

Arcadio Márquez zischte wie eine Schlange, nur schlimmer. Dann setzte er sich in Bewegung.

Blitzschnell sprang Catalina auf die Beine und schlug mit der Sandale nach der Lampe, die an der Decke baumelte.

Gläsernem Lichtgesplitter folgte völlige Finsternis, die sich über den Raum legte wie ein Tuch aus Nacht. Das Mädchen rollte sich in der Dunkelheit dorthin, wo, das hoffte sie inständig, der alte Márquez sie nicht erreichen konnte.

Dann war es mit einem Mal finster.

Lichterleise. Ihr eigener Atem kam ihr unendlich laut vor, doch wenn sie in die schwere Nachtschwärze lauschte, dann hörte sie immerhin auch kein Zischen mehr. Nur eine alte Stimme, so brüchig wie Pergament.

»Mädchen?«

Noch zögerte sie. Es könnte eine Falle sein, eine Schattenlist.

»Catalina?«

Nein, ausgeschlossen. Es war die Stimme des alten Kartenmachers und sie klang wie sonst, wenn er ihr geduldig erklärte, was sie bei der Linienführung zu beachten hatte.

»Ich bin hier«, flüsterte sie und kroch in der Finsternis auf ihn zu.

Als sie bei ihm war, griff er sanft nach ihrer Hand. »Was ist passiert?«

»Die Schatten sind da.« Sie erschrak selbst, wie dünn und ängstlich ihre Stimme klang.

»Ich weiß.« Er keuchte, hustete. »Sie sind noch immer hier.«

»Wo?«

Es gab nur ihre beiden Stimmen in der Finsternis.

»In mir drinnen.«

Die alte Hand fühlte sich ganz kalt an. »Was passiert mit Ihnen?«

»Ich weiß es nicht.«

»Wir müssen von hier fort.«

Er drückte ihre Hand, ganz fest. »Du musst fort. Ich kann nicht gehen.« Er stockte und dann bemerkte das Mädchen, dass er mit den Tränen zu kämpfen hatte. »Sie sind schwach, diese Schatten. Ich spüre, wie sie sich noch fürchten.«

Das Mädchen verstand nicht, was er meinte.

»Ich glaube, sie fürchten sich vor dir, Catalina.«

Ihre Lippen bebten. »Aber warum?«

»Ich weiß es nicht. Ich weiß es nicht«, wiederholte der alte Kartenmacher in der Dunkelheit.

»Was wollen Sie von uns?«

»Sie wollen nichts von uns, Catalina. Sie wollen dich.«

Sie horchte in die Dunkelheit. »Aber wie kann das sein? Warum ausgerechnet mich?«

»Deine Mutter ist eine besondere Frau. Ich habe dir die Karte gezeigt, die sie gemacht hat.« Jetzt weinte er und zu wissen, dass er das tat, brach Catalina förmlich das Herz. »Du musst die Windmühle verlassen.«

Das Mädchen ertastete das Gesicht des alten Mannes. Es war feucht vor Tränen.

»Du musst jemanden finden. Ich habe Sarita versprechen müssen, dass ich dir den Namen nenne.« Er griff auch mit seiner anderen Hand nach Catalina, als habe er Angst, dass ihn die Schatten selbst in der Finsternis zu finden vermochten. »Ihr Name ist Makris de los Santos.«

»Wer ist sie?«

»Das hat mir Sarita nicht gesagt.«

»Ist sie auch eine Hexe?«

»Kann sein, ich weiß es nicht.« Er versuchte sich aufzusetzen. »Es wird mit mir zu Ende gehen.«

Sie spürte einen Kloß in ihrem Hals. »Nein, das dürfen Sie nicht sagen.«

»Catalina ...«

»Wir werden die Schatten vertreiben.«

Er rüttelte an ihrer Hand. »Catalina! Hör mir zu!«

Sie schwieg, spürte ihr Herz pochen, dort, wo der Schmerz wohnt. »Dunkelheit und Schatten sind nicht dasselbe«, flüsterte sie.

Doch sie ahnte, wie der alte Kartenmacher den Kopf schüttelte. »Noch sind die Schatten schwach. Das wird nicht immer so bleiben, Catalina. Bald schon werden Dunkelheit und Schatten dasselbe sein.« Er berührte sanft ihr Gesicht und strich ihr durchs Haar. »Beim nächsten Lichtstrahl, der in diesen Raum fällt, werde ich nicht mehr Arcadio Márquez sein. Sie lauern auf das Licht, das ihnen Leben einhaucht.« Er packte sie jetzt ganz fest bei der Hand. »Du darfst nicht warten.«

Er tat ihr weh.

»Das ist ein Befehl, Catalina. Du wirst jetzt gehen, solange du es noch kannst. Es ist wichtig!« Er stieß sie von sich fort und das Mädchen hörte, wie er in der Dunkelheit auf die Falltür zukroch und flinke alte Finger sich daran zu schaffen machten.

Sie wischte sich die Tränen aus dem Gesicht.

Nein, schrie es in ihr. Tun Sie es nicht!

»Lauf weg und finde Makris de los Santos!«, sagte Arcadio Márquez noch ein allerletztes Mal. Dann öffnete sich die Tür im Boden.

Ein grinsendes Harlekin-Gesicht kam dort zum Vorschein, schien in dem Loch aus Licht zu schweben. Und Catalina Soleado, die alle Hoffnung schwinden sah, wurde Zeugin, wie Dunkelheit und Schatten eins wurden.

Die Mosaikeidechse

Die Straßen der singenden Stadt erwachten erst mit der Dämmerung zum Leben. Überall in den Häusern und Geschäften brannten Lichter und die Laternen funkelten wie kleine Sterne hoch über den Gassen. Die Hitze des vergehenden Nachmittags wich der kühlen Brise der nahenden Nacht, sodass die Luft wieder leicht und beschwingt zu atmen war. Die kleinen Eidechsen mit ihren Schuppen aus Mosaikstein saßen in den Ritzen der Mauern und schauten neugierig den Passanten zu, die schwatzend und lachend die Straßen bevölkerten.

Jordi mochte die Eidechsen. Sie sahen so aus, als hätten kunstfertige Hände Tausende und Abertausende von winzigen bunten Steinstückchen zu den flinken Eidechsenkörpern zusammengesetzt, die überall anzufinden waren. Er hatte noch nie zuvor eines der Tierchen berühren können, aber er war sich sicher, dass das Geräusch, das sie bei jeder Bewegung machten, mit den vielen Steinchen zu tun haben musste, jenen bunten, eckigen Plättchen, die andauernd gegeneinander stießen und hell und klar klimperten, als flüsterten Hunderte kleiner Glöckchen sich Geheimnisse zu.

Der Junge saß am Fuße einer Mauer am Rand des Passeig de Montjuic und schaute zum Berg hinauf. Die weißen Häuser bildeten den Kern der Altstadt. Wie bewohnte Treppenstufen, so wirkten die Wohnhäuser von Dalt Vila an manchen Stellen. Helle Klötze mit kleinen, eckigen Fenster waren es, die sich da dicht an dicht an den Berg schmiegten. Auf den Dächern sah man oft Gärten, Palmen und Pinien und es gab sogar ein Haus, auf dessen Dach sich eine schäbige Windmühle befand.

Jordi rieb sich müde die Augen.

Was war das für ein Tag gewesen! Er schaute absichtlich nicht zum Hafen, weil sein Blick dann unweigerlich auf den Leuchtturm gefallen wäre, und genau das wollte er vermeiden, jedenfalls heute Abend. Womöglich würde er ihn auch gar nicht ausmachen können, weil das Leuchtfeuer finster blieb in dieser Nacht. Weil er nicht leuchten *konnte.* Weil sein Vater zu betrunken war, um es anzufachen.

Nein, an all das wollte er jetzt nicht mehr denken. Das gehörte zu einem Leben, das nicht länger sein eigenes war. Er war hier, am Fuße des Montjuic, und er würde niemals wieder zurückgehen.

Stattdessen betrachtete er die kleine Eidechse, die soeben aus einer Lücke in der Mauer gekrochen war und jetzt auf einem der klobigen Steine saß und mit winzigen Augen in die Nacht blinzelte.

Jordi fragte sich, wie die Welt wohl aus Sicht der kleinen Eidechse aussehen mochte. War für sie die Mauer nicht das

Größte, das sie sich vorstellen konnte? Es gab lang gezogene Spalten und Ritzen, die tief in die Mauer hineinführten, dicke Steine, mächtige Quader und kleine Brocken, die in den Lücken steckten, feinster Staub, der die winzigen Steinterrassen bedeckte und jedes Mal aufgewirbelt wurde, wenn eine Eidechse ganz schnell das Weite suchte. Dies alles war die Welt, wie die Eidechse sie kannte, in der sie aufgewachsen war. War es ihr möglich, zu erkennen, dass es eine Straße gab? Oder gar etwas, das jenseits der Straße lag? Erkannte sie die Lichter der singenden Stadt und wusste sie von den Menschen? Oder sah sie nur Schuhe und spürte den Boden erzittern, wenn jemand vorüberging?

Die Frage, die dieser folgte, war weitaus beunruhigender.

Sehe ich die Welt wirklich so, wie sie ist? Oder ist das, was ich sehe, nichts als ein Trugbild?

Diese Frage hatte sich Jordi während der vergangenen beiden Stunden so oft gestellt, dass er sie gar nicht mehr zu zählen vermocht hatte. Natürlich hatte er dabei an den Harlekin-Mann denken müssen. Natürlich hatte es etwas mit dem Leuchtturm zu tun.

Und nun, da er sich mit angewinkelten Beinen auf dem Boden niedergelassen hatte und die kleine Eidechse beobachtete, stellte er sich die Frage erneut. War er nicht selbst wie die Eidechse, die nur ihre eigene kleine Welt sah? Wenn jemand die Mauer zerstören würde, dann wäre die Eidechse todunglücklich, weil sie gar nicht verstehen könnte, dass es noch andere Mauern gab, noch andere Städte – ganz zu schweigen von anderen Ländern. Sie würde nur die zerstörte Mauer sehen und sich fragen, was sie nun tun sollte. Sie wäre verzweifelt.

Jordi warf einen Blick zurück.

Er hatte das nicht vorgehabt, aber manchmal tat man eben Dinge, obwohl man es nicht wollte.

Der Leuchtturm draußen vor Port Vell ließ einen dünnen Lichtkegel über das Wasser wandern. Malachai Marí hatte es sich also einfach gemacht und die Lampe so eingeschaltet, wie sie war. Die Leuchtkraft reichte bei Weitem nicht aus, aber das schien ihn nicht zu kümmern.

Der Leuchtturm, dachte Jordi, war meine Mauer und meine Welt.

Niemals hätte er geglaubt, dass es allein seine Entscheidung war. Und jetzt? Noch immer erfüllte ihn ein unbändiges Gefühl von Freiheit, während er gleichzeitig die Dinge in dieser neuen Welt zu begreifen versuchte, von denen er lieber nichts gewusst hätte.

Unterwegs hatte er noch zwei weitere Harlekin-Gestalten gesehen, eine in der Carrer d'Aldana, die andere in der Del Poeta Cabanyes. Die Masken sahen bei jedem von ihnen ein wenig anders aus. Wenn man genau hinschaute, konnte man die Unterschiede erkennen. Die Menschen auf den Straßen indes schienen sich an der Gegenwart der Wesen nicht zu stören; die Harlekin-Gestalten aber interessierten sich umgekehrt sehr wohl für sie, das hatte Jordi erkannt. Sie suchten etwas, genau danach sah es aus. Sie standen oft nur da, für Augenblicke, und schienen Witterung aufzunehmen. Sie sprachen arglose Passanten an, und wenn sie dies taten, dann kamen die Harlekin-Masken den Menschen so nah, dass man förmlich spüren konnte, wie kalte Schatten sich auf die Gesichter legten und das Lächeln erstarb. Die Menschen waren danach anders. Sie pfiffen keine Lieder mehr, gingen etwas gebeugt und schienen plötzlich auf der Suche nach etwas Bestimmtem zu sein. Oder *jemandem* Bestimmten womöglich, das konnte Jordi nicht sagen.

Aber wer gab den Harlekin-Männern Befehle? Auf wessen Geheiß durchstreiften sie die singende Stadt? Jordi hatte den eiskalten Hauch gespürt, als er nur mit einer einzigen der Kreaturen zusammengestoßen war. Es war, als hätte die Nacht ihn gestreift, für einen kurzen Augenblick. Das gleiche Gefühl hatte er gehabt, als er zum ersten Mal die fliegende Galeone erblickt hatte.

Er konnte sie von seinem Platz an der Mauer aus sogar sehen. Noch immer lag sie vor der Hafeneinfahrt. Die Gebläsemaschinen waren verstummt und die *Meduza* lag mit ihrem dicken Bauch tief im Wasser, wie es all die anderen Schiffe auch taten. Die dunklen Segel hingen schlaff an den zwei Masten und die Takelagen waren verwaist.

Jordi spürte, wie eine Gänsehaut über seinen Rücken lief, und wendete den Blick ab. Eins jedenfalls stand fest: Wo auch immer die Maskierten herkamen, wenn sie sich weiter auf ihre Art und Weise treue Anhänger verschafften, dann würde in den Straßen von Barcelona bald eine

Treibjagd von ungeahnten Ausmaßen stattfinden. Und Jordi wollte nicht in der Haut desjenigen stecken, der die Beute war.

Die Eidechse huschte in ihr Mauerversteck und klimperte dabei, wie winzige Glöckchen es tun. Jordi sprang von der Mauer. Höchste Zeit, die dunklen Gedanken zu verscheuchen und an die Zukunft zu denken. Denn wenn er ehrlich war, hatte er keine Ahnung, was er als Nächstes tun sollte.

Ohne richtiges Ziel betrat er den Arrabal, die kleine Unterstadt von Montjuic.

Die Häuser wuchsen hier dicht gedrängt, eins neben dem anderen, sodass der klare Nachthimmel an vielen Stellen nicht mehr als ein schmales Fleckchen zwischen den Häuserdächern und Balkonen war.

Langsam schlenderte er durch die Gassen und sah sich aufmerksam um. Es wurde Zeit, sich einen Platz für die Nacht zu suchen. Im schlimmsten Fall würde er in einer verlassenen Häuserecke schlafen oder im hohen Gras im Parc de Montjuic, der gleich hinter dem Kastell zu finden war, aber vielleicht ergab sich ja noch etwas anderes.

Er spürte die frische Nachtluft im Gesicht und musste kurz lächeln, als ihm bewusst wurde, dass er es wirklich getan hatte. Er war dem alten Leben davongelaufen und hatte es geschafft, die Fesseln abzustreifen, die ihn all die Jahre eine Marionette hatten sein lassen. Hoch oben funkelten die winzigen Sterne am Firmament über Barcelona und die Musik, leise und beschwingt, war einfach überall.

In einer schmalen Gasse befand sich Jordi, der Carrer de Roman Pinol. Kaum jemand sonst war hier, denn es gab nur wenige Geschäfte in dieser Gegend.

Dann hörte er das Mädchen schreien.

Die kleine Windmühle, die jemand hoch oben auf einem der Häuser erbaut hatte, war Jordi vorhin schon aufgefallen. Er hob den Blick und sah etwas auf sich zukommen. Der Schrei, da war er sich sicher, war von dort oben gekommen. Jordi bemerkte einen tiefdunklen Schatten im Nachthimmel, der sich ihm rasend schnell näherte.

Plötzlich prallte etwas mit voller Wucht gegen ihn, schleuderte ihn polternd und unsanft zu Boden. Ein Keuchen entrann seiner Kehle, wurde erstickt von Staub und fleckiger Finsternis – und die Welt, die eben noch bunt und schön gewesen war, wurde nachtschwarz und still.

Flickenfetzen

Catalina musste etwas tun. Sofort! Die Zeit rannte ihr nur so davon.

Die Schatten flossen wieselflink aus der Bodenluke in den Raum hinein und dem Mädchen war, als böten sie alle Kraft auf, die in ihnen steckte. Der alte Márquez kauerte mit wiegendem Oberkörper auf dem Boden. Seine Finger waren zu Krallen gebogen und sein sonst so gütiges Gesicht war zu einer Fratze verzerrt, in der Furcht und Jagdfieber gleichermaßen aufblitzten.

Ganz deutlich glaubte das Mädchen zu erkennen, dass sich der alte Mann nur äußerst widerwillig seinem Schicksal fügte. Es war, als verabscheue er jede einzelne Bewegung, die der Schatten ihn ausführen ließ. Er *wollte* Catalina nichts zuleide tun. Doch gleichzeitig wusste er, dass genau das passieren würde. Denn das war es, was der Schatten, der ihn sein ganzes Leben lang begleitet hatte, von ihm verlangte.

Der Harlekin stand reglos in der Bodenluke. Die Maske bedeckte wieder die Stelle, an der vormals nur Dunkelheit geherrscht hatte. Durch den Mundschlitz zischte es.

Márquez, der in die Richtung des Maskierten schaute, gehorchte. Langsam richtete er sich auf. Die anderen Schatten, die unter dem umgestürzten Tisch hervorkrochen, wirkten träge und unentschlossen. Wie zäher Sirup flossen sie über die Dielen auf die Füße des Mädchens zu.

Furchtsam trat Catalina einen Schritt zurück. Und noch einen. Das Herz schlug ihr bis zum Hals. Was sollte sie nur tun?

Die Fenster waren noch verriegelt, und da der Harlekin die kleine Luke im Boden ganz und gar ausfüllte und ihr den Weg nach unten versperrte, blieb ihr keine andere Wahl, als den Plan, den sie eben noch als zu gefährlich und unsinnig verworfen hatte, in die Tat umzusetzen.

Eine andere Lösung gab es nicht.

Sie wich zurück, so schnell es ging, und als sie am Fenster angelangt war, riss sie die Läden auf. Sofort strömte frische Nachtluft in den Raum hinein und kühlte ihr Gesicht, das nass von Schweiß und Tränen war.

Fast gleichzeitig spürte sie ein Ziehen und Zerren an ihrem Arm. Erschrocken starrte sie auf den Schatten, den ihr Arm in den Raum warf. Mit dem Licht, das nun auch von draußen in den Raum drang, war der Schatten gewachsen. Über den Boden kroch er und weiter hinten dann die Wand hinauf, wo die unnatürlich lang gezogenen Finger die niedrige Decke zu berühren schienen. Wie Spinnenbeine bewegte sich der Schatten dort drüben.

Catalina schluckte. Was passiert mit mir?, fragte sie sich angstvoll.

Ihr Blick raste zum Fenster. Klein und viereckig war es, das einzige Fenster hier oben, das nicht rund war, und das einzige Fenster, durch das sie hindurchpasste – dummerweise auch das einzige Fenster, vor dem sich das Windrad der Mühle befand.

»Lauf weg«, jammerte der alte Márquez. Es war ein Stöhnen, so qualvoll, dass es dem Mädchen ins Herz schnitt. All die Unfähigkeit, seinem Schützling zu helfen, lag darin verborgen, die Hilflosigkeit, den eigenen Körper zu kontrollieren.

Etwas zerrte erneut an ihrem Arm, so fest, dass es wehtat. Sie verzog das Gesicht und dann wurde sie von den Füßen gerissen. Es war so, als hätte sie jemand am Oberarm gepackt und dann mit aller Kraft vom Fenster fortgezogen.

Catalina schrie auf und fiel zu Boden.

Mit dem Gesicht voran schlug sie auf den Dielen auf und für einen langen Augenblick tanzten Abertausende dunkler Punkte vor ihren Augen. Der Schmerz explodierte in ihrem Kopf und sie wusste nicht einmal mehr, wo genau sie war.

Dann klärte sich die Sicht wieder, so schnell, wie sie verschwunden war. Sie sah den Raum jetzt aus einer ihr fremden Perspektive. Wände, die nicht da waren, wo sie hingehörten. Den Kartenmacher, der ganz schräg in der Luft stehend auf sie zuzukommen schien. Den Harlekin, der wütend zischte.

Sie sprang auf. Jeder Knochen tat ihr weh, aber sie achtete nicht auf den Schmerz. Drei Schritte waren es nur bis zum Fenster, doch kaum war sie heran, spürte sie wieder etwas, diesmal an ihren Füßen.

Es ging so schnell, dass sie gar nicht glauben konnte, was sie da sah. Aber sie hatte tatsächlich den Eindruck, als zöge ihr eigener Schatten sie mit aller Macht nach vorne. Ja, das musste es sein, eine andere Erklärung gab es einfach nicht.

Der Schatten, der ihr bis zum Knie hinaufreichte, packte sie genau dort, am Knie. Ihr war, als umschlösse eine eisig kalte Hand ihr Bein, spindellange Finger, die sie wie in einem Schraubstock aus Frost gefangen hielten und sie aus dem Gleichgewicht brachten.

Gerade noch konnte sie sich die Arme vors Gesicht halten, sonst wäre sie ungeschützt gegen die Wand geprallt. So traf es ihre Unterarme, was nicht minder wehtat.

Sie taumelte erneut und sank zu Boden.

Ein dürrer Schatten, der nur ein Faden war, packte einen ihrer Zöpfe und riss ihr den Kopf zur Seite. Sie kreischte auf, schlug nach dem Schatten, der ihren Kopf gegen die Wand stieß.

Plötzlich ließ er sie los.

Warum er das tat, wusste sie nicht, und es war ihr auch egal. Mein eigener Schatten hat sich gerade gegen mich gewandt, war alles, was sie denken konnte. Sie spürte, wie die Panik in ihr hochkroch, ihre Gedanken beherrschte und ihr die Kehle zuzuschnüren begann. Die Schmerzen in ihrem Armen und Beinen verbündeten sich mit dem Schrecken und wurden zu einer klebrigen Masse, die sie gefangen hielt und lähmte. Die sie übers Aufgeben nachdenken ließ, ihr Tränen in die Augen trieb. Tränen der Wut, Angst und Ratlosigkeit.

Mühsam rappelte sie sich auf, als würde sie gerade erst gehen lernen.

Der Schatten, der ihrem Arm entsprang, packte sie plötzlich am Handgelenk. Diesmal brüllte sie all ihre Wut und Erbitterung ins Zimmer hinaus und riss sich mit aller Kraft los.

Es gelang ihr.

Wie war es möglich, dass man seinen eigenen Schatten abschütteln konnte? Natürlich ist es nicht möglich, gab sie sich selbst die Antwort. Dennoch ... der Schatten schien an Kraft eingebüßt zu haben. Ganz plötzlich.

Catalina spürte einen winzigen Funken Zuversicht, der sofort wieder erstarb, als ihr Blick auf den Harlekin fiel, der jetzt mitten im Raum stand und reglos beobachtete, wie Márquez sich in Bewegung setzte und mit glasigen Augen auf Catalina zukam. Doch diesmal waren die Bewegungen des alten Mannes nicht mehr ungelenk und unschlüssig, sondern gleitend und zielstrebig. Er sah aus wie ein geiferndes Raubtier, das seine Beute ganz nah wusste und gleich schon zum letzten Sprung ansetzen würde.

Raus aus dem Fenster, schrie es in Catalina.

Sie griff nach einer Dose mit Farbpulver auf dem Fensterbrett. Manchmal hatten sich Márquez und sie die Farben selbst zurechtgemischt. Verzweifelt packte Catalina die Blechdose und warf sie dem Kartenmacher mit aller Kraft ins Gesicht. »Es tut mir leid«, flüsterte sie und weinte, als sie den alten Mann stürzen sah. Benommen wand er sich auf dem Boden, blinzelte. Schatten troffen ihm aus den Augen.

Blind vor Tränen zwängte Catalina sich durch die kleine Fensteröffnung. Mit einem lauten Rauschen rasten die beiden Flügel nacheinander an ihrem Gesicht vorbei. Eine unbedachte Bewegung und es wäre vorbei mit ihr. Mit der Kraft der Flügel war nicht zu spaßen, das wusste sie. Der alte Márquez war nie müde geworden, sie davor zu warnen.

Vorsichtig schaute sie nach unten, doch es war nicht der schwindelerregende Abgrund, der ihr einen neuen Schauer über den Rücken schickte, sondern die Menschen auf dem Dach. Sieben oder mehr mochten es sein, schätzte das Mädchen.

Auf den ersten Blick wirkten sie wie gewöhnliche Menschen. Doch als sie die Köpfe hoben, sah Catalina, dass ihre Augen von Finsternis umhüllt waren.

Sie sind wegen mir dort unten, durchfuhr es sie. Ihnen ist das Gleiche passiert wie Márquez!

Überall waren die Schattenaugenmenschen. Sie lauerten im Kräutergarten und gleich neben dem Eingang zur Windmühle. Fast nichts unterschied sie von normalen Passanten, doch es war, als ob ihnen das Lächeln und jeglicher Gesichtsausdruck gestohlen worden wäre.

Nicht hinsehen! Konzentrier dich!

Mit dem Oberkörper rutschte sie ein Stück aus dem Fenster heraus. Weit genug, um die Flickenflügel berühren zu können.

Hinter sich hörte sie Schritte und sie spürte die Eiseskälte, die ihr aus dem Raum in den Rücken wehte.

Catalina dachte plötzlich nicht mehr daran, ob sie überhaupt eine Chance hatte, das hier zu überleben. Sie dachte nicht an den Abgrund vor ihr. In schierer Panik streckte sie die Hände aus und bekam den ersten Flickenfetzenflügel zu fassen. Ihre Fingerspitzen fühlten den groben Stoff, die Teppichreste und Fetzen abgetragener Kleidung, die den Windmühlenflügel wie einen Mantel bedeckten.

Gleichzeitig packte sie etwas am Fußgelenk, das sich wie kaltes Leder anfühlte. Sie musste daran denken, dass der Harlekin Handschuhe getragen hatte.

Verzweifelt krallte sie sich mit beiden Händen an den Flickenfetzenflügel und hielt sich mit aller Kraft an dem groben Stoff fest. Hoffentlich rissen die Nähte nicht.

Das Windrad drehte sich weiter.

Weiter.

Und weiter.

Voller Schwung.

Catalina wurde aus dem Fenster herausgezogen und spürte, wie die eiskalte Hand von ihrem Knöchel abrutschte.

Dann befand sie sich auf einmal mitten in der Luft.

Tief atmete sie ein. Das flaue Gefühl in ihrer Magengegend machte sie schwindlig, so schnell raste der Flickenfetzenflügel abwärts. Aus den Augenwinkeln sah sie, wie all die Schattenaugenmenschen dastanden und sie beobachteten. Sie schienen nur darauf zu warten, dass sie das Windrad losließ und auf dem Dach landete.

Sie würden sie packen und festhalten, so lange, bis der Harlekin sie in Empfang nehmen würde.

Nein, sie durfte dort unten nicht abspringen!

Niemals!

Doch einen anderen Fluchtweg gab es nicht.

Der Flickenfetzenflügel passierte die Talsohle und mit Schwung wurde Catalina wieder in die Höhe gerissen.

Ihr Magen machte Purzelbäume, in ihrem Kopf drehte sich alles. Mit Händen und Beinen klammerte sie sich an dem Flügel fest. Den Staub und die Sonne auf den Flickenfetzen konnte sie förmlich riechen, so nah war ihr Gesicht dem Stoff.

Denk nach!, schrie es in ihr, denk nach!

Die Harlekin-Maske füllte den Fensterrahmen aus und beobachtete sie aus leeren Augenschlitzen. Etwas tropfte aus diesen Schlitzen heraus, besprenkelte die weiß getünchte Wand. Wie kleine bösartige Käfer krochen die Finsterpunkte die Wand hinab auf die Nabe des Windrades zu.

Catalina wurde abermals hoch hinaufgetragen. Die Silhouette der singenden Stadt tauchte vor ihr auf – ein atemberaubender Ausblick auf Barcelona, das sich vor ihr ausbreitete, erleuchtet von Abertausenden von Lichtern. Es war eine Welt voller Geheimnisse, ein Ort, an dem sich Catalina vielleicht sogar würde verstecken können, immer vorausgesetzt, ihr gelänge die Flucht.

Sie erreichte den oberen Scheitelpunkt. Es ging wieder abwärts, rasend schnell.

Catalina schrie erneut auf. Doch dieses Mal war es ein Name, den ihre Lippen formten: »El Cuento!« Es war nur ein Pfeifen, das ihren Mund verließ, doch für Catalina und den Wind war es ein Hilferuf.

Denn sie wusste nicht mehr ein noch aus.

Nicht dass sie die geringste Ahnung gehabt hätte, wie der Wind ihr zu helfen vermochte. Aber er war der Einzige, der ihr einfiel. Schmerzhaft wurde ihr mit einem Mal bewusst, dass es überhaupt niemanden in ihrem Leben gab, der ihr helfen würde. Der Kartenmacher war immer derjenige gewesen, der ihr zur Seite gestanden hatte. Ihre Mutter, natürlich, doch die war fort.

Blieb der wispernde Wind.

Und während Catalina auf dem Mühlenflügel in Richtung Dach hinabraste, bat sie das Schicksal inständig darum, ihre Worte dorthin zu tragen, wo sich El Cuento gerade herumtrieb.

Dem Wind, der das Windrad antrieb, war sie nie zuvor begegnet und seine Sprache verstand sie auch nicht. Es wäre also zwecklos, sich von ihm Hilfe zu erbitten.

Abermals raste sie nach unten, wo sich die Schattenaugenmenschen jetzt den Windmühlenflügeln näherten und gierig die Hände auszustrecken begannen, wohl in der Hoffnung, das Mädchen an den Füßen zu fassen zu bekommen.

Erschrocken winkelte Catalina die Beine an, zog sie hoch – und streifte ein Händepaar nur mit der Ferse.

Ihr wurde bewusst, dass sie die ganze Nacht über an dem Windrad mit den klapprigen Flickenfetzenflügel würde hängen können, ohne dass sich etwas änderte.

Irgendwann aber würde der Moment kommen, in dem sie ihre Kräfte verließen. Und dann hätten die Schattenaugenmenschen leichtes Spiel mit ihr.

Catalina vernahm ein Zischen und drehte den Kopf in Richtung des Geräuschs. Der Harlekin hatte seinen Platz am Fenster nicht verlassen, aber er kehrte ihr den Rücken zu und schien seine Anweisungen ins Innere der Windmühle zu geben.

Der Flickenfetzenflügel stand wieder senkrecht und schickte sich an, in die Tiefe zu rasen.

Doch dann, plötzlich . . .

Ein Ruck.

Das Windrad hielt an.

Vor Schreck und Überraschung hätte Catalina beinahe den Halt verloren. Alles drehte sich vor ihren Augen. Ihr ganzer Körper schwang mit einem Mal unsanft über dem Abgrund hin und her und ein heftiger Schmerz brannte ihr in beiden Armen.

Als ihr klar wurde, was passiert war, begann die Hoffnungslosigkeit erneut an ihr zu nagen.

Der alte Márquez hatte im Inneren der Mühle die Windradverriegelung einrasten lassen und so die Flügel angehalten.

Na klasse!, dachte Catalina. Wie ein nasser Sack hing sie an dem Flickenfetzenflügel, acht Meter unter ihr das Dach mit dem Kräutergarten, den Palmen und den Schattenaugenmenschen, die einfach nur darauf warteten, dass sie ihnen vor die Füße fiel.

Catalina biss die Zähne zusammen, sammelte ihre letzte Kraft und schwang ein Bein über den Flügel. Mit den nackten Zehen verhakte sie sich im Stoff.

Die Schattenkäferdinger, die nur finstere Punkte waren, krochen am Windrad entlang auf sie zu.

Dann hörte sie das Geräusch, lang gezogen und reißend. Es war alter Stoff, der aufschrie, kreischende Nähte, die sich öffneten.

Verdammt, verdammt, verdammt, fluchte sie leise in sich hinein.

Die Flickenfetzen rissen entzwei! Einer nach dem anderen zerfranste und löste sich von dem hölzernen Flügelgerüst.

Ich bin zu schwer, dachte das Mädchen und erinnerte sich an die ruhigen Sonnentage, an denen sie die Flickenfetzen zusammengenäht hatte. Dafür sind sie einfach nicht gemacht. Sie sah die dünnen Schnüre vor sich, mit denen sie die Flickenfetzen am Holzgestell befestigt hatte.

Verdammt, verdammt, verdammt!

Der alte Márquez hatte sie immer getadelt, wenn sie einen Fluch auch nur geflüstert hatte. Ihre Mutter hatte dies ebenso getan. Trotzdem, ein Fluch war der Situation angemessen, wenigstens das blieb ihr noch.

Sie spürte, wie die Schwerkraft an ihr zu zerren begann und das Reißen anschwoll.

Dann fiel sie.

Es war ein seltsames Gefühl, das irgendwie einer Niederlage gleichkam, und doch schwerelos war. Catalina umklammerte noch immer den Flickenfetzen, der gerissen war und mit ihr in die Tiefe stürzte. Unwillkürlich musste sie an die Karte denken, die ihre Mutter gezeichnet hatte, als sie so alt gewesen war wie Catalina jetzt. Tief unten in der Küche lag sie womöglich noch, verloren auf immer. Der Name der Frau, den der alte Márquez ihr genannt hatte, kam ihr wieder in den Sinn: Makris de los Santos. Die Tatsache, dass ihre Mutter eine Hexe war. Dass sich ein Leben in so kurzer Zeit komplett ändern konnte. Dass nichts Bestand hatte und alles passieren konnte.

Dass Hoffnung immer zuletzt stirbt.

Ihr Vater hatte das einmal gesagt. Lange war das her.

Sie spürte den Wind, der ihr ins Gesicht blies und die Flickenfetzen flattern ließ.

»Du machst Sachen«, hörte sie El Cuento sagen.

Der Flickenfetzen wickelte sich um sie herum, vollführte eine Pirouette in der Luft – und am Ende lag sie, die Hände noch immer in das grobe Gewebe gekrallt, bäuchlings auf dem Stoff, der mit ihr in die Tiefe raste. Catalina spürte die helfenden Hände des wispernden Windes, der sie ganz fest hielt.

»Der Flickenfetzen ist froh, dass ich hier bin«, sagte El Cuento.

Catalina wunderte sich nur.

Was, in aller Welt, meinte er denn damit schon wieder?

Über die Freude, dass der Wind überhaupt gekommen war, vergaß sie die Frage aber sofort.

Schnell ging es in den senkrechten Sinkflug, die Welt kippte auf einmal in die Horizontale und Catalina raste auf dem staubigen Flickenfetzen über die Köpfe der Schattenaugenmenschen hinweg. Das Dach und der Kräutergarten und die Palmen und die Windmühle zogen unter ihr vorbei, als der Flickenfetzen ins Straßenlabyrinth von Dalt Vila abtauchte.

»Sei bitte vorsichtig«, bat sie den Wind.

El Cuento lachte nur. »Du bist gerettet, würde ich sagen.«

»Danke.«

Ich werde mir alle Knochen brechen, dachte Catalina grimmig und hielt sich fest, so gut es nur ging.

»Da schau!«, hörte sie den Wind wispern.

Sie wusste, wie gern er die Wäsche durcheinanderbrachte, die an den Leinen hing. Ganze Nachmittage konnte er mit diesem Spiel verbringen. Leise schlich er sich an, blies wieselflink durch die Gassen und ergötzte sich am Anblick der Wäsche, die in einem bunten Regen aus Leinen und Wolle zu Boden schwebte.

Nein, nein, nein – bitte nicht jetzt!, das war es, was Catalina dachte.

Leider kannte sie den Wind nur allzu gut. El Cuento konnte es sich selbst in diesem Moment nicht verkneifen, die Wäsche, die unten in der Carrer de Roman Pinol von einer Häuserfront zur nächsten aufgespannt war, zu berühren, an den Leinen zu zerren und einen Wirbel aus Durcheinander zu hinterlassen.

Dummerweise verfing sich der Flickenfetzen kurz an einer der Wäscheleinen.

El Cuento sagte: »Hoppla!«

Taumelte.

Der fliegende Fetzen beschrieb einige seltsame Pirouetten, drehte sich im Kreis und auf den Kopf, sodass Catalina für einen Moment völlig darin eingewickelt war. Dann konnte sie wieder nach Luft schnappen und sah die Gasse rasend schnell auf sich zukommen.

»El Cuento«, flehte sie.

»Hab alles im Griff«, antwortete der wild gewordene, übermütige Wind und wehte mitsamt der Flickenfetzen in schrägem Winkel abwärts. El Cuento war in seinem Element.

Catalina, die mittlerweile jegliche Orientierung verloren hatte, glaubte einen hochgewachsenen Jungen mit zerwuseltem braunem Haar zu erkennen, der sie ganz erstaunt und erschrocken anstarrte. Der Flickenfetzen raste auf den Jungen zu, El Cuento jaulte »Juhuu!« – und Catalina, die nichts anderes tun konnte, als in banger Erwartung der Landung die Augen zu schließen, hörte noch den Aufschrei des Jungen, der nicht die geringste Ahnung hatte, was da auf ihn zukam.

Fledermausschatten

Als sich der Staub gelegt hatte, blickte Jordi in das hübsche Gesicht eines jungen Mädchens. Zerzauste Zöpfe umrahmten ihr schmales Gesicht und über ihre rechte Wange zog sich eine schwarze Spur von Schmutz und getrockneten Tränen.

»Wir müssen hier weg, auf der Stelle!«

Direkt aus dem Nachthimmel war sie gefallen. Mitten in ihn hineingewirbelt, sozusagen.

Jordi befreite sich hustend aus dem Flickenfetzen, der über ihm lag.

»Wie bitte?«, fragte er noch ganz benommen. »Wer bist du?«

»Catalina.« Ihre Stimme klang ein bisschen nach dem hellen Geräusch, das die Eidechsenplättchen machten, wenn sie gegeneinanderrieben.

Sie starrten einander an, kurz nur.

»Wo kommst du her?«

Wortlos deutete sie zur Windmühle.

»Aha«, sagte Jordi nur. Und: »Das habe ich gesehen.«

Er rieb sich über die Augen. Konnte das wahr sein? Das

konnte nicht wirklich ihm passieren, oder? Nicht Jordi Marí, ehemaligem Lichterjungen von Port Vell.

»Du kommst also dort oben aus der Windmühle und fliegst auf diesem Lappen durch die Nacht, richtig?«, wiederholte er.

»Das«, sie bedachte ihn mit einem überaus gehetzten Blick, »ist eine sehr lange Geschichte. Oder auch nicht.«

Jordi versuchte ein vorsichtiges Lächeln, um das Eis zu brechen, doch das Mädchen beachtete ihn nicht im Geringsten, sondern spähte die Gasse hinab, als suche sie etwas. Dann musterte sie ihn misstrauisch. »Wer bist du eigentlich?«

»Jordi Marí«, sagte Jordi.

Das Mädchen beachtete ihn nicht weiter. »Auch egal«, murmelte sie.

Jordi überlegte noch, was er darauf wohl erwidern mochte, als plötzlich Leben in sie kam. Hastig rappelte sie sich hoch und wollte auf die Füße springen, doch ihre nackten Zehen verfingen sich in einem der losen Stofffäden. Sie fiel zurück auf die Knie.

»Verdammt, verdammt, verdammt«, fluchte sie durch die Zähne.

»Langsam«, sagte er. Er reichte ihr die Hand, die sie zögerlich ergriff.

Der Wind wehte durch die Gasse, trieb die Sandkörner vor sich her. Jordi sah das Mädchen einen Moment lang nur an.

Sie war schön, unter all dem Schmutz. In ihren grünen

Augen lag Furcht, aber noch etwas anderes, was Jordi nicht deuten konnte. Etwas Geheimnisvolles.

Wundert dich das etwa? Schließlich ist sie eben vom Himmel gefallen.

»Geh da runter!«, forderte sie ihn auf.

Jordi bemerkte, dass er noch immer auf dem Flickenfetzen stand.

»Was ...?«

Sie stupste ihn an. Sachte, aber energisch genug, dass er einen Schritt zur Seite trat.

»Höchste Zeit, hier wegzukommen«, sagte sie bei sich und sah hastig zum Dach hinauf, wo sich die Windmühle befand. Jordi folgte ihrem Blick und erschrak.

Sie waren zu siebt oder zu acht.

Ganz normale Menschen, die ihre Köpfe reckten und in die Tiefe starrten. Doch sie waren nicht etwa neugierig auf das, was auf der Gasse unter ihnen passierte. Jede menschliche Regung schien aus ihren Gesichtern gelöscht zu sein. In ihren Augen stand die Dunkelheit.

Eine von ihnen war eine einfache Bauersfrau. Noch heute Nachmittag hatte sie ihrem Kunden Trauben verkauft.

Jordi gab einen erstickten Laut von sich.

Das Mädchen hatte den Kopf gedreht und stieß eine Reihe von seltsamen Lauten aus. Es hörte sich zuerst wie leises Pfeifen an, das dann zu einer Art Heulen anschwoll, hektisch und aufgeregt.

Sofort fuhr der Wind unter den Flickenfetzen und das schmutzige Ding, das aus Hunderten von Stoffstücken bestand, die alle überhaupt nicht zueinanderpassten, schwebte mit einem Mal dicht über dem Boden. Herrje, das Ding tat es tatsächlich, es *schwebte.*

Das Mädchen sprang auf den Flickenfetzen und kniete sich darauf nieder. »An deiner Stelle würde ich auch schleunigst von hier verschwinden«, sagte sie.

Jordi starrte noch immer aufs Dach. »Sie sind einem Harlekin begegnet«, brach es aus ihm heraus.

Sie hatte gerade wieder dieses leise Pfeifen von sich gegeben, aber als sie Jordis Worte hörte, wurde sie mit einem Mal ganz bleich.

»Du weißt von dem Harlekin?«, fragte sie und in ihrem Blick lauerte plötzlich der Argwohn.

Jordi zuckte mit den Schultern. »Ich weiß nur von dem fliegenden Schiff, das unten am Hafen angelegt hat. Die Maskierten sind in der ganzen Stadt unterwegs.«

Das Mädchen musterte ihn mit großen Augen, als ob sie sich nicht ganz sicher sein konnte, ob ihm zu trauen war.

»Jordi, nicht wahr?«, fragte sie plötzlich mit ihrer klingenden Stimme. »Jordi Marí?«

Er nickte.

»Komm mit!«

Jordi verharrte unschlüssig. Er schaute auf den Flickenfetzen, dann irrte sein Blick zu den Schattenaugenmenschen, die sich in Bewegung gesetzt hatten und der Treppe zustrebten, die hinunter in die Gasse führt.

»Beeil dich! Oder willst du mit denen Bekanntschaft machen?«, fragte Catalina.

Er schüttelte den Kopf.

»Dann komm endlich. Wir haben keine Zeit mehr.«

»Was waren das für Geräusche, die du eben gemacht hast?«

»Tut das etwas zur Sache?« Sie sagte es, als ob es tatsächlich nicht von Belang wäre. »Wenn du es genau wissen willst, ich habe mit dem Wind gesprochen, das ist alles.«

Hatte sie das wirklich gesagt? Hatte sie allen Ernstes behauptet, mit dem Wind gesprochen zu haben?

Dies, dachte Jordi benommen, ist ein außergewöhnlicher Tag. Er hatte den Leuchtturm verlassen, war durch Barcelona geirrt, war von einem Flickenfetzen zu Boden geworfen worden und hatte dann auch noch ein Mädchen darin entdeckt. Ein Mädchen, hinter dem die Schatten her waren und mit dem zu flüchten er gerade im Begriff war.

In dem Moment erschien ein Harlekin oben auf dem Dach. Die Schattenaugenmenschen verharrten mitten in der Bewegung. Das Mädchen wurde noch eine Spur blasser.

Jordi zögerte nicht länger. Er sprang auf den Flickenfetzen.

»Wohin fliegen wir?« Er war sich bewusst, dass die Frage klang, als sei sie einem Märchen aus Tausendundeiner Nacht entsprungen. Er kniete auf einem fliegenden Flickenfetzen, unglaublich!

»Einfach nur fort.«

Sie pfiff etwas Unverständliches.

Dann spürte Jordi, wie sich der Flickenfetzen in die Lüfte erhob und vom Wind davongetragen wurde. Bestürzt krallte er sich mit beiden Händen in den alten Stoff.

Fast gleichzeitig tat der Harlekin etwas, womit keiner von ihnen gerechnet hätte. Er fasste sich an die Maske, die sein Gesicht war, und aus der Dunkelheit, die dahinterlag, schossen zwei finstere Punkte in den Nachthimmel hinein. Wie Tintenkleckse, so sahen die Punkte aus. Und bevor Jordi sich fragen konnte, was das Wesen damit bezweckte, erblickte er zwei Fledermäuse, die ihre Kreise in der Dunkelheit drehten auf der Jagd nach Insekten. Die Tintenkleckse trafen die Fledermäuse und sofort flossen den Tierchen dichte Schatten über das Fell und die Flughäute. Sie kreischten auf und in diesem Ton hallte der ganze Schmerz, den sie empfanden, durch die Nacht. Dann schossen sie pfeilschnell vorwärts.

»Auch das noch!« Im aufbrausenden Wind war die Stimme des Mädchens kaum noch zu verstehen.

Jordi warf einen panischen Blick nach hinten. Die Fledermäuse waren nun keine Fledermäuse mehr. Etwas anderes waren sie geworden, im Bruchteil von Sekunden. Nicht Schatten, nicht Tier, nein, etwas dazwischen. Etwas, das bösartig war und die Zähne fletschte und Schlimmeres tun würde, als nur zuzubeißen.

Das Mädchen gab ein Geräusch von sich. Es ähnelte dem Heulen des Sturms, wenn er in einer Gewitternacht um den Leuchtturm strich.

Sie spricht mit dem Wind, erinnerte sich Jordi. Und tatsächlich: Er spürte einen Luftzug im Rücken und der Flickenfetzen schoss in atemberaubender Geschwindigkeit vorwärts.

Die Welt drehte sich um ihre eigene Achse und Jordi mit ihr. Er spürte, wie er hilflos mal hierhin, mal dorthin rutschte, doch jedes Mal, wenn er zu weit an den Rand des Flickenfetzens rutschte, hob der Wind den Stoff an und bewahrte ihn vor dem Absturz. Schließlich fühlte sich der Junge so sicher, dass er einen Blick zurückwerfen konnte.

Sie waren immer noch da.

Die Fledermausschatten folgten ihnen mit flinken, hungrigen Flügelschlägen. Durch ganz Barcelona würden sie ihnen folgen, das spürte Jordi. So lange, bis sie ihre Beute erlegt hätten.

Karfax

»Sarita Soleado.«

Karim Karfax stand mit hinter dem Rücken verschränkten Armen an einem der hohen Fenster im Salon der Casa de l'Ardiaca und betrachtete die singende Stadt.

Er lächelte still und jeder, der ihn lächeln sah, erschauderte bei diesem Anblick.

Die Gestalt mit der hakennasigen Maske des Harlekin, die soeben den Raum betreten hatte, stand ruhig da. Sie war der einzige Eistreter, der noch in der Casa geblieben war. Die anderen waren überall unterwegs, auf der Jagd. Irgendwo in den Straßen von Barcelona brachten sie die Suche zu einem Ende, die nun schon so lange andauerte.

Karim Karfax beobachtete die Menschen, die unten auf dem kleinen Platz vor der Casa de l'Ardiaca ihren Geschäften nachgingen. Bunte Laternen hingen an den Ständen und Gecken und Musikanten boten ihre Kunststücke dar.

Ein Schmetterling kam durch das geöffnete Fenster geflogen. Rotgelbbraun, orange, zwei Spritzer Lila. Flügel, die schnell auf- und zuklappten und das kleine Tierchen elegant durch den Raum schweben ließen. Ein wunderbares Wesen des Lichts.

Karim Karfax ballte die Hand zur Faust und streckte einladend den Zeigefinger aus.

Der Schmetterling zog seine Runde und ließ sich dann, wenn auch ein wenig zögerlich, auf dem Finger nieder. Lange Fühler hatte das Tierchen und Augen, die nicht wirklich gut sehen konnten im trüben Licht der Dämmerung, die schon fast Nacht war.

Karim Karfax flüsterte etwas, das wie ein eisig kalter Hauch war.

Die dürren Beinchen des Schmetterlings begannen zu zappeln, als er sich von dem Finger zu lösen versuchte. Etwas war nicht richtig, sagte ihm sein Instinkt. Doch da war es bereits zu spät für ihn. In Windeseile verdorrten die Farben auf den Flügeln zu einem Nachtschwarz, das so durchdringend war wie ein böser Traum.

Karim Karfax schloss die Augen und atmete ganz tief und fest die Dunkelheit, die ihn umarmte. Eine Sonnenbrille aus pechschwarzem Spiegelschein trug er, der matt und grünlich schimmerte, wenn das Licht sich darin zu brechen versuchte.

Er spürte das Unwohlsein, das die meisten Menschen befiel, hielt er sich in ihrer Nähe auf. Er konnte förmlich sehen, wie sie sich wanden und ihnen fröstelte. Dem Schmetterling war es genauso ergangen. Die kleinen Fühler waren zu frostig toter Finsternis erstarrt.

Karim Karfax wusste, warum die Menschen ihn mieden. Der kleine Schmetterling hätte es genauso tun sollen.

Er betrachtete das Tierchen.

Sagte man nicht, dass die Augen ein Spiegel der Seele sind? Er musste schmunzeln.

Sein rechtes Auge war so tiefstpechschwarz, wie es sonst nur die Augen in einer Kohlezeichnung waren – und sollte ihm jemand in das Auge sehen, dann würde diesem überaus armen Tropf die Gewissheit zuteil werden, dass etwas dort lebte, das eisig kalt und unberechenbar war und ihn zu einem mächtigen Mann gemacht hatte.

Ja, er war der Arxiduc.

Seine Finger streichelten ein penibel gestutztes Kinnbärtchen. Die schwarzen Haare waren zu einem Zopf gebunden. Karim Karfax war in einen Ledermantel gehüllt, der bis kurz über den Boden reichte und selbst wie ein wehender Schatten aussah. Niemals legte er diesen Mantel ab. Er fror immerzu, denn sein Herz war so kalt wie die Herbstschatten in fernen Ländern.

Er dachte an das Mädchen.

Die Mutter hatte er gesucht, denn das war es, was man ihm aufgetragen hatte. Doch die Tochter hatte er gefunden.

Catalina, Sarita Soleados Tochter.

Ihre Mutter hatte gut daran getan, sie zu verstecken. In der Cala Silencio waren sie all die Jahre untergekrochen und hatten das Leben von Fischersleuten geführt.

Seit einer Ewigkeit schon suchte die *Meduza* fieberhaft

die entlegensten Winkel der alten Welt nach den Frauen ab, die jene Dinge aus alter Zeit zu tun vermochten, die längst in Vergessenheit geraten waren.

Es war reiner Zufall gewesen, als die Späher Kunde von den Veränderungen auf der Insel Eivissa gebracht hatten.

In den kurzen Stunden einer einzigen Nacht war die Küstenlinie von Port Xaracca bis hinunter nach Port San Miguel eine andere geworden. Dort, wo vorher Steilklippen gewesen waren, glänzten nun lange Strände im Sonnenschein. Die kleinen Buchten waren verschwunden und statt ihrer fand man nur mehr felsige Riffe vor. Die Städte Xaracca und San Miguel waren größtenteils im Meer versunken. Die Menschen hatten sich in der ersten Not in die höher gelegenen Stockwerke und auf die Dächer geflüchtet.

Die *Meduza* war nach Eivissa geflogen. Nur eine einzige von ihnen, so lautete sein Auftrag, müsste er in seine Gewalt bringen.

Die erste hatte er auf der Insel aufgespürt.

Nuria Niebla.

Karim Karfax ließ den Namen auf der Zunge zergehen wie einen schlechten Geschmack. Er ballte die Hände zu Fäusten. Die Alte hätte sich niemals selbst verbrennen dürfen. Doch wer hätte schon ahnen können, dass sie sich freiwillig den lodernden Flammen überantworten würde?

Zu allem Übel war es ihr auch noch gelungen, einen Raben loszuschicken.

Doch er war der Spur des Raben gefolgt und sie hatte ihn

nach Barcelona geführt, mitten hinein in die singende Stadt.

Karim Karfax schloss die Augen. Er wusste, dass die Eistreter mit ihren Masken noch nicht ganz bei Kräften waren. Sie mussten sich der einfachen Menschen bedienen, um in den Straßen nach der Mutter und ihrer Tochter zu suchen. Vor einer Stunde jedoch waren sie auf eine Fährte gestoßen, die hinüber nach Dalt Vila in Montjuic führte. Zu einer Windmühle, in der ein Kartenmacher namens Arcadio Màrquez lebte.

Die Eistreter waren in diesem Moment schon dort.

Er lächelte sein boshaftes Lächeln. »Flieg für mich in die Nacht«, flüsterte er dem Schmetterling zu.

Das Tierchen, dessen zarte Flügel jetzt tiefste Finsternis waren, bewegte die Fühler. Es erhob sich in die Lüfte, kreiste einmal um den Arxiduc und flatterte dann zum Fenster hinaus.

»Flieg, kleiner Schatten, flieg.«

Karim Karfax war ganz nah am Ziel.

Das Schicksal der Kleinen war besiegelt. Und all das, was jetzt nur Schatten war, würde bald schon zu atmen beginnen.

Die Jagd

Der Flickenfetzen brachte sie hinüber nach Pla Cerdà und immer noch waren die Fledermausschatten hinter ihnen her.

»Tu etwas!«, schrie Catalina in den Wind.

Bereits zweimal waren die Fledermauskreaturen aus Fleisch und Finsternis ganz nah gewesen – und nur durch ein überraschendes Manöver des Windes waren sie ihnen entkommen. Die Wesen hatten sich als geschickte Flugkünstler erwiesen, daran bestand kein Zweifel. Sie ließen sich nur einmal hinters Licht führen und machten den gleichen Fehler kein zweites Mal.

»Sie werden uns kriegen«, flüsterte Catalina besorgt.

Jordi schwieg.

Das schachbrettartige Muster von Kanälen und Wasserwegen glitt unter ihnen im Abendrot dahin.

Kleine Boote und Dampfkaravellen fuhren ihres Weges, brachten ihre Passagiere zu den duftenden Märkten von Tetuan und den riesigen Kaufhäusern aus Kristall in Gràcia oder einfach nur zu den vielen Gaststätten und Tavernen, die mit ihren bunten Markisen und runden Stühlen die schmalen Uferwege säumten. Die Menschen saßen dort, tranken und rauchten und ahnten nichts davon, was sich hoch über ihren Köpfen abspielte.

Nur diese kleinen, engen Fußwege gab es auf beiden Seiten der ruhigen Wasserwege. Hauptverkehrsadern in dieser Gegend waren die beiden Kanäle Merediana und Eixample, die sich an einem Ort kreuzten, den man seit alters her den Port de les Glòries nannte. Dabei war es nicht einmal ein richtiger Hafen, sondern lediglich eine Ansammlung von Stegen und Stelzenhäusern, Lagerhallen und Balkonen, die dicht über der Wasserlinie aus den Hauswänden ragten.

»Wir könnten uns dort unten verstecken«, schlug Jordi vor.

El Cuento vollführte ein weiteres seiner waghalsig sprunghaften Manöver. Catalina hielt sich an den Flickenfetzen fest. Der Wind summte nervös ein Lied, irgendwo unter dem dicken, nach Staub riechenden Stoff, aus dem der Flickenfetzen bestand.

Sie schaute zur Seite. Der Junge kniete direkt neben ihr.

Sie mochte ihn, auch wenn sie nicht sagen konnte, warum dies so war. Von Anfang an hatte sie ihn gemocht. Er hatte Augen, die nicht lügen konnten, das war ihr sofort aufgefallen. Dunkel waren sie, ein warmes Braun. Und er hatte gelächelt – wie jemand, der nur lächelt, wenn ihm danach zumute ist.

»Die werden wir niemals los!«

Catalina hätte ihm nur zu gerne widersprochen, doch ein Blick über ihre Schulter belehrte sie eines Besseren.

Die Fledermausschatten hatten die Angewohnheit, mit einem Mal nach vorne zu schnellen, so als würden sie ihre letzten Kräfte mobilisieren. Dann sah es so aus, als sprängen sie plötzlich auf einen zu.

Meist vollführte El Cuento dann ein Ausweichmanöver, doch manchmal, so wie jetzt, konnte sich das Mädchen nur ducken und hoffen, dass der Schatten sie nicht berührte.

»Pass auf!«, schrie Jordi.

Sie drehte den Kopf. Einer der Fledermausschatten war unter dem Flickenfetzen abgetaucht und hatte es sogar geschafft, sie zu überholen. Jetzt stand er vor Catalina in der Luft, direkt vor dem überraschten Gesicht des Mädchens, das ihn nicht im Geringsten hatte kommen sehen.

Catalina holte keuchend Atem. Das Ding würde ihr mitten ins Gesicht springen! Die ganze Zeit über hatte sie sich angstvoll gefragt, was wohl geschehen würde, bekäme eines der Wesen sie zu fassen. Würde der Schatten ihre Haut und Haare bedecken und sie gleichsam zu einem Schattenwesen werden lassen? Sie hatte sich ausgemalt, wie ihr der Schatten die Sicht nehmen würden, wie die Welt in der Finsternis versänke, wie ihr eisig kalte Dunkelheit in Mund und Nase kriechen und ihr jede Luft zum Atmen nehmen würde. Es gäbe keine Rettung mehr für sie, da war sie sich sicher.

Und jetzt?

Viel zu schnell kam das Biest auf sie zugeflogen.

Sie konnte sogar noch die verwischten Konturen einer Fledermaus erkennen. Hier zwei flügelartige Auswüchse, da spinnenhafte Beine. Aber wirklich alles, was einst ein kleiner Nachtschwärmer gewesen war, sah nun anders aus. Die Proportionen hatten sich verändert, waren zu etwas geworden, von dem Kinder an sturmumtosten Tagen träumen und das sie weinend erwachen ließ.

Der Fledermausschatten sprang nach vorn.

In Erwartung des Aufpralls kniff Catalina die Augen zusammen, doch ...

Nichts!

Sie verspürte weder Kälte noch Schmerz. Überhaupt nichts.

Dafür aber hörte sie den Jungen neben sich laut aufschreien.

Sie öffnete die Augen wieder. Direkt neben ihr schüttelte Jordi Marí in grell kreischender Panik seinen Arm. Er musste nach dem Fledermausschatten geschlagen und ihn mitten im Flug getroffen haben. Die Hand des Jungen war nun nicht mehr zur Faust geballt, nein, zwischen gespreizten Fingern lebte ein Stück des Schattens wie klebrige Nachtschwärze. Der finstere Sirup benetzte die Finger und begann langsam über die Handfläche in Richtung Arm zu fließen.

»Es brennt«, wimmerte der Junge. »Oh, verdammt, es brennt wie Eis.« Die dunklen Augen waren weit aufgerissen.

»Halt dich fest!«, schrie Catalina ihn an.

El Cuento beschrieb eine Schleife und die beiden Fledermausschatten, das sah Catalina aus dem Augenwinkel, fielen ein wenig zurück. Einer der beiden torkelte kurz und sie fragte sich, ob der Angriff auf Jordi die Fledermauskreatur geschwächt hatte. Doch dann begann das Ding wieder schwungvoll mit den Schattenschwingen zu schlagen und nahm unermüdlich neuen Kurs auf den fliegenden Flickenfetzen.

Jordi fuchtelte panisch mit der Hand in der Luft herum, doch es war nutzlos. Nur kleine Spritzer des Schattens lösten sich von den Fingern. Er rieb die Hand an den Flickenfetzen, doch auch das half nichts.

»Tu doch was«, flehte er. Er starrte seine Hand an, die mittlerweile ganz schwarz geworden war.

Catalina fühlte, wie die Hilflosigkeit ihr die Luft abschnürte.

El Cuento flog immer waghalsiger.

»Rasssch! Schnelll«, heulte er.

Tauchte ab.

Catalina rutschte hinter den Jungen. Sie hielt sich selbst mit einer Hand an den Flickenfetzen fest und umschlang Jordi von hinten mit der anderen. Er durfte jetzt nicht den Halt verlieren. Sie spürte, wie sein ganzer Körper zitterte. Er wurde schon ganz kalt.

Unter ihnen schimmerten die Wasserwege und Kanäle, die das Bild von Eixample und Pla Cerdà prägten.

Nie zuvor war Catalina in dieser Gegend gewesen. Zu weit entfernt war sie von Montjuic, als dass sie, einfach so, einen Abstecher dorthin unternommen gehabt hätte. Márquez hatte sie immer nur in die Gassen von Dalt Vila geschickt.

Der Gedanke an den Kartenmacher ließ ein trockenes Schluchzen in die Kehle aufsteigen. Was, wenn Jordi nun ein ähnliches Schicksal erwartete? Catalina wusste, sie würde es nicht ertragen, wenn noch ein Mensch ihretwegen in die Gewalt der Schatten kam.

Du musst ihm helfen!

Irgendwie!

»Bitte, Catalina!« Diesmal flüsterte er nur noch. Sie spürte, wie er sich loszureißen versuchte.

»Jordi, nein!«, schrie sie ihn an. Was hatte er vor?

Sein ganzer Körper bäumte sich auf. Er strampelte wie wild und schlug mit beiden Händen um sich. Catalina hatte alle Mühe, ihn festzuhalten. Wenn sie ihn losließe, dann würde er in die Tiefe stürzen und –

Das war es!

Genau das wollten die Schatten bewirken.

Mit blankem Entsetzen wurde dem Mädchen klar, dass sich Jordi freiwillig in die Tiefe stürzen wollte. Er sah keinen Ausweg mehr und deswegen wollte er einfach nur loslassen und springen.

»Nein, nein, nein!«, schrie Catalina und bot alle Kraft auf, um den Jungen auf dem Flickenfetzen zu halten.

El Cuento flog weiter, doch die Fledermausschatten ließen sich nicht abschütteln.

Catalina spürte, wie Tränen der Wut und Verzweiflung ihr die Sicht trübten.

»Schau nach vorne!«, rief El Cuento ihr zu.

Catalinas Blick irrte über die bunten Häuser, deren stufenförmige Fassaden an ihnen vorbeirasten. Es gab Erker mit knochenförmigen Säulen, Balkone, die an menschliche Schädel erinnerten, Mauerwerk, das der Schuppenhaut von Drachen und Eidechsen nachempfunden war. Lichthöfe mit blauen Kacheln und filigranen Mosaiken auf den Böden taten sich vor ihnen auf.

Ein großes Haus mit schmalen Balustraden kam in ihr Blickfeld. Eine feine Gesellschaft befand sich auf dem Dach und feierte ein Fest. Große Fackeln beleuchteten die ausgelassenen Gäste.

»Was hast du vor?«

El Cuento antwortete ihr nicht.

Catalina spähte über ihre Schulter. Mist! Noch immer waren ihre Verfolger hinter ihnen her.

Schneller und schneller raste der Flickenfetzen auf das riesige Haus zu. Die Geräusche vom Dach nahmen langsam Gestalt an, wenn auch verwischt. Leises Stimmengewirr, tuschelndes Gemurmel, dazwischen beschwingte Musik, lustiges Lachen, klimperndes Klappern von edlem Essgeschirr.

Catalina begann zu ahnen, was der Wind vorhatte.

»Lass mich los!«, schrie Jordi.

Sie klammerte sich fest an ihn. »Vergiss es!«

»Es tut so weh.« Wie verkohltes Holz sahen die Finger inzwischen aus.

»Der Wind hat einen Plan, glaub mir«, rief Catalina, doch Jordi antwortete nicht.

El Cuento setzte zum Sturzflug an, schon wieder.

Jetzt drehten sich die ersten Köpfe auf der Dachterrasse nach ihnen um, fragende Blicke trafen den sich nähernden Flickenfetzen. Einen kurzen Augenblick lang musste das Mädchen daran denken, was für ein Anblick sie wohl für die fein gekleideten Menschen wären. Doch dann wich die Fröhlichkeit dieses Gedankens der Furcht, dass es nicht funktionieren würde, was sie vorhatten.

Was würde dann aus Jordi werden? Nein, nein, so weit durfte es einfach nicht kommen! Wenn es den Jungen nicht gegeben hätte, dann wäre der Fledermausschatten mitten in *ihrem* Gesicht gelandet.

El Cuento wurde langsamer. Der Flickenfetzen glitt im Sinkflug auf die Fackeln zu. Die Musik auf dem Dach verstummte. Die Menschen hatten sich in kleinen Grüppchen zusammengescharrt und starrten sie an.

Wir sind die Sensation des Abends, dachte Catalina nur.

Und dann ging alles sehr schnell.

El Cuento führte den Flickenfetzen an einer der Fackeln vorbei und instinktiv ahnte Catalina, was von ihr verlangt wurde.

»Tut mir leid«, flüsterte sie. Dann ergriff sie Jordis Unterarm, und bevor der Junge wusste, wie ihm geschah, hielt das Mädchen die von Schatten bedeckte Hand in die große Flamme hinein. Die Hitze spürte sie selbst auf ihrem Arm und gleich darauf zerriss Jordis Schrei die Stille. Zu dem Schrei gesellte sich ein anderer Ton, der splitterte wie dünnes Eis.

Die Schatten lösten sich von der Hand, sobald die Flammen sie berührten. Sie verbrannten nicht, es war, als würden sie sich einfach auflösen.

Jordi zog die Hand zurück, presste sie an seinen Körper und krümmte sich vor Schmerzen.

Catalina umarmte ihn von hinten und hielt ihn fest. »Die Schatten sind fort«, flüsterte sie. »Du bist wieder frei.« Sein Haar, dachte sie, riecht nach Sonne und Meer.

»Mann, tut das weh!« Tränen liefen ihm übers Gesicht. Die Hand war dunkelrot, noch ganz heiß.

Gerade wollte Catalina ihm Mut machen, als ein wütendes Kreischen die Luft erfüllte, so unwirklich, als sei es in den entlegensten Winkeln der Finsternis geboren worden.

»Haltet euch fest!« El Cuento startete durch.

Jordi hielt sich mit nur einer Hand an den Flickenfetzen fest, die andere Hand hatte er gegen die Brust gedrückt. Beide warfen einen Blick zurück.

Die Fledermausschatten nahmen wieder Kurs auf den Flickenteppich. Doch so wütend ihr Ruf geklungen hatten, wirkte es doch so, als hätten ihre Kräfte nachgelassen. Catalina sah mit Erleichterung, dass sie keine Anstalten mehr machten, zu einem ihrer Sprünge anzusetzen.

Jordi schaute Catalina an. »Danke.«

Sie lächelte kurz. »Diese Dinger sind wirklich die Pest.«

El Cuento flog dicht über der Wasseroberfläche. Er fegte flink mit den Flickenfetzen um Ecken, nutzte Winkel und Brücken, um die hartnäckigen Verfolger abzuschütteln. Bald sah es so aus, als hätte er Erfolg, denn die Schreie hinter ihnen tönten aus größerer Entfernung, wenn sie auch nicht ganz verebbten.

Erschöpft starrten Catalina und Jordi in die Nacht, doch es war kein erleichtertes Schweigen zwischen ihnen. Jeder von ihnen hing stumm seinen Gedanken nach.

»Ich wusste nicht, welche Macht sie haben«, flüsterte Jordi schließlich. »Die Harlekins. Sie sind überall.«

Catalina dachte daran zurück, wie der Harlekin in der Tür der Windmühle gestanden hatte. Gar nicht so lange war das her. »Ich habe geglaubt, es ist nur einer«, sagte sie leise.

Jordi schüttelte den Kopf. »Es sind viele. Und sie sind überall.« In knappen Worten erzählte er Catalina von den Maskierten. Davon, wie sie mit ihren leisen, leeren Blicken die Schattenaugenmenschen erschufen, die auf dem Dach am Fuße der Windmühle aufgetaucht waren.

»Hast du eine Ahnung, woher sie kommen?« Catalina spürte, wie ihre Hände zitterten.

Der Wind fauchte aus der engen Straßenschlucht empor und rauschte über die bunten Dächer von Eixample.

»Siehst du den Leuchtturm dort drüben?«

Unter ihnen flog die Carrer d'en Fontrodona dahin.

La Marina, Dalt Vila und auch Port Vell waren in ihrem Blickfeld.

»Gleich daneben liegt ein Schiff vor Anker.«

Ja, jetzt sah sie es. Ein schwarzes Schiff mit dickem Bauch. Eine Galeone.

»Sie heißt *Meduza.*« Er berichtete ihr, was er wusste. Viel war es nicht.

»Sie ist wirklich geflogen?«

»Ja, hoch am Himmel.«

»Und du glaubst, dass die Harlekins mit der fliegenden Galeone hierhergekommen sind?«

Er nickte.

Erneut schaute sie zum dunklen Schiff hinüber. Ganz friedlich lag es da, und dennoch war es ein Schatten, der nicht in den Hafen zu gehören schien. Catalina fröstelte und fragte sich, ob die Kälte etwas mit dem Schiff zu tun hatte.

»Als ich dem ersten Harlekin begegnete, da war mir mit einem Mal eiskalt. Das gleiche Gefühl hatte ich, als die *Meduza* nach Barcelona gekommen ist.« Jordi verzog das Gesicht und betrachtete seine Hand.

Die Fledermausschatten kreischten Frostflüche in die Nacht hinaus. Der Flickenfetzen drehte ab und schlug einige Haken.

»Die werden wir wohl nie loswerden!«, stöhnte El Cuento.

Im Osten der Stadt glänzten die vier Spitztürme der Sagrada Família im Licht der vielen Laternen, die Barcelona mit einem warmen Schein umhüllten. Es war ein Anblick, der Erhabenheit atmete. Nichts deutete auf das Übel hin, das in die singende Stadt gekommen war.

El Cuento zerrte den Flickenfetzen hinab in die nächste Straßenschlucht. »Ich habe eine Idee.« Sie rasten an Schildern vorbei: Carrer Tordera, Bonavista, Sant Pere Martir.

Die Fledermausschatten stürzten sich hinter ihnen ebenfalls in die Tiefe.

»Vielleicht können die Flickenfetzen uns helfen.«

»Die Flickenfetzen?«

El Cuento rauschte raschelnd unter ihr. »Ja, die Flickenfetzen.« Er betonte jede Silbe, als könne er es nicht fassen, dass Catalina ihm nicht sofort folgen konnte. Typisch El Cuento!

»Was können sie tun?«

»Sie möchten frei sein.«

Catalina blinzelte überrascht. »Wie soll uns das denn bitte schön weiterhelfen? Herrje, die Zeit läuft uns davon.«

Die Fledermausschatten legten die Flügel an und schnitten wie scharfe Klingen durch die warme Nachtluft.

»Jeder einzelne Flickenfetzen ist eine kleine Persönlichkeit«, erklärte ihr der Wind geduldig. »Sie sind alle ganz verschieden, weißt du?«

Catalina warf Jordi einen hastigen Blick zu.

Der Junge verstand kein Wort – natürlich nicht –, sondern hielt sich nur mit schmerzverzerrtem Gesicht die Hand.

Hörte den Wind pfeifen – und sah, wie sie zurückpfiff.

Na, klasse!

»Während der Zeit an dem Windmühlenflügelrad haben sie Freundschaften mit den Winden geschlossen. Es gibt andere Winde, das weißt du. Junge, wilde Winde, die sich in ihnen verfangen haben.«

Sie schüttelte den Kopf. Ihr war jetzt wirklich nicht nach einer seiner Geschichten zumute.

»Bring es auf den Punkt, bitte!«

Die Fassaden der Häuser rasten zu beiden Seiten an ihnen vorbei. Unten auf den Kanälen schaukelten die kleinen Boote.

»Junge Winde wehen gerne wild durch die Welt.« El Cuento machte ein ganz und gar windiges Gesicht. »Ungestüm und gedankenlos, wie sie manchmal sind, kann es vorkommen, dass sie sich irgendwo verfangen. Und genau das ist auch bei der Windmühle passiert.« Er schoss um die nächste Ecke und der Flickenfetzen schaukelte so stark, dass Catalina beinahe den Halt verloren hätte und heruntergefallen wäre. »Die Winde haben sich in den Flickenfetzen verfangen. Du hast doch sicher schon einmal ein jammerndes Jaulen gehört, draußen, wenn das Windrad lief.«

»Ja.« Sie konnte sich daran erinnern. Es hatte traurig geklungen, irgendwie erbärmlich. Aber jetzt war sie auf der Flucht und scherte sich nicht um die Gefühle irgendwelcher Jungwinde. Herrgott noch mal, wusste El Cuento denn nicht, in welcher Gefahr sie schwebten?

Der Wind schlug einen Haken an der nächsten Kreuzung und kräuselte die Wasseroberfläche. Einige der Boote, die dort unten an den Landungsstegen vertäut waren, schaukelten unruhig hin und her und ein paar von ihnen, die ihre Segel nicht gerafft hatten, kippten sogar zur Seite. Die wenigen Passanten schauten verdutzt nach oben, wo sie nur zwei dunkle Punkte durch die Nacht huschen sahen. Zwei bissige Punkte, die wie Tintenklecksfledermäuse aussahen.

»Wenn die Wildwinde sich ungeschickt in den Mühlenflügeln verfangen und nicht mehr ein noch aus gewusst hatten, dann haben die Flickenfetzen ihnen geholfen, sich aus dem Gewirr von Stoff und Holzverstrebungen zu befreien. So sind sie Freunde geworden. Und am Ende sind die Wildwinde wieder um die Mühle geflogen, leichten Herzens und überaus glücklich, wieder wehen zu können.«

»Wie, in aller Welt, soll uns das jetzt nützen?«

»Du bist ungeduldig.«

Sie verdrehte die Augen. Schrie ihn an: »Na klar bin ich ungeduldig.« Sie warf einen Blick zurück. »Diese Dinger lassen einfach nicht locker. Sie werden uns kriegen, wenn das so weitergeht.«

»Kein Grund, so schnippisch zu sein.«

El Cuento konterte mit einer Pirouette und Catalina drehte sich der Magen um. Die Welt wirbelte um sie herum, und als sie zurückschaute, da waren die Fledermausschatten noch immer da.

»Das gibt's doch nicht«, murmelte sie. »Was sind das für Kreaturen?«

»Böse und bissige, würde ich sagen.«

»Jetzt ist nicht der Zeitpunkt für Scherze, bitte!«

El Cuento schwieg und sauste in den nächsten Kanal hinein. »Ihr beiden müsst die Nähte lösen«, sagte er dann. »Lasst ein Teil der Flickenfetzen frei.«

»Was? Aber warum?«

»Vertrau mir.« Und leise flüsternd erzählte er ihr von seinem Plan.

»Das würden sie tun?«, fragte Catalina ungläubig, als er geendet hatte.

»Ja«, sagte El Cuento schlicht.

Jordi drehte sich ungeduldig zu ihr um. »Was ist? Was hat er vor?«

Das Mädchen teilte es ihm mit.

Der Junge, dessen Hand mittlerweile ganz rot und voller Brandbläschen war, nahm es einfach hin. Es schien, als wundere er sich mittlerweile über gar nichts mehr. »Dann lass uns anfangen«, schlug er vor. »Je eher wir damit beginnen, desto schneller sind wir fertig.« Er griff in die Hosentasche und förderte ein Taschenmesser zutage. Es fiel ihm schwer, die Klinge mit nur einer Hand auszuklappen.

»Gib her.« Catalina nahm es an sich und begann vorsichtig, die Nähte zu lösen.

»Meinst du, das ist eine gute Idee?« Jordi war plötzlich skeptisch. Wenn die Nähte allesamt aufgingen, dann würden sie bald in einer Wolke aus Flicken und Fetzen nach unten fallen.

»Wir sollen nur wenige Nähte lösen.«

Jordi pfiff nervös durch die Zähne. Mit der gesunden Hand fummelte er an den Fäden herum.

Die Fledermausschatten rauschten hinter ihnen durch die Luft. Catalina kam es vor, als hätten sie wieder ein gutes Stück aufgeschlossen.

»Hoppla!«, rief El Cuento.

Catalina schaute nach vorne. Sie gewannen sprunghaft an Höhe und hüpften förmlich über die Manzana de la

Discordia, einen breiten Häuserblock, dessen krumme Schornsteine wie abgebrochene Zähne aus den Dächern wuchsen.

El Cuento flog einen wilden Slalom zwischen ihnen hindurch und tauchte auf der anderen Seite in die nächste Straße hinab. Inzwischen war er zum Sturm geworden und Catalina und Jordi sahen, dass er Blumentöpfe von den Fensterbänken wehte und sich die Zweige der Palmen bogen.

»Seit wann kannst du das?«

»Was meinst du?«

»Du redest mit dem Wind.«

»Oh, den Meereswind verstehe ich schon lange. Die anderen aber nicht.«

»Versteht der Wind, was die Menschen sagen?«

»Ja, das tut er.« Sie dachte an all die Geschichten, die sich El Cuento von den Menschen geborgt hatte, um sie ihr erzählen zu können, hoch oben am Castell de Montjuic. Dann wurde ihr schmerzlich bewusst, dass sie sich vielleicht niemals wieder dort mit ihm treffen würde. Dass es zu gefährlich sein würde, dorthin zu gehen, wo sie sonst immer hingegangen war. Die Kreaturen hinter ihnen kreischten lauter als zuvor, fast triumphierend. Ihre Schwingen schlugen flatternd.

Dann sah sie es.

Es war ein Schwarm grellbunter Fliegenfische, der vor ihnen im Licht einer Laterne schwebte. Der Flickenfetzen flog ohne Mühe über sie hinweg, aber eine der Fledermauskreaturen raste mitten in die kleinen Tiere hinein. Es sah so aus, als würde die Fledermaus in Hunderte kleiner Tintentropfen zerspringen, die sich wie Raubtiere auf die Fliegenfische stürzten. Alle Tiere des Schwarms wurden mit Schatten überzogen und dann verbanden sie sich erneut zu einem einzigen Wesen. Sie flossen in Sekundenbruchteilen zusammen und ein ganz neues Schattenwesen entstand, viel größer als das vorherige.

»Gar nicht gut«, murmelte Jordi.

»Mist!«, fluchte Catalina.

Hastig nestelte sie weiter an den Nähten.

Der riesige Fledermausschatten, der neu geboren worden war, flog schneller als sein kleiner Kumpan.

»Da vorne ist es!«, rief El Cuento.

Catalina atmete durch.

Placa Fuego hieß der Ort, auf den der Wind zusteuerte. Feuer brannten dort, lichterloh. Zwischen den Feuern fand ein Markt statt. Nein, nicht irgendein Markt, sondern der größte Markt der Stadt. Tiere in Käfigen beäugten neugierig die Kundschaft, Händler boten Waren aus fernen Ländern feil. Der Duft nach Gewürzen und exotischen Früchten drang bis hoch hinauf in die Lüfte. Tausende von Menschen gingen dort unten ihren Geschäften nach und keiner von ihnen sah in den Nachthimmel hinauf.

»Sie kommen!«, kündigte El Cuento sie an.

Und schon waren sie da.

Wildwinde! Eine ganze Horde musste es sein. Sie stürzten sich auf die Fledermausschatten und brachten sie ein wenig von der Flugroute ab. Doch das war nicht der eigentliche Plan.

»Jetzt oder nie«, flüsterte Jordi und es klang wie ein stilles Gebet. Dann löste er die letzten Nähte und der hintere Teil des Flickenfetzens flatterte in kleinen Stücken davon. Hundert Flicken und Fetzen wirbelten durch die Luft, wurden aufgefangen von den Wildwinden, die mit ihnen hinab zum Placa Fuego flogen.

»Sie tun es tatsächlich«, murmelte Catalina.

Ein Schrei erklang, dicht hinter ihnen. Der riesengroße Fledermausschatten hatte aufgeholt. Mit nur einem einzigen kräftigen Flügelschlag brachte er El Cuento aus dem Gleichgewicht. Der Flickenfetzen taumelte bedrohlich zur Seite.

»Haltet euch fest!«

El Cuento ging sofort in den Sturzflug über und schoss hinab zu den Feuern. Catalina und Jordi spürten die Hitze, als sie durch die erste Rauchwolke rasten.

»Schau!«

Fasziniert folgte Jordi dem Schauspiel, das sich ihnen beiden darbot.

Die Flicken und Fetzen flogen todesmutig mitten in die großen Feuer hinein und dann stoben sie mit der glimmenden Glut in den Nachthimmel auf, als seien sie ein Haufen wild gewordener kleiner Sterne. Die Winde, die ihre Freunde waren, trugen sie weiter und weiter hinauf. Zu einer dichten Wolke wurden sie, zu brennenden Stoffstückchen, die nur ein einziges Ziel vor Augen hatten.

El Cuento hielt auf die brennenden Flicken und Fetzen zu und tauchte unter ihnen hinweg, als er sie erreichte. Helle Punkte flogen an Catalina und Jordi vorbei und beide spürten die winzigen Flammen, die der Windhauch fütterte und anwachsen ließ.

Dann waren die Fledermausschatten da.

Sie mussten spüren, dass sich etwas verändert hatte, doch es war zu spät, um ausweichen zu können. Aus den Jägern waren Gejagte geworden.

Die brennenden Flicken und lodernde Fetzen warfen sich ihnen entgegen und die Flammen zerfetzten die Schattenwesen, als seien sie nichts als böse Gedanken gewesen. Wie dunkle Wolken, so verschwanden die Schatten vom Firmament, als habe es sie nie gegeben.

»Sie haben es geschafft«, sagte Jordi tonlos und atmete tief durch.

»Aber zu welchem Preis?« Catalina wurde das Herz schwer.

Glimmende Funken regneten durch die Luft. Bald würden die Fetzen und die Flicken nur noch Asche sein. Sie hatten gewusst, dass sie einen Angriff nicht überleben würden – und dennoch hatten sie getan, wozu nur sie in der Lage gewesen waren.

»Sie haben es für euch getan«, sagte El Cuento. »Seid also nicht traurig.«

Der Flickenfetzen drehte um und flog ganz langsam durch den Ascheregen. Gerade so, als wolle er sich noch leise und andächtig von seinen Brüdern und Schwestern verabschieden.

»Alles im Leben«, sagte El Cuente, »verlangt nach einem Preis.«

Catalina spürte die Tränen in den Augen. »Alles?«

Der Wind wehte weiter. »Alles.«

Schweigsam saßen der Junge und das Mädchen auf dem Flickenfetzen. Unter ihnen erstreckte sich die singende Stadt bis zum Horizont.

»Du zitterst«, sagte Jordi.

Dann ergriff er ihre Hand.

Sie sah ihn an. »Du zitterst auch.«

Dann begann sie zu weinen, bitterlich und untröstlich. Und als Jordi den Arm um sie legte, ließ sie ihn gewähren, einfach so.

Pla Cerdà

Casa de les Punxes. Allein der Name klang wie ein Geheimnis.

Am Canal de Girona senkte sich der Flickenfetzen in die Tiefe. Unter ihnen tauchte ein kleiner Platz mit einem Mosaikboden auf. Palmen säumten seinen Rand und eine Laterne leuchtete einsam. Bernsteinkäfer krabbelten in den Blumenbeeten und Glühwürmchen schwirrten in der Luft.

»Warum bringt er uns ausgerechnet hierher?«

Sie hatte El Cuento gefragt und Jordi die Antwort sogleich übersetzt. »Irgendwo in dieser Gegend befindet sich ein Haus namens Casa de les Punxes.« Und höchst bedeutungsschwanger hatte sie hinzugefügt: »Das Haus der Nadeln.«

»Hört sich nicht gut an.«

Sie musste plötzlich lachen, aber noch war es ein trauriges Lachen. Eben nur ein erster Versuch, nach allem, was geschehen war. Ihre Zöpfe wippten dabei auf und ab. »Das Haus der Nadeln ist eine Bibliothek«, erklärte sie. Natürlich verschwieg sie dem Jungen, dass sie selbst ebenfalls noch nie davon gehört hatte, bis El Cuento ihr vor wenigen Augenblicken schmunzelnd erklärt hatte, was die Casa de les Punxes war. Sie wollte einfach nicht dumm dastehen vor Jordi, das war alles.

»Was tun wir da?«, hatte Catalina den Wind gefragt.

»Du kannst dich dort verstecken.« Er hatte gelächelt, nur mit seiner Stimme; so, wie Winde es eben zu tun pflegen, wenn sie Dinge sehen, die anderen Augen verborgen bleiben. Dann hatte er hinzugefügt: »Ihr *beide* könnt euch dort verstecken.« Wieder das wissende Lächeln. »Außerdem willst du doch bestimmt herausfinden, was hier passiert.« Eine Frage war das nicht gewesen und folglich hatte El Cuento weitergesprochen, ohne eine Antwort abzuwarten. »Die Casa de les Punxes ist ein alter Ort der Bücher und Schriften. Wenn man etwas über die Welt erfahren will, dann sucht man in Büchern danach und fragt die Buchstaben. Das hat man immer schon getan. Und ich denke, dass du genau das tun willst.«

Antworten. Ja, danach suchte sie.

»Folgt uns jemand?« Jordi suchte den Himmel und die dunklen Ecken ab.

Sie schüttelte den Kopf und ihr fiel auf, dass der Junge andauernd ihre Zöpfe anstarrte.

»Nein«, sagte sie nur. Das mit den Zöpfen sprach sie gar nicht erst an. »Bisher nicht.«

Sie warf einen Blick zurück. Die weißen Häuser von Montjuic waren ganz klein geworden. Wenn man genau hinschaute, dann sah man noch die Windmühle.

Sie konnte nicht glauben, wie sorglos sie heute Nachmittag dorthin zurückgekehrt war, nicht ahnend, was passieren würde. Doch dann hatte Márquez ihr die Zeichnung gezeigt und alles war anders geworden.

Ihre Mutter hatte vorausgesehen, was passieren würde. Die Frage blieb, warum.

Warum gerade ich?

Darauf lief es immer wieder hinaus. Weil ihre Mutter eine Hexe war? Herrje, noch immer konnte sie kaum glauben, dass dies die Wahrheit sein sollte. Wenn sie an Hexen dachte, dann dachte sie an Märchen. An uralte Weiber mit krummen Nasen und Kopftüchern und Warzen im Gesicht.

Sarita Soleado war eine hübsche Frau. Nein, unmöglich, dass sie eine Hexe war!

Und wenn die Wirklichkeit anders aussah als die Märchen, was dann?

Die Karte war jedenfalls *keine* Einbildung gewesen. Der alte Márquez hatte sie ihr vor die Nase gehalten und sie hatte selbst sehen können, wie sich die Karte zu ändern vermochte. Vor ihren eigenen Augen waren die säuberlich gezeichneten Linien zerflossen, waren neue Wege, Straßen und Plätze entstanden, hatte die singende Stadt ihre alten Kleider abgeworfen und im Ablauf der Jahrhunderte neue übergestreift. Dabei war es doch nur eine Karte gewesen, eine Zeichnung, angefertigt mit Tusche und Farbe, auf einem gewöhnlichem Pergament.

Wie auch immer – Sarita Soleado *hatte* eine Karte angefertigt, die sich verändern konnte. Da biss die Maus keinen einzigen Faden ab.

Plötzlich kam Catalina ein Gedanke, so unvermittelt, dass sie zusammenzuckte und sich zu der nagenden Ungewissheit kreischende Furcht gesellte.

Hatte ihre Mutter deswegen die Cala Silencio verlassen? Hatte sie am Ende gar von den Schatten gewusst und war vor ihnen geflohen?

Was, wenn die Schatten sie sogar schon in ihre Gewalt gebracht hatten? Das würde zumindest erklären, wie sie von der Windmühle und dem Kartenmacher erfahren hatten. Denn nur Sarita Soleado hatte gewusst, wo sich ihre Tochter aufhielt.

Wenn dies wirklich so war, dann ... wurden neue Fragen geboren, wieder und wieder und immer, immer wieder. Warum waren die Schatten hinter ihrer Mutter her? Wegen der Gabe, die lebendigen Karten zu zeichnen? Vielleicht – sogar ganz bestimmt. Aber was hatten die Harlekins davon, jemanden wie Sarita Soleado in ihre Gewalt zu bringen? Es musste mehr dahinterstecken, so viel war sicher.

»Wir sind da!«, sagte Jordi.

Catalina blinzelte und spürte, wie der Flickenfetzen sanft aufsetzte. Gleich darauf hatte sie wieder festen Boden unter den Füßen.

Jordi stand bereits neben dem Flickenfetzen. Die verletzte Hand drückte er fest gegen den Körper.

»Wir müssen auf der Hut sein.« Jordi sah sich sichernd um.

»Jordi ... du musst nicht mitkommen«, sagte Catalina zögernd und wusste gleichzeitig, dass sie eigentlich das Gegenteil meinte. Aber er hatte sich seine Hand verbrannt, weil er ihr das Leben gerettet hatte. Sie wollte einfach nicht, dass noch mal ein Mensch ihretwegen so leiden musste. »Ich meine, wenn diese Harlekins und ihre Schatten erneut auftauchen, dann bist auch du in Gefahr . . .«, stammelte sie. »Ich kann dir jetzt nicht alles erklären, aber sie werden sich ganz sicher nicht damit zufriedengeben, dass ich ihnen entwischt bin. Und wenn sie uns finden, dann . . .«

Er sah ihr direkt in die Augen, kurz nur. »Erinnerst du dich an den Leuchtturm, vorhin am Port Vell?«

Verdutzt hielt sie inne und sah ihn fragend an.

»Das war einmal mein Zuhause.« Plötzlich huschte etwas wie Trauer über seine Miene. »Ich bin weggelaufen«, sagte er. »Und jetzt sind wir hier, und wie es aussieht, kannst auch du nicht mehr zurück.« Er machte einen tiefen Atemzug. »Wäre es nicht besser, wenn wir zusammenbleiben? Ich meine nur, dass . . .« Er schwieg betreten und schaute schnell woandershin. Dann hob er wieder den Blick. »Du weißt schon, was ich meine.«

Sie lächelte. »Weiß ich das?«

Die Menschen, die geschäftig ihres Weges gingen, beachteten den Jungen und das Mädchen nicht. Männer gingen eifrig diskutierend und mit Pfeifen in den Mündern in die Cafès, die sich drüben beim Palau Montaner befanden. Vornehme Frauen mit sonderbaren Hüten flanierten gelangweilt und ziellos herum und rümpften die Nasen, wenn sie den Geruch des Kanals bemerkten. Spitze Boote bevölkerten den Kanal, und wenn die Kapitäne wütend waren, dann schlugen sie nach den Fischen, die sich an manchen Stellen wie Mücken in der Luft sammelten. Das Leben war, wie es immer war. Von den Harlekins war nichts zu sehen, und das war gut so.

»Ich muss jemanden finden«, sagte Catalina leise. »Du könntest mir suchen helfen.«

Jordi lächelte, was mehr sagte, als Worte es hätten tun können.

El Cuento wehte von einer Hauswand zur nächsten. Nach der Flucht durch die Straßen und über die Dächer ruhte er sich ein wenig aus, schwebte wie ein Hauch herum und fühlte sich erleichtert wie ein Lüftchen, das gerade erst aus den Wolken geklettert war.

»Warum bist du von zu Hause weggelaufen?«, fragte Catalina vorsichtig.

»Das ist nicht wichtig«, sagte Jordi, viel zu schnell. Seine Augen aber erzählten eine Geschichte, die sie verstand. Unsicher schlug er den Blick nieder und Catalina dachte, dass er das oft hatte tun müssen, dort, wo er herkam.

»Wollen wir die anderen Flickenfetzen befreien?«

Sie nickte. Beide knieten sich auf den Boden und beendeten das, was sie hoch oben in der Luft begonnen hatten.

Gewissenhaft konzentrierte sich Catalina auf die Nähte. Jordi sollte nicht merken, dass sie es ihm angesehen hatte. Manche Dinge mussten eben nicht ausgesprochen werden, um gesagt zu werden.

Es dauerte nicht lange, und als sie fertig waren und inmitten all der losen Flicken und Fetzen saßen, da rief El Cuento die verbliebenen jungen Wildwinde herbei. Wie ein einziger Sturm, so kamen sie nach Pla Cerdà. Ihr Klang war trauriger als zuvor.

Aber die Flicken und Fetzen, die überlebt hatten, fanden zu den Wildwinden. Gemeinsam wirbelten sie in den Nachthimmel hinauf und wieder hinunter zum Canal de Girona. Sie tänzelten um Catalina und Jordi herum, setzten sich auf ihre Schultern und ins Haar, sprangen wieder auf und flogen weiter.

»Sie sind frei«, hauchte El Cuento an ihrer Seite und Catalina gab seine Worte an Jordi weiter.

»Danke«, flüsterte sie den Flicken und Fetzen hinterher.

Und für einen kurzen Augenblick, der nichts als verborgene Magie und neue Freundschaft war, hatten sie die Schatten vergessen. Die fliegenden Flicken und flatternden Fetzen entschwanden nach und nach im Nachthimmel und nach einiger Zeit konnte man gar nicht mehr erkennen, ob es ein flimmernder Stern war, der am Firmament über der Stadt erstrahlte, oder ein wehender Wildwind, der sich auf die Reise in die Welt begab und endlich jemanden an seiner Seite wusste.

El Cuento schwieg und Catalina warf Jordi einen heimlichen Blick zu, von dem sie selbst nicht wusste, was genau er zu bedeuten hatte.

Das Haus der Nadeln

Das Haus der Nadeln befand sich am Kanal in der Avinguda Cadafalch. Es hatte sechs Türme mit Dächern, die wie spitze Hüte in den Nachthimmel ragten, und es sah lebendig aus, irgendwie. In der Fassade prangten gemeißelte Blumenornamente und die zinnoberroten Ziegeln ließen das ganze Gebäude leuchten wie Herbstlaub. Schlanke, wie Wellen geformte Säulen im ersten Stock erinnerten an menschliches Gebein und oben, hinter den Türmen, ragten mit Kacheln bedeckte Kaminschlote krumm und windschief in den Himmel. Gusseiserne Balkone und kunterbunte Mosaike verliehen der Fassade ein altes Gesicht, dessen milchglasige Fenster auf die Straße und den Kanal schauten. Sogar das Dach sah aus wie der schuppige Rücken eines riesigen knallbuntroten Reptils.

»Das Haus ist voller Bücher«, sagte El Cuento. »Dort werdet ihr Antworten finden.«

»Es sieht lebendig aus«, bemerkte Jordi.

Sie traten näher.

Catalina fiel auf, dass alle Fenster und Türen verschlossen waren. Die wenigen, die offen standen, waren mit feinen, durchsichtigen Netzen bespannt. Das Innere des Hauses leuchtete wie Hunderte von Kerzen.

»Gehen wir hinein«, schlug Jordi vor.

Das Mädchen nickte nur. Warum noch warten?

»Ich wehe ein bisschen durch die Gegend und halte die Augen offen«, sagte El Cuento.

Und so traten Catalina Soleado und Jordi Marí in die Welt der Bücher ein.

Die Treppenstufen zum Eingang hinauf fügten sich zu einer breiten Zunge, auf der sich Buchstaben aneinanderreihten. In Stein gehauene Wortfetzen nur, die keinen Sinn ergaben. Bilder, die man lesen konnte, oder auch nicht.

Die Klingel war ein Buch, das man aufklappen musste. Jemand hatte es mit dicken Schrauben an der Wand befestigt. Auf der ersten Seite war eine uralte und schäbige Klingel gemalt.

»Vielleicht muss man sie einfach nur anfassen«, schlug Jordi vor.

Catalina berührte die Zeichnung. Ein leises Bimmeln erklang von innen, wie von einer Glocke, die staubig hustet. Junge und Mädchen sahen einander an. Nichts geschah.

»Vielleicht haben sie abends geschlossen?«

Catalina schüttelte den Kopf. »Es brennt Licht.«

»Wahrscheinlich lesen sie und wollen ihre Ruhe.«

Catalina fuhr erneut über die Seite. Die Papierklingel fühlte sich an wie raues Pergament und erinnerte sie an die Karten, die sie gezeichnet hatte. An ihre letzte Arbeit musste sie denken, die Küstenlinie von Eivissa, jene Karte, die, davon war sie überzeugt, nun niemals mehr fertig werden würde.

Viel schlimmer jedoch war, dass sie gezwungen gewesen war, die Karte ihrer Mutter in der Windmühle zurückzulassen, wo sie unwiderruflich verloren war. Vielleicht hätte sie ihr von Nutzen sein können. Davon einmal abgesehen war sie das Einzige, was sie an ihre Mutter erinnerte. Die Karte und der Zettel, auf den sie das schwarze Schiff gekritzelt hatte.

»Da kommt jemand.« Jordi stieß sie sachte an.

Mit einem Knarren, leise wie Papiergeraschel, öffnete sich die Tür.

»Guten Abend, kleine Dame. Guten Abend, junger Herr.« Ein spindeldürrer Mann, der so staubig war, dass ihn eine kleine, feine Wolke umgab, stellte sich den Neuankömmlingen vor: »Ich bin Firnis«, sagte er mit gedämpfter Stimme, »Firnis Cervantes.« Er lächelte. »Ich bin einer der wenigen Wortdeuter, Buchstabenfänger und Satzsetzer der Stadt. Wir kümmern uns um die alten Schriften und redseligen Bücher – und um alles andere auch.« Er machte selbst einen recht geschwätzigen Eindruck. »Womit kann ich euch dienen?« In den trüben Augen des Mannes, der nicht alt und nicht jung war, schwammen winzig kleine Buchstaben herum. Als er den verwunderten Blick des Jungen erkannte, sagte er sogleich: »Das kommt vor, wenn man lange Zeit in der Bibliothek arbeitet.« Und lächelnd fügte er hinzu: »Es tut nicht weh.« Einen hellen Anzug aus Leinen trug er und der Anzug sah aus wie das Weiß eines Buches, das zu lange in der Sonne gestanden hatte.

Dann trat Cervantes zur Seite und gab den Blick frei auf eine Diele mit einem geschwungenem Treppengeländer, vielen Pflanzen und gusseisernen Laternen, die an Eisenhaltern aus den Wänden herausragten. Kerzen spendeten warmes Licht.

»Ihr seid gekommen, um etwas zu erfahren.«

Catalina nickte. »Wir haben Fragen.«

Der Mann schien zu wissen, was sie meinte. »Ihr dürft mich Firnis nennen«, sagte er.

»Ich heiße Catalina«, sagte Catalina. »Catalina Soleado.«

»Habe ich dich schon einmal gesehen?«

»Ich komme aus Montjuic. Aus der Windmühle.«

»Ah, der alte Kartenmacher.«

»Sie kennen ihn?«

Firnis überlegte einen Moment lang. Die Buchstaben in seinen Augen führten einen nachdenklichen Tanz auf. »Nein«, murmelte er, »nein, eigentlich nicht. Aber das heißt nichts. Ich bin vergesslich. Weißt du, ich muss die Dinge aufschreiben, denn nur wenn sie Buchstaben geworden sind, kann ich sie festhalten.«

Catalina nickte, weil sie dachte, dass ein Nicken in dieser Situation einfach höflich sei. Firnis wirkte ein wenig verwirrt, seltsam ... vergeistigt. So, als wären seine Gedanken immer ganz woanders.

»Und du? Wie ist dein Name?«

»Jordi Marì«, sagte Jordi.

»Dich kenne ich nicht.«

»Mein Vater lebt auf dem Leuchtturm von Port Vell.«

»Dann bist du ein Lichterjunge?«

»Ja.«

»Aber es ist dunkle Nacht. Und du bist hier.« Firnis schaute ihn eindringlich an. »Seltsam, seltsam. Solltest du nicht im Leuchtturm sein und dich um das Licht kümmern?«

Gerade wollte Jordi etwas sagen, als der Mann abwinkte. »Nein, nein, nein, ich will gar nicht wissen, warum du nicht im Leuchtturm bist. Ich würde es ohnehin wieder vergessen, weil ich es mir nicht aufschreibe.«

Jordi sagte nichts. Er hätte auch gar nicht gewusst, was er darauf hätte antworten sollen.

»Aber ich kenne jetzt eure Namen und ihr kennt meinen.« Firnis ging ins Haus zurück und rief ihnen über die Schulter zu, sie mögen doch eintreten. »Es ist noch nicht zu spät, um sie zu lesen«, murmelte er und schlurfte seines Weges.

Catalina und Jordi taten, wie ihnen geheißen wurde.

»Er ist seltsam«, flüsterte Jordi.

Firnis antwortete flink: »Das habe ich gehört.«

»Ich ...«

Er drehte sich zu ihnen um. »Ich habe schlechte Augen, aber gute Ohren.«

»Ich habe es nicht böse gemeint«, entschuldigte sich Jordi.

»Das weiß ich, das weiß ich.« Der Mann zwinkerte ihnen

beiden zu. »Wenn man zu viel mit Büchern zu tun hat, dann wird man ein wenig ...«, er klopfte sich auf die Schulter, »... staubig.« Er grinste und es war, fand Catalina, ein außerordentlich nettes Grinsen. »Ich setze kaum noch einen Schritt vor die Tür, wisst ihr. Weil sie sonst alles auf den Kopf stellen hier drinnen.«

»Wer?«

Er sah das Mädchen an, als wolle er prüfen, ob die Frage ernst gemeint war.

»Die Buchstaben, meine Kleine. Die Buchstaben natürlich.«

Und bevor Catalina überhaupt etwas dazu sagen konnte, öffnete er die Tür zum Garten.

»Sesam, geh bloß auf!« Er trat mit dem Fuß dagegen und meinte: »Sie ist alt und klemmt immer öfter.«

Der Raum dahinter reichte bis hinauf zum Dach. Die Verstrebungen der Spitzbögen waren mit Glaskeramiksteinchen verziert und die gewölbte Decke wurde von gedrehten Säulen gehalten. Beschriftete Zettel und Seiten lagen scheinbar wahllos auf dem Ziegelsteinboden verstreut, während an den Wänden, zwischen den unendlich hohen Regalreihen voller Bücher, sandfarbene Kokons in allen Größen hingen.

»Willkommen«, raunte der Bibliothekar, »im Garten der verlorenen und wiedergefundenen Geschichten.« Firnis betrat den Raum als Erster und winkte die beiden hinter sich her.

Catalina hatte noch nie zuvor eine Bibliothek betreten,

aber irgendwie hatte sie sich einen solchen Ort anders vorgestellt. Ein Blick zur Seite sagte ihr, dass es Jordi wohl ähnlich erging.

In der Mitte des Raumes befand sich ein riesiger Brunnen. Eine gusseiserne Skulptur, die allerlei wild ineinanderverschlungene Fabelwesen zeigte, ragte aus dem Wasser empor, in dem rot-gelbe und orange-lila Seerosen trieben. Es gab winzige Fische in dem Becken und auch einige Wasserschildkröten, die ihre kleinen Hälse streckten und reckten, um die Neuankömmlinge zu begutachten. In der Luft flatterten Schmetterlinge und ein nicht kleiner Teil der Beleuchtung kam aus den Leibern von schwärmenden Glühwürmchen.

Zwei Männer, der eine klein, der andere groß, der kleine mit Bart, der große ohne, liefen mit langen, spitzen Nadeln im Raum umher und spießten Buchstaben auf. »Die beiden dort sind meine Assistenten«, erklärte Firnis. »Pérez und Reverte. Sie arbeiten schon lange in diesem Haus.« Er klatschte in die Hände. »Wir haben Gäste, meine Herren.« Die beiden Angesprochenen hielten augenblicklich inne und schauten den Jungen und das Mädchen, die beide etwas verloren in dem Raum herumstanden, neugierig an.

»Guten Abend«, sagte Pérez.

»Ich schließe mich an«, sagte Reverte.

»Sie fangen die Buchstaben ein, die aus den Büchern fallen«, erklärte Firnis.

Catalina betrachtete die Palmen, die an den Seiten des

Raumes in die Höhe wuchsen und deren Blätter die Buchrücken zu kitzeln schienen. Es gab Kakteen, auf denen raupenartige Wesen mit schwarzen Augen und bunten Härchen hockten. Ganz ruhig saßen sie da und beobachteten die Herren Pérez und Reverte, wie sie all die Buchstaben aufspießten, die in der Luft herumsegelten wie Fetzen verlorenen Papiers.

»Was ist das?« Es war Jordi, der die Frage als Erster stellte.

Firnis lächelte gütig. »Bücher sind lebendige Wesen«, sagte er, »und wenn man ganz in sie eintaucht, dann erwachen sie zum Leben. Und wie die Gedanken, so bekommen auch die Buchstaben Flügel verliehen. Sie lösen sich vom Papier und flattern im Raum herum.«

»Deshalb die Netze vor den Fenstern.« Catalina warf einen Blick auf die Buntglasfenster, die mit feinmaschigen Netzen verhangen waren.

»Genau.« Firnis rieb sich die Hände. Er schien Freude daran zu haben, seine Bibliothek den Fremden vorzustellen.

»Aber was tun Sie mit all den Buchstaben?«

Pérez, der gerade nach einem ganzen Wort gegriffen hatte, rief herüber: »Wir fangen sie ein.«

»Und dann fügen wir sie wieder zusammen«, ergänzte Reverte.

Firnis deutete zu den raupenartigen Tierchen auf den Pflanzen hinüber. »Das sind Bücherwürmer«, sagte er. »Wir geben ihnen die einzelnen Buchstaben zu fressen.

Nach einer Weile verpuppen sie sich und am Ende schlüpft ein neues Buch aus dem Kokon.«

Catalina konnte nur staunen.

»So entstehen aus alten Büchern immer wieder neue Bücher«, rief Pérez.

Und Reverte sagte: »Und nichts, aber auch gar nichts, geht jemals verloren.«

»Aber ihr seid nicht hergekommen, um unsere Bücherwürmer zu füttern, nicht wahr?«

»Nein«, sagte Catalina.

Firnis klatschte beschwingt in die Hände und ein runder Tisch, dessen spindeldürre Metallbeine bei jeder Bewegung knirschten und knackten, kam aus einer Ecke und setzte sich mitten in den Raum, gleich neben den Brunnen.

»Das ist Quijote, unser Lesetisch«, stellte Firnis das Möbelstück vor.

Der Tisch sagte nichts.

Klar, ist ja auch ein Tisch, dachte Catalina.

Zwei Stühle folgten dem Tisch.

»Nehmt Platz.« Firnis selbst blieb stehen und faltete die Hände hinter dem Rücken. »Und nun sagt, was sucht ihr? Welche Geschichten wollt ihr hören? Es wird mir ein echtes Vergnügen sein, sie für euch zu finden, denn das ist meine Aufgabe.«

Catalina überlegte, nur kurz. Sollte sie ihm von den Schatten berichten? Den Harlekin-Männern?

»Im Hafen von Port Vell liegt ein Schiff vor Anker.« Sie sah Jordi an, der ihr zunickte.

»Eine fliegende Galeone ist es«, übernahm er. »Sie ist erst vor Kurzem nach Barcelona gekommen.«

Firnis runzelte die Stirn. »Eine Galeone, sagst du? Ein Schiff, das geflogen ist?«

Jordi nickte.

»Wie ist ihr Name?«

»Meduza.«

Pérez und Reverte hielten kurz inne und Firnis wurde mit einem Mal ganz ernst. »Die *Meduza*«, raunte er. »Man hat lange nichts mehr von ihr gehört.« Er wippte auf den Füßen hin und her, wenn er redete. »Sie wurde erbaut, so sagt man, vor langer, langer Zeit. In den Jahren, als Schiffe noch nicht zu fliegen vermochten. Lange bevor Kapitän Colom die neue Welt zu suchen begann.« Er pfiff leise durch die Zähne und winzige Buchstaben wirbelten ihm dabei aus dem Mund. Aufgedreht wie Fliegen schwirrten sie durch die Luft. »Wir werden sie erst einfangen, wenn sie noch etwas gewachsen sind«, sagte Firnis nur und hielt sich die Hand vor den Mund, als müsse er husten. »Aber zurück zu eurem Schiff. Die *Meduza,* hm, hm, hm. Sie gehörte einer alten Familie namens Karfax. Doch was hat sie hier in der singenden Stadt verloren?«

Catalina zuckte die Achseln. Jordi ebenso.

Firnis bedachte die beiden mit einem tiefen Blick. »Ihr habt keine Ahnung, nicht wahr?«

Beide nickten unisono.

»Gut, gut, gut.« Er begann im Raum auf- und abzulaufen. »Mal schauen, mal schauen.« Er betrachtete die Regalreihen. Dann, wenige Sekunden später, erklomm er eine enorm lange Leiter und kehrte mit einem dicken Wälzer zurück. »Da steht etwas über die Familie Karfax.«

Firnis fegte den Staub vom Einband. Die langen Finger blätterten flink im Buch herum, huschten wie Derwische über Inhaltsverzeichnisse und Seiten, bis er fündig geworden war. Die abgehackten Buchstaben bildeten Worte in einer alten Sprache, die Catalina nicht verstand.

»Latein«, erklärte Firnis beiläufig, als er den Blick des Mädchens bemerkte. »Die Hochsprache der alten Welt.« Dann blätterte er munter weiter, wendete Seite um Seite. Catalina konnte das alte Pergament riechen, aus dem die Seiten bestanden.

»Da ist es!«

Catalina und Jordi beugten sich vor.

Beide betrachteten das Porträt eines alten Mannes, der finster und verwegen aussah. Es war ein Holzschnitt, der mehr verbarg, als er zeigte. Ein einziger Name stand unter dem Bild geschrieben: Karim Karfax.

»Die Familie derer von Karfax«, fasste Firnis den Text unter dem Bild zusammen, »diente der spanischen Inquisition. Als die Jahre der Verfolgungen begannen, da stellten sie der heiligen Kirche bewaffnete Truppen zur Verfügung.«

»Wen verfolgten sie?«

Firnis schaute finster drein. »Sie waren hinter jedem her, der nicht genau das dachte, was der heilige Pontifex von Konstantinopel als rechtens erachtete.« Die Buchstabenaugen des Bibliothekars flogen über die Wörter. »Kaifas Karfax wurde in den Rang eines Arxiduc erhoben und bekam die Erlaubnis, die Welt von denen zu befreien, die unreine Gedanken hatten und Falsches taten.«

»Aber wie konnte ein Mann allein festlegen, was richtig und was falsch war?«

»Der heilige Pontifex war ein mächtiger Mann. Die Kirche setzte Könige ein und ließ Könige ermorden, wenn sie nicht das taten, was sie wollte. Und der Pontifex war das Oberhaupt der Kirche. Diejenigen, die Macht besitzen, haben schon immer die Regeln bestimmt, nach denen gespielt wird.«

»Und es gab schon immer Menschen, die den Mächtigen dabei geholfen haben«, ergänzte Catalina und dachte dabei an die Maskenmänner. »Weil sie sich dadurch Vorteile erhofften.«

Firnis nickte. »Der Arxiduc war so ein Mensch. Er hat alle verfolgt, die dem Pontifex ein Dorn im Auge gewesen waren. Sie wurden gejagt und gefangen genommen und vor Gericht gestellt. Man beschuldigte sie vieler schlimmer Dinge. Zauberei und Hexenwerk. Es reichte schon aus, wenn sie einfach nur eine andere Meinung hatten als der Pontifex. Man machte ihnen den Prozess und dann wurden sie verbrannt, ertränkt oder Schlimmeres. Die alte Welt wurde in jenen Tagen erleuchtet von den Feuern, in denen Unschuldige verbrannten.«

»Warum hat keiner etwas dagegen unternommen?«, wollte Jordi wissen.

»Alle hatten Angst.« Die Finger des Bibliothekars fuhren die Zeilen entlang, als er las. »Die Familie Karfax ließ eine Armada aus dunklen Schiffen bauen, die sogar zu fliegen vermochten. Die *Meduza* war das Flaggschiff der Flotte. Die Galeone, die alle anderen angeführt hat.«

Catalina fröstelte. Sie stellte sich einen dunklen Himmel vor, bedeckt von fliegenden Schiffen, deren schwarze Segel wie Wolkenfetzen aus Nacht aussahen. Sie stellte sich vor, wie die Menschen ihre Blicke gen Himmel erhoben und nach der Flotte Ausschau gehalten hatten. Wie die fliegenden Schiffe in den Städten und Dörfern vor Anker gegangen waren. Wie Gerechtigkeit in den Prozessen gestorben war. Sie stellte sich vor, was die Menschen wohl alles getan hatten, um ihren eigenen Kopf aus der Schlinge zu ziehen.

»Es ist eine dunkle Zeit gewesen«, sagte Firnis. »Jeder hat jeden verraten. Es wurden Anschuldigungen ausgesprochen. Neid, Missgunst und Furcht waren noch viel schlimmer als die Scheiterhaufen.«

»Was ist aus der Armada geworden?«, wollte Jordi wissen.

»Das weiß niemand.« Firnis wirkte betrübt. »Es gab Kriege und am Ende war ein neuer Pontifex an der Macht. Die alte Welt veränderte sich und die fliegenden Schiffe verschwanden.«

»Aber die *Meduza* ist wieder da.«

Firnis seufzte. »Karim Karfax«, raunte er den Namen, »ist der neue Arxiduc von Gibraltar. Vielleicht ist er derjenige, der mit der fliegenden Galeone hierhergekommen ist.«

»Aber warum?«

»Das, mein Kind, steht in keinem Buch. Das weiß nur der Arxiduc allein.«

»Hat der Arxiduc etwas mit Schatten zu tun?«, fragte Jordi geradeheraus.

Firnis schaute auf. »Wie meinst du das? Welche Schatten?«

»Gibt es vielleicht Geschichten über die Familie Karfax, in denen Schatten auftauchen?«

Firnis kratzte sich am Kopf und schaute in das Buch, das auf dem Tisch lag. »Davon ist mir nichts bekannt«, murmelte er, aber die Buchstaben in seinen Augen tanzten aufgeregt herum. »Und doch ... da war doch was ... nur wo?« Mit dem Zeigefinger tippte er auf das Bild, den Holzschnitt. Er durchforstete den Buchstabenwald und sagte nach einer Weile: »Kassandra Karfax.« Dann sprang er auf und kletterte wie ein Äffchen auf den Leitern herum. Hoch oben in den Regalen schlug er dicke Bücher auf, aus denen wilde Buchstaben herauspurzelten, klappte sie wieder zu, strich sich die krabbelnden Buchstaben von der Schulter, kletterte weiter, suchte und suchte und suchte. Schließlich hielt er ein dünnes Büchlein in der Hand, steckte die Nase hinein, klappte es mit einem Nicken zu und kehrte zum Tisch zurück. »Man muss nur lange genug suchen«, murmelte er freudig, »dann findet man es auch.«

»Wer ist Kassandra Karfax?« Allein ihr Name, fand Catalina, hörte sich schon unheilschwanger an.

»Eine Künstlerin«, keuchte Firnis, noch ganz außer Atem.

Er klappte das Buch an der Stelle auf, an der sein Finger zwischen den Seiten gesteckt hatte.

»Kassandra Karfax war die Mutter von Kaifas Karfax, dem ersten Arxiduc. Als Schülerin Ferrer Bassas hatte sie schon als Mädchen mit der Malerei begonnen. Das Porträt des Arxiduc stammt von ihr.«

»Hat sie etwas mit Schatten zu tun?«

Er nickte. »Na ja, indirekt. Sie soll ein Bild gemalt haben, das angeblich nie jemand zu Gesicht bekommen hat.«

»Was für ein Bild?«

»Ich kenne nur den Titel. *La Reina de la Sombra.* Die Schattenkönigin. Das ist alles.« Firnis schaute von Catalina zu Jordi und von Jordi zu Catalina. »Es kann sein, dass es nur ein Mythos ist. Geheimnisvolle Bilder gab es früher zuhauf. In jedem Dorf kannte man Geschichten, die von ihnen zu berichten wussten.« Er machte eine wegwerfende Handbewegung. »Märchen.«

»Was ist mit Hexen?«

Firnis musste lächeln. »Hexen?«

»Ja.«

»Was soll mit ihnen sein? In den alten Geschichten gibt es Hexen, jede Menge sogar. Ich kann einige davon vorlesen, wenn du möchtest.«

»Und in Wirklichkeit?«

Er lachte laut. »Nein, Mädchen. Es gab Prozesse, in denen Hexen verurteilt wurden.«

»Die Prozesse, für die Karfax die Gefangenen geliefert hat.«

»Genau.«

»Was geschah dort?«

Firnis seufzte. »Es waren unschuldige Frauen, die etwas Besonderes zu tun vermochten.«

Catalina horchte auf, wurde aber enttäuscht. Lebendige Karten zeichnen zu können gehörte nicht zu den Dingen, die Firnis nannte.

»Sie stellten Salben und Heilmittel her und nutzten die Kräuter und die Kräfte der Natur. Sie sagten den Menschen die Zukunft voraus und verdienten sich mit Tricks und Scharlatanerie wenig Geld. Aber es war keine Magie dahinter. Es gab keine Hexen, die zaubern konnten. Die Art von alten Frauen mit Buckeln und Katzen darauf, von denen erzählen nur die Märchen. Besen, Besen, Hexenbesen.« Er musste lachen. »So oder anders. Ihr kennt sicherlich viele dieser alten Geschichten, in denen Hexen immer die bösen Frauen sind, die Kindern etwas zuleide tun.« Er brachte es auf den Punkt. »Nein, Hexen gibt es nicht. Gab es nicht. Wird es nie geben.« Ein Buchstabe, der wie ein N aussah, das sich zu einem M streckte, setzte sich auf Firnis' Arm. Der Bibliothekar packte ihn und gab ihn einem Bücherwurm, der ihn sogleich verschlang.

»Unsere Gäste«, hörte Catalina Pérez sagen, »sehen müde aus.«

»Erschöpft«, ergänzte Reverte.

Die beiden Gehilfen standen vor einem Kokon, der sich leicht bewegte.

»Vielleicht sollten sie sich ausruhen.«

»Oben im Nadelturm.«

Firnis überlegte kurz und fragte dann: »Seid ihr müde?« Bevor einer der beiden etwas erwidern konnte, gab er sich selbst die Antwort. »Natürlich seid ihr müde. Und hungrig.« Er klatschte laut in die Hände und der Tisch setzte sich in Bewegung, ging wieder dorthin zurück, wo er hergekommen war.

»Warum tun Sie das?«, fragte Catalina mit einem Mal.

»Was meinst du, Kind?«

»Warum sind Sie so hilfsbereit?«

Firnis grinste. »Weil ich ein netter Bibliothekar bin?« Er kniff die Äuglein fest zusammen, kam ihr ganz nah und raunte leise: »Du misstraust mir doch nicht etwa?« Er beobachtete sie ganz genau und für einen kurzen Augenblick fragte sich Catalina, ob es wirklich eine gute Idee gewesen war, hierherzukommen. »El Cuento vertraut mir«, sagte Firnis schließlich und fügte schnell hinzu: »Es ist ihm nur verboten, im Garten der Bücher wie wild umherzuwehen. Das wäre fatal, meinst du nicht auch?«

Catalina atmete erleichtert auf.

Ja, in der Tat. Bei El Cuentos Vorliebe für Wäscheleinen und Wäsche konnte sie sich lebhaft ausmalen, was mit all den Buchstaben passieren würde, wenn dem Wind in der

Bibliothek zu wehen erlaubt werden würde. In engen Räumen wurde er immer ein wenig . . . ungestüm.

»Ihr braucht keine Angst zu haben. Ihr seid hier sicher.«

»Was hat El Cuento Ihnen erzählt?«

»Kaum etwas. Er hat mich nur um Hilfe gebeten. Das ist alles.«

»Wir würden uns gerne etwas ausruhen«, sagte Catalina. Die Erschöpfung, die die ganze Zeit über geschwiegen hatte, überwältigte sie mit einem Mal. Auch Jordi war erleichtert.

Die Aussicht, nach all den Erlebnissen wieder in die Unsicherheit der Nacht hinauszumüssen, war für beide wenig angenehm gewesen.

Sie wollten gerade aufstehen, als ein aufgeregter Schrei die Stille in der Bibliothek zeriss.

Mädchen und Junge zuckten gleichermaßen zusammen.

»Es schlüpft, es schlüpft!«, rief Pérez.

Reverte war ganz nah an einen Kokon herangetreten.

»Wollt ihr es sehen?«, fragte Firnis.

»Was ist passiert?« Jordi ahnte es, konnte aber nicht glauben, dass es tatsächlich geschah.

Catalina war bereits aufgesprungen und beugte sich neugierig über den Kokon.

»Es schlüpft«, erklärte Firnis. »Ein kleines Buch.«

Alle standen sie um den Kokon herum.

Die sandfarbene Hülle brach gleich an mehreren Stellen auf. Papier raschelte leise. Ein Teil des Buchrückens zwängte sich aus dem Kokon heraus. Dann war da ein Lesebändchen, lilafarben und lebendig.

»Was ist es?« Ganz aufgeregt beobachtete Pérez den Kokon.

»Ich kann es noch nicht erkennen«, murmelte Reverte.

Catalina widerstand dem Drang, es zu berühren.

Ganz klein war es, zart und lila.

Firnis trat vor, beugte sich zum Kokon, streckte die Hände aus und zog es behutsam heraus. Er drehte es um. Leise atmend lag es in seiner Hand.

»Was ist es?«, wiederholte Pérez seine Frage.

»Ja, nun sag schon!«, drängelte Reverte.

Feierlich verkündete Firnis: »Es ist ein Gedichtband.«

»Wie schön!«

»Niedlich!«

»Ein neuer Gedichtband.«

»Und so lila.«

Catalina starrte das kleine Büchlein nur an. Es roch, wie nur ein neues Buch zu riechen vermochte. Nach feinem Holz und frischer Tinte und leise, leise, auch nach Leim.

»Darf ich es einmal halten?«

Firnis gab es ihr sofort.

»Du darfst ihm einen Platz in der Bibliothek aussuchen, wenn du möchtest.«

Catalina brauchte nicht lange zu überlegen. Sie wusste genau, wo dieser Platz war. Mit dem Buch in der Hand ging zu einem Regal, das von einem Palmenzweig berührt wurde. Dort fand sie eine Lücke, klein und schmal, zwischen einer Sammlung katalonischer Kurzgeschichten und einem Roman aus dem 19. Jahrhundert. Und dort schob sie das Buch hinein. Die Bücher würden auf den kleinen Gedichtband achten, das wusste sie.

»Es ist ganz einfach, nicht wahr?«, sagte Firnis und lächelte glücklich.

Jordi trat neben sie.

Sah ihr auf die Zöpfe.

In seinen Augen erkannte sie die Magie des Augenblicks und plötzlich wurde in ihrem verstörten Herzen etwas geboren, das Zuversicht sein mochte. Etwas, das klein und zart war wie das neugeborene Buch. Etwas, das sie nicht mehr verlassen würde, so nachtschwarz die Schatten auch sein mochten. Ein Gedanke, der schön und hell war und sie wieder fliegen ließ.

La Reina de la Sombra

»Sie sind also verschwunden.«

Karim Karfax spürte, wie die Wut in ihm wuchs.

Der Eistreter, der hinter ihm wartete, war bei der Windmühle gewesen.

Das Mädchen hatte fliehen können. Ein Junge war ihr dabei behilflich gewesen. Und ein fliegender Stofffetzen.

Karim Karfax dachte an die vielen Winde, die hier in der singenden Stadt lebten. Das Mädchen musste die Fähigkeit besitzen, mit den Elementen zu sprechen. Jedenfalls mit einigen von ihnen. Wo die Mutter abgeblieben war, hatte ihm der Eistreter nicht sagen können. Nur das Mädchen sei in der Windmühle gewesen.

Der alte Kartenmacher, den die Schatten befragt hatten, wusste nicht, wohin Sarita Soleado gegangen war. Der Eistreter hatte ihn gründlich befragt, aber nicht eine einzige brauchbare Antwort erhalten. Es war zum Verrücktwerden!

»Sie ist nur ein Kind«, sagte er laut und drehte sich abrupt auf dem Absatz um.

Der große Eistreter mit der grinsenden Harlekin-Maske

stand noch immer unbeweglich da. Karim Karfax war mit wenigen Schritten bei dem Schattenwesen.

Er beugte sich vor und betrachtete die Maske.

»Du hast versagt.« Karim Karfax umfasste die Maske mit beiden Händen, fast schon war es eine zärtliche Berührung. Ganz ruhig und sanft streichelte er mit seinen Fingern über das hölzerne Gesicht mit der langen krummen Nase.

Er spürte die bittere Eiseskälte des Wesens auf seinem eigenen Gesicht und fragte sich, wie eisig der Atem der Schatten doch auf die Menschen wirken musste, die nicht so beschaffen waren wie er selbst.

»Nichts lebt für immer«, flüsterte der junge Mann im Ledermantel, fast schon bedauernd. Dann drückte er beide Daumen in die leeren Augenschlitze der Maske. Der Eistreter erbebte, und wenn Schatten Angst zu spüren vermochten, dann fühlte sich das wohl genau so an.

Ganz fest hielt Karim Karfax den Kopf des Wesens. Die Kreatur schrie auf – unmenschlich und kläglich.

Aus den Augenschlitzen tropften Schatten, liefen wie Tränen über die weiße Maske und das rot gemalte breite Grinsen. Der Eistreter zappelte panisch, denn der Tod war etwas, das auch die Schatten kannten. Es dauerte nicht lange. Irgendwann hielt Karim Karfax nur mehr die Maske in den Händen. Die Kleidung war einfach zu Boden gefallen, als habe sie jemand achtlos abgestreift.

»Schattenschande.«

Karim Karfax betrachtete die Maske, ganz kurz. Dann ließ er sie zu Boden fallen.

Er ging zurück zu dem Bildnis, das schon immer in diesem Haus gehangen hatte. Nur wenn er es betrachtete, fand er Ruhe, die er gerade jetzt so bitter nötig hatte.

Ganz versunken war er in die uralte Kohlezeichnung. Er mochte dieses Bild. Jede Schattierung darin.

Er, Karim Karfax, hatte es berührt.

Nicht viel länger als ein Jahr war das nun her. Auch damals hatte er hier, an genau dieser Stelle, gestanden. Er hatte die grau verwischten Konturen des makellosen Gesichts in den Schatten bewundert und dann zärtlich die Finger danach ausgestreckt.

La Reina de la Sombra. Die Schattenkönigin.

Der Schriftzug stand in gotischen Lettern auf dem Schild geschrieben, das unter dem Rahmen hing.

Er hatte dieses Bild schon als kleiner Junge gemocht. Seine Mutter hatte ihn mit in die Casa de l'Ardiaca genommen, um ihm das Bildnis zu zeigen, und schon damals hatte ihm die süße frostige Wisperstimme der Schattenkönigin aus dem Bild heimlich zugeflüstert, hatte Karim ihr seine tiefsten Geheimnisse anvertrauen können. Einfach unvergleichlich war ihre Schönheit gewesen. Und schon immer war es sein Wunsch gewesen, sie zu berühren.

Heute war er selbst Arxiduc.

Ein Titel nur, und doch ... die *Meduza* unterstand ihm allein. Das Haus derer von Karfax gehörte ihm. All die Ländereien, die Reichtümer, die Geheimnisse, sie waren sein.

Er schloss die Augen und atmete erneut die Dunkelheit, so tief, so fest.

Die Menschen der alten Zeit hatten sie bei vielen Namen genannt. Namen, die furchtsam geflüstert worden waren und an die sich nun niemand mehr richtig erinnerte: La Reina, die Königin. La Soberana, die Herrscherin. La Creadora, die Schöpferin. Ihre Kinder selbst nannten sie La Madrina de la Sombra, die Beschützerin der Schatten. All das war sie und doch nichts davon. All das und so viel mehr.

La Sombría.

Das war der Name, bei dem er sie rief, ein Name wie ein Lied, das er schon als Kind in seinen Träumen gesungen hatte.

Er öffnete die Augen und betrachtete das Bildnis. Dann streckte Karim Karfax die Hand aus und legte sie flach auf das Bild.

Die grobe Leinwand war wie eine Membran, die atmete. Es wurde kalt und ihm war, als risse die Leinwand auf, als quöllen die Farben aus dem Bild und flössen ihm über die Hand. Erst wie Eisregen, dann wie fließender Frost.

Die Schatten troffen aus dem Bild.

Seinen Arm krochen sie entlang, langsam, klammerten sich daran, wie eine Schlange es wohl getan hätte.

Karim Karfax ging zurück zu der leblos am Boden liegenden Kleidung des Eistreters. Er kniete sich daneben, berührte die Maske und schaute zu, wie die Schatten, die eben noch seinen Arm umschlungen hatten, zuerst in die Maske und dann in die schwarze Kleidung hineinflossen. Der neu geborene Eistreter nahm Gestalt an.

Karim Karfax erhob sich. Einen Moment lang schaute er in die nachtfinsteren Augenschlitze. Der Eistreter zischte etwas.

»Finde Catalina Soleado«, befahl Karim Karfax dem Schattenwesen. »Finde sie schnell.«

Er lauschte den Geräuschen der Nacht, den bunten Melodien der singenden Stadt, die verklingen würden. Er dachte daran, wie Barcelona und die Welt ohne Farben aussehen würden – und wurde eins mit der Dunkelheit, die immer noch der einzige Schatten war, der das Eis in seiner Brust umarmte.

Zwei Leben

Jordi kannte Catalina doch erst seit wenigen Stunden. Sie war in sein Leben gepoltert und jetzt war sie da, einfach so.

Komisch, wie Dinge manchmal passieren.

Reverte hatte sie in die Küche mit den gelben Kacheln und den grün lackierten Möbeln aus warmem Holz geführt und ihnen süße dunkle Schokolade gekocht. Nun holte er Brot und Käse herbei und richtete ihnen ein einfaches Mahl.

»Stärkt euch«, sagte er und ging zur Tür. »Wenn ihr fertig seid, bringe ich euch nach oben in den Nadelturm. Dort könnt ihr euch ausruhen.«

Eine Weile aßen sie schweigend, doch schließlich legte Catalina ihr Messer beiseite und wischte sich über den Mund.

Erinnerst du dich, was du mich gefragt hast, als ich mit dem Flickenfetzen in dich hineingeprallt bin?«, begann sie.

Jordi starrte sie unsicher an.

»Ich glaube, ich habe dich gefragt, wo du herkommst«, sagte er und musste lächeln. »In Anbetracht der Situation keine schlechte Frage, oder?«

Sie nickte. »Ich habe geantwortet: ›Das ist eine sehr lange Geschichte. Oder auch nicht, je nachdem.‹« Sie blickte ihn an. »Willst du sie hören?«

Jordi nickte. Aber es war nicht die Länge der Geschichte, die ihn in Staunen versetzte.

Sie begann damit, ihm von ihrer Heimat zu erzählen, eine kleinen Bucht nahe Talamanga, ein ruhiges Plätzchen im Südwesten, mit klarem Wasser und weißem Sand. Jordi hörte ihr an, wie sehr sie ihr Leben in der Cala Silencio geliebt hatte.

»Später in der Windmühle . . .«, sagte sie zögernd. »Da kam es mir manchmal so vor, als sei es nur ein schöner Traum gewesen. Ein Bild von einer Welt, die warm und sorglos war.« Sie schwieg in Gedanken versunken.

»Und wie bist du nach Barcelona gekommen?«, fragte Jordi.

Catalina sah ihn an. »Meine Mutter wollte, dass ich die Kunst der Kartografie erlerne. Sie hat hier gelebt, als sie noch ein Mädchen war. Bevor sie geheiratet und mich gekriegt hat.«

Sie hob den Kopf und blickte zum Fenster herüber, wo gerade eine steinerne Taube gegen das feine Maschennetz pickte. »Sie versprach mir, dass ich eines Tages wunderschöne Karten zeichnen könnte. Solche, die Seeleute durch Untiefen lenken und Reisenden den Weg weisen. Sie selbst hatte von Márquez die Kunst des Kartenmachens gelernt.«

Catalina räusperte sich. »Aber ich glaube, das war nicht

der einzige Grund, warum wir nach Barcelona gekommen sind.«

Und während Jordis Augen immer größer wurden, erzählte Catalina ihm eine unglaubliche Geschichte. Sie erzählte von ihrem überstürzten Aufbruch in die Stadt, von ihrer Mutter, die sie seit jenem Tag, als sie von ihr in der Windmühle Abschied genommen hatte, nie wiedergesehen hatte, von einer Karte, die lebendig wurde, von dem Harlekin und den Schattenaugenmenschen und dem alten Márquez.

»Deine Mutter hat vorhergesagt, was passieren würde.« Jordi stützte sein Kinn nachdenklich auf die gesunde Hand.

»Sie ist eine Hexe.«

Catalinas Stimme hatte einen harten Klang angenommen.

»Was hast du da gesagt?«, fragte Jordi. Plötzlich war ihm, als ob ihm die Kehle zugeschnürt würde. Catalinas Fragen an Firnis kamen ihm wieder in den Sinn – und das, worauf die *Meduza* seit alten Zeiten Jagd machte. Also war es wirklich wahr.

Catalina funkelte ihn an. »Ja, sie ist eine Hexe. Und frag mich bloß nicht, was das bedeutet – mehr weiß ich auch nicht«, fauchte sie. »Ich weiß nur, dass sie mich ohne ein Wort der Erklärung einfach zurückgelassen hat. Ich weiß, dass sie vielleicht gerade in diesem Moment in Gefahr ist, wenn nicht schon in der Gewalt der Schatten. Und ich weiß, dass es meine Schuld ist, dass Márquez jetzt . . .« Sie holte tief Luft. » . . . das ist, was er ist.«

Jordi hob seine unverletzte Hand und strich ihr hilflos über den Arm.

Catalina blickte zu Boden. »Es ist so ungerecht«, flüsterte sie. »Márquez war für mich so etwas wie . . . wie ein Großvater. Es waren Kleinigkeiten, weißt du. Ich kann furchtbar unordentlich sein, aber irgendwie habe ich immer wiedergefunden, was ich brauchte. Erst ganz spät ist mir klar geworden, dass er einfach hinter mir hergeräumt hat. Still und heimlich und nie hat er etwas gesagt.«

Sie sah auf. »Du hättest ihn sehen sollen«, sagte sie verzweifelt. »Es war, als hätte ein Dämon Besitz von ihm ergriffen.«

Jordi, der ganz genau wusste, wozu ein Dämon in der Lage war, starrte nur seine Hand an.

»Das kenne ich auch. Wie Dämonen einen Mensch verändern können, meine ich. Ich habe es bei meinem Vater gesehen«, erwiderte er leise. »Er hat mir nie gesagt, warum er trinkt. Er hat es einfach getan.«

In wenigen Worten nur erzählte er ihr von seiner Zeit im Leuchtturm. Von den wirklich schönen Dingen und den bösen Dingen – und den Träumen, die aus den schönen Dingen geboren worden waren. »Ich werde nicht mehr zurückgehen. Ich kann es nicht.« Es tat weh. Auch die Hand.

»Vermisst du ihn?«

Er senkte den Blick. »Wir haben nie geredet, nie richtig. Nicht über die Dinge, über die wir hätten reden sollen.«

Die beiden schwiegen.

»Mein Vater ist tot.« So wie sie es sagte, hörte es sich fast unspektakulär an. »Ertrunken, einfach so.«

»Das tut mir leid.«

»Mir auch.« Für einen Moment schien sie nicht zu wissen, was sie sagen sollte. »Ich vermisse ihn. Und meine Mutter genauso.« Ruhig saß sie da und plötzlich begann sie abermals zu sprechen, und Jordi war es, als könnte sie es selbst nicht fassen, was da aus ihr herausbrach.

Sie erzählte von einem Fischer namens Antonio, der vor zwei Jahren zusammen mit ihr und ihrem Vater an einem sonnigen Tag aufs Meer hinausgefahren war. Draußen vor der Küste, wo das Wasser kälter und dunkler wurde, war ihr Vater in die Tiefe hinabgestiegen. Geflochtene Reusen und Käfige hatte er dort unten ausgelegt, während Antonio und Catalina selbst an der Luftpumpe kurbeln mussten. Über einen langen Schlauch wurde die Luft dann bis in die Tiefe gepumpt, wo sie in dem hölzernen Helm, der mit Teer abgedichtet worden war, eine Blase bildete, die es ihrem Vater zu atmen und am Meeresboden entlangzuwandern erlaubte.

»Ich habe die Leute im Hafen von Talamanga davon reden hören. Davon, dass sich das Seil oder der Luftschlauch in Felsspalten verklemmen und reißen kann. Dass das Gewicht des Tauchhelms und das der schweren Schuhe den Taucher in der dunklen Tiefe hält und ihn niemals mehr freigibt«, sagte sie. »Aber als mein Vater nicht mehr auftauchte . . .«, sie stockte. »Da wusste ich, dass ich genau in einer dieser Geschichten war. Sie endeten meist damit, dass der Fischer eine Frau und ein Kind hinterließ.«

Sie verstummte.

Jordi saß neben ihr und dachte an seinen eigenen Vater, den er auch verloren hatte, irgendwie.

Lange dauerte es, bis sie ihr Schweigen brach. Doch dann blickte Catalina hoch. Ihr Mund war zu einem feinen Lächeln verzogen. »Ich hätte das nicht gedacht«, sagte sie. Wieder musste Jordi beim Klang ihrer Stimme an das Geräusch der Eidechsenplättchen denken, die gegeneinanderstießen. »Aber es macht es einfacher. Es macht es leichter, wenn man darüber spricht.«

Plötzlich öffnete sich die Tür und Reverte kam zurück. Er trug ein Tablett mit einigen Tiegeln und Verbandszeug. »Zeig mal deine Hand, Junge«, sagte er und machte sich daran, Jordis Wunden zu verbinden. Behutsam strich er eine helle Salbe auf das verbrannte Fleisch, bevor er die Leinenbinden mit großer Sorgfalt um Handgelenk und Finger wickelte.

»Bleibt doch beide noch ein paar Tage hier«, schlug er vor, als er fertig war. »Bücher können sehr heilsam sein.« Er drehte die Hand des Jungen, um zu sehen, ob die Binden auch wirklich fest waren. »Die Salbe und der Verband lindern die Schmerzen. Bücher können das auch, wenn man ihnen vertraut.«

»Nicht die Salbe und der Verband lindern die Schmerzen.« Catalina berührte die Hand des Jungen. »Die reine Luft und die Zeit werden dafür sorgen, dass es bald nicht mehr wehtut.«

»Trotzdem. Ohne Verband . . .« Reverte schaute sie an

und sagte nach einer Pause: »Denkt einfach darüber nach. Das Haus der Nadeln ist freundlich zu seinen Gästen.«

Das Mädchen nickte nur. Dann schaute sie Jordi in die Augen und sagte einfach nur Danke.

Nichts sonst und doch so viel.

Die Küche mit den gelben Kacheln war auf einmal die ganze Welt geworden. Hier gab es keine bösen Schatten. Nur warmes Licht, das draußen in einer Straßenlaterne geboren wurde, durch ein blaues Fenster eindrang und unscharfe Muster auf den Boden malte. Es roch nach gebratenen Kartoffeln und frischem Brot, Gewürztee und getrockneten Kräutern.

Es war ein Moment, in dem es Catalina und Jordi vergönnt war, tief Luft zu holen.

»Machst du das öfter?«

Catalina wusste im ersten Moment gar nicht, was er meinte.

»Zeichnen«, gab Jordi ihr zur Antwort.

Dann sah sie es und erschrak. »Das . . . ich . . .«

Auf dem Küchentisch hatte ein Bleistift gelegen und ganz gedankenlos hatte sie einfach damit zu zeichnen begonnen. Jordi hatte sie die ganze Zeit über dabei beobachtet, aber nichts gesagt. Ihre Hand war über den Tisch getanzt und hatte Striche gemalt und die Flächen schraffiert, bis ein Bild entstanden war, das fast aussah wie die Wirklichkeit.

»Das tut mir leid«, entschuldigte sie sich bei Reverte. »Ich . . .«

»Du hast die Tischplatte bekritzelt, das ist alles.« Plötzlich musste Jordi lachen. Es war ihr unglaublich peinlich, das sah man ihr an.

»Das ist unser Haus«, stellte Reverte fest. »Die Casa de les Punxes, du hast sie gezeichnet.«

»Ich wollte das nicht tun, ehrlich«, sagte Catalina hastig. Und schnell fügte sie hinzu: »Das kann man doch abwischen, oder?«

Reverte betrachtete die Zeichnung. »Du hast Talent«, stellte er fest. »Selbst die gewundene Straße vor dem Haus und der enge Kanal sehen echt aus. Nein, Mädchen, wir sollten diese Zeichnung so belassen, wie sie ist. Im Gegenteil, du kannst sie sogar morgen fertig zeichnen. Dann haben wir immer eine Erinnerung an dich. Der Küchentisch wird dann ein Teil deiner Geschichte sein, und wenn wir hier sitzen, werden wir uns jedes Mal fragen, was aus euch beiden geworden ist. Das, mein Kind, ist Unsterblichkeit.« Dann deutete er auf einen Teil des schmalen Weges, der neben dem Kanal entlangführte. »Siehst du, da musst du noch einige Striche ausführen.«

Sie nickte nur und betrachtete die Zeichnung erneut.

»Es sieht wirklich echt aus«, bemerkte Jordi.

Sie hatte das Haus der Nadeln aus der Perspektive gezeichnet, aus der sie es zum ersten Mal erblickt hatte, einfach so. Den gewundenen Weg waren sie entlanggegangen und dann war das Haus vor ihnen aufgetaucht.

»Beim alten Márquez habe ich niemals aus dem Kopf heraus zeichnen dürfen. Du verdirbst dir dann den Zeichenstil, hat er immer betont.« Catalina schien noch immer verwirrt.

»Du hast es einfach getan«, stellte Jordi fest. Ihre Hand hatte den Bleistift geführt und sie hatte nicht so ausgesehen, als würde sie sich über das, was sie tat, Gedanken machen.

»Warum hast du nichts gesagt?«

Er sah sie nur an. Weshalb hätte ich das tun sollen?«

Jordi betrachtete abermals die Zeichnung auf dem Tisch. Die Casa de les Punxes war so wirklichkeitsgetreu wiedergegeben, mit all ihren spitzen Türmchen und den Buntglasfenstern – sogar die Papierklingel konnte man erkennen.

»Vielleicht sollte ich wirklich schlafen«, meinte Catalina nur. »Ich kann mich nicht einmal mehr daran erinnern, dass ich das alles getan habe.« Nervös knabberte sie an ihrer Unterlippe und starrte die Tischplatte an.

»Ich muss Makris de los Santos finden«, murmelte sie und rieb sich die Augen. »Ich habe nur keine Ahnung, wo wir . . .« Sie verstummte ratlos.

Jordi musterte sie nachdenklich. »Hast du schon einmal daran gedacht, dass deine Mutter einen Hinweis auf ihren Aufenthaltsort auf dem Zettel mit dem fliegenden Schiff versteckt haben könnte?«, fragte er. »Immerhin hat sie Márquez ja aufgetragen, dir den Namen zu nennen.«

Catalina schüttelte den Kopf. »Da war nichts«, sagte sie. Und doch sah sie unsicher aus.

»Was, wenn der entscheidende Hinweis in der Windmühle ist?«

»Du meinst, wir müssten dorthin zurückkehren?«

Jordi zögerte. »Glaub mir, ich reiße mich auch nicht darum. Aber wenn wir dort den entscheidenden Hinweis finden würden ...«

Reverte sagte: »Ihr beiden solltet euch ausruhen. Mit gähnender Müdigkeit in den Augen haben es die Gedanken schwer.« Er stand auf und ging zur Tür.

Er wartete.

Und wartete.

Bis ...

Catalina und Jordi standen fast gleichzeitig auf. Das Mädchen gähnte und hielt sich beide Hände vor den Mund.

So folgten sie Reverte am Ende dann doch.

Durch die Bibliothek führte er sie und dann zu einer Wendeltreppe, die sich eng und steil an einer Säule, die wie ein Skelett aussah, aufwärtsringelte. Catalina beklagte sich, dass ihr ganz schwindlig vom Aufstieg würde, aber Jordi fühlte sich von dem rostig klapperigen Treppengerüst an den Leuchtturm erinnert.

Hin und wieder sah man Buchstaben, die sich schnell unter den schmalen Stufen versteckten. Sie schwebten in der Luft und huschten rasch davon, wenn sie Schritte hörten.

Reverte griff behände nach der Nadel, die er wohl immer mit sich führte, und spießte die flinken Fs und Hs und Zs und wie sie alle hießen auf. »Abgehauen wird nicht«, murmelte er, grinste dabei und erklärte seinen Begleitern: »Sie wollen immerzu von ganz allein neue Wörter bilden, aber das gelingt ihnen nur äußerst selten. Meist sind sie noch viel zu klein und enden als Wortfetzen, die kein Mensch versteht.« Er schüttelte gespielt missbilligend und gleichsam besorgt den Kopf. »Außerdem gibt es jede Menge Wesen da draußen, die unseren Kleinen hier alles andere als wohlgesinnt sind. Nein, nein, die Buchstaben und Wörter sind bei uns gut aufgehoben. Nur muss man es ihnen hin und wieder auch sagen.«

Die Buchstaben, die er unterwegs fand, steckte er in einen Beutel, den er am Gürtel trug.

Jordi seufzte. Die singende Stadt war bunter und verrückter, als er es sich gedacht hatte.

Reverte hatte die oberste Stufe erreicht. »Wir sind da!« Er öffnete ihnen eine kreisrunde Tür, die den Blick auf ein ebenso kreisrundes Turmzimmer freigab. Das einzige Fenster war verschlossen. Den Mond umrahmte es, einen schimmernden vollen Mond, der silbernes Licht über der Stadt vergoss. Nur ein altersschwaches Bett stand mitten im Raum, sonst war da nichts.

Reverte hatte sie nach oben in einen der Spitztürme geführt. »Ich wünsche euch eine geruhsame Nacht.«

Jordi kratzte sich am Kopf. »Das ist ...«

Catalina und Reverte sahen ihn an.

»... nur ein einziges Bett.«

Er fühlte, wie ihm die Röte ins Gesicht stieg, und ärgerte sich über seine plötzliche Verlegenheit. Herrje – nur weil er sein Leben lang nichts anderes als den Leuchtturm gesehen hatte, musste er sich doch nicht gleich bei der ersten Gelegenheit vor Catalina blamieren.

Reverte antwortete: »Wir haben nur das eine.« Er zuckte die Achseln. Dann verließ er das Turmzimmer und ließ einen etwas ratlosen Jungen und ein müdes Mädchen zurück.

»Ich kann auf dem Boden schlafen«, schlug Jordi vor.

Catalina starrte ihn an. »Warum solltest du das tun?«

Der Boden sah alles andere als bequem aus.

»Na ja, du bist ein Mädchen.«

Sie grinste. Zeigte deutlich, was sie dachte. Jungs!

»Ich bin kein Floh, ich beiße nicht«, erwiderte sie lachend. Dann sprang sie aufs Bett und rollte sich am Fußende zusammen wie eine Katze. »Das Kopfende gehört dir allein.«

Jordi stand ein wenig tatenlos vor dem Fenster und lugte nach draußen. »Die Stadt sieht so friedlich aus«, bemerkte er, weil ihm nichts Besseres einfiel. Ein Meer von Dächern erstreckte sich vor ihm bis hin zum Horizont. Das Mondlicht zauberte Formen in die Welt, die am Morgen wieder vergessen sein würden.

Als er sich zum Bett umdrehte, stellte er fest, dass Catalina bereits tief und fest schlief. Ihr Atem ging ruhig.

Jordi setzte sich am anderen Ende des Bettes auf die Kante und fragte sich, was ihnen der nächste Tag wohl bringen würde. Er betrachtete den Verband, den Reverte ihm um die Hand gewickelt hatte. Die Verbrennung tat noch immer weh, doch wenn er Catalina anschaute, dann war er froh über das, was er getan hatte. Was wäre geschehen, wenn der Fledermausschatten ihr ins Gesicht geflogen wäre? Wäre sie auch zu einem der Schattenaugenmenschen geworden? Oder Schlimmeres?

»Meine Mutter ist eine Hexe«, hallte es in seinem Kopf nach. Aber wer oder was war Catalina?

Eine Weile saß Jordi nur da und sah zu, wie das Mädchen schlief. Sie hatte sich noch nicht einmal Zeit genommen, die Zöpfe zu lösen. Ganz tief waren ihre Atemzüge, aber ihre Augenlider flatterten, als ob sie träumte.

Am Kopfende des Bettes war genügend Platz für ihn. Auch er hätte sich zusammenrollen und ein wenig schlafen können. Aber er war zu unruhig.

Nein, er würde kein Auge zumachen können in dieser Nacht. Dafür war zu viel passiert. So viele Fragen gab es, die nach Antworten verlangten.

Ein plötzliches Lächeln erhellte sein Gesicht. Antworten, dachte er, findet man in Büchern. Hatte Firnis nicht genau das gesagt?

Jordi fuhr sich mit der Hand durchs Haar und schloss kurz die Augen, atmete durch. Es wäre einen Versuch wert.

Abertausende von Geschichten lebten unten in der Bibliothek. Er musste sie einfach nur suchen. Und am Ende würde er vielleicht sogar über Antworten stolpern.

Er stand auf. Leise, behutsam, trat er zur Tür. Er hörte, wie Catalina sich zur Seite wälzte, und fragte sich zögerlich, ob er wohl in ihrem Traum vorkäme. Nein, er wollte die Antwort darauf gar nicht wissen. Aber es war schön, darüber nachzudenken. Es war ein wunderbarer Gedanke – einer von der Sorte, die Mut machen und gleichzeitig das Herz erwärmen. Genau das, was man brauchte, wenn draußen die Finsternis lauerte.

Die tote Stadt

Als Catalina am nächsten Morgen erwachte und sich im Bett herumdrehte, wurde ihr ganz plötzlich bewusst, dass sie allein war. Sie dachte an Jordi und öffnete die Augen.

Nichts!

Dann fiel ihr Blick auf den Boden und ... da schlief er.

Ein Buch lag als Kissen unter seinem Kopf. Seine braunen Haare sahen aus, als hätten Tiere darin genistet und die Ränder unter seinen Augen waren dunkel und tief.

Catalina setzte sich auf, gähnte und rieb sich blinzelnd übers Gesicht. Dann sprang sie vom Bett und kniete sich neben den Jungen. »Jordi«, flüsterte sie und fasste ihn an der Schulter an.

Er grummelte etwas, das kein Mensch verstehen konnte, schlief aber weiter.

»Du siehst aus, als wärst du die ganze Nacht über auf den Beinen gewesen«, sagte Catalina, mehr zu sich selbst.

Dann rüttelte sie erneut an seiner Schulter. »Jordi?«

Keine Reaktion.

Plötzlich hatte sie eine Idee. Sie schlüpfte in die Sandalen vor dem Bett. Rasch lief sie nach unten in die Küche, wo sie

Pérez um eine Tasse starken Kaffee bat. Er schenkte ihr die pechschwarze Brühe ein und mit der Tasse in der Hand ging Catalina zurück in den Spitzturm. Der Junge lag noch immer auf seinem Buch und schlief. Er schnarchte ganz leise.

Catalina stellte ihm die Tasse mit dem dampfenden Kaffee direkt vors Gesicht und wedelte mit der Hand den Dampf in Richtung Nase.

»Jordi?«

Sie kniete sich wieder neben ihn und wartete.

Er verzog das Gesicht.

»Jordi, es ist Tag!«

Langsam, unendlich langsam, öffnete er die Augen. Verwundert blinzelte er ihr entgegen.

»Du bist noch da?«, fragte er.

»Nein, bin ich nicht. Du redest mit der Kaffee-Fee.«

Er lächelte und sie stupste ihn an. »Los, steh auf. Du kannst nicht den ganzen Tag verschlafen.« Sie sprang auf und lief zum Fenster.

Jordi räkelte sich. Er schnüffelte an seiner Tasse.

»Du hast mir Kaffee gebracht.«

Wie romantisch das klang ...

»Ich hätte dir auch einen Eimer Wasser über den Kopf geschüttet, damit du wach wirst.«

»Hättest du?«

»Ich bin bloß zu faul gewesen«, stellte sie klar, »den Eimer die Wendeltreppe hochzuschleppen.«

Er grinste müde. »Das glaube ich dir aufs Wort.«

Sie schauten einander an und im Bruchteil eines Augenblicks spürten sie, wie sich ein unbeschwertes Leben anfühlt.

Dann sagte Jordi: »Ich habe etwas herausgefunden.« Und begann zu erzählen.

Es war ein spinnwebverhangenes Schauermärchen, auf das Jordi in der Nacht gestoßen war.

Catalina war ihm in die Bibliothek gefolgt, wo er, wie er sagte, fast die ganze Nacht damit verbracht hatte, die Nase in staubige Bücher zu stecken. Firnis, Pérez und Reverte hatten ihm geholfen, die Bände herauszusuchen. »Es war wie ein Puzzlespiel«, sagte Jordi und seine braunen Augen blitzen dabei. Plötzlich schien alle Müdigkeit von ihm abzufallen. »Du liest etwas in einem Buch und die Sätze sind am Ende nur dürftige Hinweise, die dir den Weg zu einem ganz anderen Buch weisen. Dann läufst du von einem Regal zum nächsten und suchst danach – und wenn du es endlich gefunden hast, dann erhältst du neue Hinweise auf wieder neue Fährten und wieder andere Bücher.«

»Das hört sich an, als hättest du dich verlaufen.«

»Ja, irgendwie schon.« Er sah sie aufmerksam an. »Man kann sich dort wirklich verlaufen, in den Gedanken zwischen all den Buchdeckeln.«

»Die Bibliothek«, hörte Catalina Firnis sagen, »ist ein Labyrinth, aus dem es manchmal kein Entrinnen mehr gibt.« Er ging gerade mit einem Staubwedel die Regalreihen ab. Leise raschelte es in den Regalen. »Der junge Jordi hier war wild entschlossen, etwas in Erfahrung zu bringen.« Firnis hustete und blies den Staub vor sich her. »Vielleicht ist er mehr Büchermensch als Lichterjunge, wer weiß?«

»Und?«

Jordi sah sie nur an. »Was, und?«

»Was hast du herausgefunden?«

Er nahm sie bei der Hand und zog sie zu dem runden Tisch, der in einer Ecke am Fenster stand. Ein Buch mit fleckigen Seiten aus dickem Papier lag dort wie das Relikt aus einem Märchen.

»In einem Buch über die Geschichte des alten Katalonien«, erklärte er, »wird eine Stadt erwähnt, von der ich noch nie gehört habe.«

Catalina starrte ihn an. Und das sollte nun so ungewöhnlich sein?

Firnis gesellte sich zu ihnen. »Geduld, Mädchen«, sagte er und lächelte. »Warte ab, was er zu berichten hat.«

Jordi schlug das schwere Buch auf, das vor ihnen auf dem Tisch lag, an einer Stelle, die er mit einem abgerissenen Zettel markiert hatte. Dort befand sich eine Fotografie. Schwarz-weiß war sie und die Ränder vergilbten bereits. Sie zeigte eine Stadt. Sie war riesengroß, dunkel und ... unscharf. Ja, das war es, was Catalina sofort einfiel, als sie die Fotografie betrachtete. Sie war unscharf wie etwas, das es gar nicht gab. Wie das Gespenst einer großen Stadt.

»Das ist die Stadt, die ich meine.«

»Sie sieht düster aus.«

Firnis wirkte nachdenklich. Sein Blick war auf die Fotografie gerichtet.

»Wie ist ihr Name?«

»Madrid«, antwortete Jordi.

Catalina zuckte ratlos die Achseln. »Nie davon gehört.«

»Es gibt keine Stadt, die so heißt.« Firnis starrte auf das Bild. »Wir haben schon die halbe Nacht über dieses Problem geredet und sind zu keinem richtigen Ergebnis gekommen.«

Catalina fand den Gedanken, dass es eine Stadt geben sollte, die nur ein Gespenst war, nicht gerade beruhigend. Außerdem begann sie sich zu fragen, was das alles mit Barcelona zu tun hatte. Und mit der Tatsache, dass sie weiß Gott andere Probleme hatten. »Wo soll die Stadt denn sein?« Sie fand selbst, dass sie sich gereizt anhörte.

»Warte!« Jordi schaute sie mit einem merkwürdigen Seitenblick an. Dann blätterte er eine Seite weiter und zeigte es ihr.

»Aber das ist nicht möglich.« Sie sah eine exakt gezeichnete Landkarte vor sich, die voller Fehler war. Nun ja, es mussten Fehler sein, denn sie kannte die Geografie von Katalonien gut. In der Windmühle hatten sie haufenweise alte Karten gehortet und Catalina hatte jeden einzelnen Landstrich studiert. Aber auf dieser Karte hier gab es Orte, von denen sie noch nie gehört hatte.

»Das ist nicht der Golf von Salamanca.« Die eingezeichnete Küstelinie auf der seltsamen Karte verlief zu weit nördlich. Die Landmasse dehnte sich über die bekannten

Grenzen, und wo eigentlich in Wirklichkeit das Meer war, sollte sich angeblich eine große Stadt namens Madrid befinden.

»Unmöglich.« Ja, es konnte nur ein Fehler des Kartenmachers sein. Catalina fuhr mit dem Finger die Küste nach, die in einer völlig falschen Linie bis hinunter nach Lisboa reichte. Alle großen Hafenstädte waren dafür mitten in die Landmasse hineingezeichnet. Sie las die Namen, die jedes Kind kannte: Biarritz, Toledo, Córdoba und Salamanca.

»Was ist das für ein seltsames Buch?«

»Es hat keinen Titel«, sagte Jordi.

Firnis merkte an: »Der Name des Autors ist unkenntlich gemacht worden.«

Catalina sah von einem zum anderen. »Aber wo kommt es her?«

Beide, Jordi und Firnis, zeigten zu einer nunmehr leeren Stelle in einem der Regale hinter ihnen.

Catalina zog ein Gesicht. »Schon klar, aber wie kommt es dorthin?«

Firnis wirkte ratlos. »Wir haben viele Werke hier, die noch niemand gelesen hat. Andauernd kommen neue hinzu. Es ist nicht einfach, den Überblick zu behalten.«

»Aber dieses hier sieht uralt aus.« Darüber hinaus verlor es keine Buchstaben, wie es die anderen Bücher taten.

»Vielleicht hat es jemand im Regal versteckt.«

»Aber wozu?«

»Damit es niemand bemerkt«, antwortete Catalina gedankenverloren. Sie wusste, dass diese Antwort nicht unbedingt die beste war. Trotzdem! »Ich meine, deshalb versteckt man doch Sachen. Damit sie niemand findet.«

»Aber warum ausgerechnet in der Bibliothek? Wenn jemand ein Buch sucht, dann doch hier?« Firnis schwammen die Buchstaben ganz unruhig in den Augen.

»Vielleicht auch nicht«, mutmaßte Jordi. »Es könnte sein, dass dieser Ort zu offensichtlich wäre für ein Versteck und dass gerade aus diesem Grunde hier keiner danach suchen würde.«

»Ziemlich rätselhaft«, murmelte Catalina. »Wie hast du es gefunden?«

»Eigentlich habe ich es gar nicht gefunden.« Jordi betrachtete das dicke Buch und berührte es kurz mit dem Finger, als sei es etwas unschätzbar Wertvolles. »Es waren die anderen Bücher, die mich hingeführt haben.«

Catalina zog eine Augenbraue hoch.

»Ich war zu unruhig gestern Nacht und konnte nicht schlafen. Da bin ich hier heruntergekommen«, begann Jordi zu erklären.

»Er suchte nach alten Geschichten, die etwas mit lebendigen Schatten zu tun haben«, fuhr Firnis fort. »Also zeigte ich ihm einen Winkel, in dem sich die alten Geschichten nur so stapeln.«

»Es hat ganz schon lange gedauert.« Jordi berichtete, wie er stundenlang ein Buch nach dem anderen in die Hand genommen hatte. »Ich habe von Schattenspielen gelesen. Endlose Aufsätze über Licht und Schatten habe ich studiert. Aber nirgendwo gab es einen Hinweis auf lebendige Schatten.« Er atmete tief ein. »Ich hatte schon fast aufgegeben, als ich auf den Aufsatz eines Gelehrten gestoßen bin, in dem ein ganz bestimmtes Märchen erwähnt wurde. Von diesem Moment an wusste ich endlich, wonach ich suchen musste.« Er blickte auf die zahllosen Regalreihen, die den Garten durchzogen. »In weiteren Büchern fand ich Hinweise, aber stets war es eine Sackgasse.« Er rieb sich über die Augen und plötzlich sah er wieder müde aus. »Bis ich endlich einen dünnen Erzählband namens *Epistolas triste* fand. Ein gewisser Antonio de Guevara hatte ihn verfasst. Dort bin ich dann auf besagte Geschichte gestoßen, die den klangvollen Titel *La Muerta – die tote Stadt* trägt. Darin erzählt de Guevara in nur wenigen Worten die Geschichte einer Stadt, die sich . . . nun ja . . . verändert.«

»Was meinst du damit?«

Jordi zuckte mit den Achseln. »Wie gesagt, es ist nur eine Geschichte – ein Märchen, irgendwie. Keine wissenschaftliche Abhandlung. Aber es ist die einzige Spur, die ich gefunden habe.«

»Wir sollten uns setzen«, schlug Firnis vor. »Wie wäre es mit einem Kaffee?«

Weder Jordi noch Catalina hatten etwas dagegen einzuwenden und so folgten sie dem Bibliothekar in die Küche, wo sie an dem hölzernen Tisch Platz nahmen. Die Zeichnung befand sich noch immer dort und es verwunderte Catalina aufs Neue, dass sie diejenige gewesen sein sollte, die das Haus der Nadeln so gezeichnet hatte.

»Also gut«, lenkte sie sich von der Zeichnung ab, »was passiert in dieser Geschichte?«

Jordi beugte sich über den Tisch. »Sie erzählt von einer mächtigen Stadt«, begann er. »Den Menschen dort fehlte es an nichts. Sie lebten in Reichtum und Wohlstand. Es war eine Stadt des Lichts und die Schatten, die dort lebten, waren arm und ohne Freude. Sie wurden von den Menschen mit Füßen getreten und niemand achtete sie. Sie mussten tun, was man ihnen befahl. Ja, nicht einmal bewegen konnten sie sich, wie es ihnen gefiel.«

Catalina musste an den Harlekin denken. Sie wusste sofort, dass sie diese Geschichte nicht mögen würde.

»Die Schatten versuchten mit den Menschen zu reden, doch niemand hörte ihnen zu. Denn für die Menschen waren die Schatten nicht lebendig. Sie waren nur Schatten, etwas, das entstand, wenn das Licht seine Spielchen trieb.«

Firnis, der die Geschichte wohl kannte, stellte zwei Tassen mit dampfendem Kaffee auf den Tisch, gleich neben den gemalten Eingang zum Haus der Nadeln.

»Dann waren die Schatten nicht böse.«

»Na ja, nicht unbedingt.«

Catalina nahm einen Schluck von dem heißen Kaffee und verzog das Gesicht dabei, so bitter schmeckte er. »Wie ging es weiter?«

»Am Ende erhoben sich die Schatten gegen die Menschen. Sie wollten nicht mehr länger nur die Schatten sein. Sie wollten leben. Doch die Menschen verweigerten ihnen das Recht dazu. Die Schatten seien Sklaven, sagten sie, und würden immer nur die Diener der Menschen sein.«

»Das klingt ungerecht.« Catalina fragte sich, ob die Schatten in dieser alten Geschichte etwas mit den wirklichen Schatten zu tun hatten, denen sie in der Windmühle und hoch oben in den Lüften begegnet waren.

Es ist ein Märchen, schoss es ihr durch den Kopf.

»In den Stunden, in denen die Menschen arglos in ihren Betten schliefen, schlichen sich die Schatten heimlich an sie heran.« Jordis Stimme wurde leise, als er sagte: »Nur in den Träumen, das hatten die Schatten herausgefunden, konnten sie den Menschen begegnen. Denn die Menschen, die im Licht lebten, träumten von den Schatten, wie die Schatten vom Licht und den Menschen träumten.«

»Das ist unheimlich.«

»Finde ich auch.«

»Erzähl sie zu Ende«, drängte Firnis.

»Und so wurden die Schlachten zwischen Menschen und Schatten in den Träumen ausgetragen.« Er hielt die Tasse am Griff fest und Catalina bemerkte, dass Jordis Hand zitterte, wenn auch nur ein bisschen. »In den Träumen eroberten die Schatten die Körper. Und wenn die Menschen erwachten, dann lebten die Schatten in den Augen, und wenn sich das Licht darin brach, dann konnten die Schatten nun endlich danach greifen. Die Menschen mussten fortan tun, was die Schatten von ihnen verlangten.«

Dem armen Kartenmacher war es genau so ergangen. Erneut fragte sich das Mädchen, warum ihr eigener Schatten sie nicht noch stärker beeinflusst hatte. Wie war das möglich, wenn er doch mit dem alten Mann fertig geworden war?

»Diejenigen«, fuhr Jordi fort, »die noch keine Schatten in ihren trüben Augen hatten, bekamen es mit der Angst zu tun. Sie fürchteten die Kreaturen, die auf einmal die ganze Stadt bevölkerten. Sie verschlossen die Türen ganz fest und redeten bald schon mit niemandem mehr.«

Eine Stadt voller Schattenaugenmenschen, kein schöner Gedanke.

»Einige unter ihnen begannen zu ahnen, dass die Schatten sich den Menschen nur in den Träumen näherten. Und so kam es, dass die Menschen aufhörten zu schlafen. Sie schlossen sich in finsteren Räumen ein, weil es in der Dunkelheit keine Schatten gab. Sie mieden das Licht, weil die Schatten erst durch das Licht geboren wurden. Die Stadt, die einst mächtig und schön gewesen war, begann zu sterben. Erst langsam, dann schneller und schneller. Die Menschen wurden blass und schwach. Kein Fremder kam mehr, weil sich alle fürchteten. Selbst diejenigen, die keine Schatten in sich trugen, waren zu Schatten geworden. Es dauerte nicht lange und die Stadt war selbst zu einem Gespenst geworden.«

Eine seltsame Geschichte, dachte Catalina.

»Und der Name der Stadt?«

Jordi sprach ihn aus wie ein ungelöstes Rätsel: »Madrid.«

»Er hat die Geschichte gelesen«, sagte Firnis, »und dann kam er zu mir, um zu erfahren, was das für eine Stadt sei.«

Er hob seine Tasse an den Mund und trank einen Schluck. »Anfangs habe ich geglaubt, sie sei eine Erfindung. Antonio de Guevara ist ein ausgezeichneter Lügner gewesen, wie man sagt. Und die Geschichte, die Jordi gelesen hat, war nur ein Märchen in einem Buch, das vor seltsamen Geschichten nur so strotzt.«

»Aber es ist unsere einzige Spur gewesen«, beharrte Jordi. »Und so haben wir weitergesucht nach einem Hinweis auf diese Stadt.«

»Irgendwann haben wir das alte Buch mit der seltsamen Karte und der Fotografie entdeckt. Das Buch ohne Titel und ohne Verfasser. Es ist das einzige Buch in der Bibliothek, in dem die Stadt namens Madrid erwähnt wird.«

»Aber als wir die Fotografie gesehen hatten, da haben wir uns gefragt, mit was wir es hier zu tun haben.«

»Und mit was haben wir es zu tun?«

Es war Firnis, der ihr antwortete: »Mit einem Geheimnis, einem Rätsel. Es hat nie eine Stadt namens Madrid gegeben. Und doch zeigt die Karte ganz genau den Ort, an dem sich Madrid befinden müsste.«

Catalina starrte die Zeichnung auf dem Tisch an. Ohne darüber nachzudenken, hatte sie sich wieder einen Bleistift gegriffen und zeichnete weiter an dem Bild, das sie am Abend zuvor begonnen hatte. Es schien ihr schon eine ganz natürliche Beschäftigung zu sein. Es beruhigte sie und ihre Hand schien das, was sie tat, ohnehin wie von allein zu tun.

»Glaubst du, dass die Geschichte wahr ist? Dass die Schatten deswegen hier sind?«

Konnte das sein? Waren sie hierhergekommen, um Barcelona mit Finsternis zu überziehen?

Selbst wenn dem so wäre, wozu bräuchten sie Catalina dann?

»Ich weiß es nicht«, sagte Jordi. »Ich kann nur wiedergeben, was ich gelesen habe.«

»Und diese Stadt … dieses Madrid … ist einfach so verschwunden?«

Der Junge nickte.

Firnis, der auch keine Erklärung für all dies hatte, sagte: »Außer dieser Karte und der Geschichte gibt es keinen Hinweis dafür, dass wir es mit einer Stadt zu tun haben, die jemals existiert hat. Sie müsste auf dem Meeresgrund liegen, in den Gewässern vor der Küste von Toledo.« Er schaute ratlos in die Runde und auf seiner Zunge schienen sich die Buchstaben förmlich zu tanzen.

»Blanker Unsinn«, murmelte Catalina. Sie hatte einiges vom alten Márquez gelernt und die Karte, die sie eben in dem mysteriösen Buch gesehen hatte, konnte nicht echt sein. »Alles sieht dort anders aus, wirklich alles«, sagte sie. »Es müsste etwas geschehen sein, das die ganze Welt verändert hätte. Aber was, bitte schön, kann das gewesen sein?« Sie dachte an die Ursachen, an die man immer dachte, an natürliche Phänomene, die Landstriche verändern konnten. Erdbeben, Vulkane, Flutwellen. Nichts davon passte zu der Geschichte und der Landkarte. Überhaupt schien die Geschichte nur ein Schauermärchen zu sein.

»Was sollen wir jetzt tun?«, fragte Jordi.

»Frühstücken«, schlug Firnis vor und lächelte sein Buchstabenlächeln.

Catalina betrachtete die Linie, die dem engen Kanal vor dem Haus und dem schmalen Pfad eine skizzenhafte Gestalt verlieh. Die Bleistiftspitze fuhr auf der hölzernen Tischplatte entlang, und waren Kanal und Pfad am Abend zuvor nur mehr eine Andeutung gewesen, so wurden sie nun zu einem richtigen Bild.

»Wir werden den Tisch in Ehren halten und uns immer an dich erinnern, wenn wir hier sitzen und dein Bleistifthaus der Nadeln betrachten.« Firnis lächelte freundlich und stand auf. »An dich erinnern wir uns natürlich auch«, fügte Firnis hinzu und reichte Jordi einen Korb voll frischem Backwerk.

Als alles angerichtet war, setzte sich Firnis zu seinen beiden Gästen. »Reverte, Pérez!«, rief er. »Frühstück.«

Doch niemand antwortete. Und Catalina fiel auf, dass es draußen in der Bibliothek der stets flüsternden und wispernden Buchstaben plötzlich totenstill geworden war.

Die Kartenmacherin

Die Stille breitete sich in der Küche aus und kroch in jeden Winkel und jede Ecke.

Plötzlich das Geräusch splitternden Holzes.

Ein Schrei.

Catalina erschrak bis aufs Mark. Einen Moment später durchzuckte ein Rumpeln ihren ganzen Körper. Ein Erdbeben, dachte sie im ersten Moment. Das Haus der Nadeln erzitterte bis in die Grundfeste. Das Mauerwerk kreischte und an manchen Stellen schien es sogar zu bersten.

Panisch hielt sie sich am Tisch fest, der bedrohlich hin und her schwankte. Durch die Küchentür drang das Geräusch von aus den Regalen fallenden Büchern in die Küche.

Die Schreie übertönten jeden Lärm.

Es waren die beiden Bibliotheksgehilfen und es klang, als ob mit ihnen etwas vorging, von dem Catalina eigentlich gar nichts wissen wollte.

Dann war es vorbei, ebenso schnell, wie es passiert war.

Jordi war aufgesprungen und zum Fenster gelaufen, aber Catalina saß noch immer vor dem Tisch. Mit der einen Hand klammerte sie sich krampfhaft an der Tischplatte fest. Die andere Hand hielt den Bleistift und es war unschwer zu erkennen, dass sie zitterte. Sie ließ den Bleistift los und wie in Trance sah sie ihm hinterher, bis er vom Tisch gerollt war.

»Du wirst es nicht glauben«, stammelte Jordi, der aus dem Fenster schaute.

Catalina fragte sich, weshalb der Bleistift vom Tisch gerollt war. Nur eine einzige Antwort fiel ihr darauf ein und dummerweise war dies eine Antwort, die nicht unbedingt einen Sinn ergab. Der Tisch, dachte Catalina, stand schief. Aber vorhin hatte er noch gerade gestanden.

Firnis riss sie aus ihren Gedanken. Auch er hatte sich am Tisch festgehalten und war jetzt wieder auf den Beinen. Völlig aufgelöst rannte er im Raum umher. »Was ist passiert, was ist denn das?«

Catalina dachte noch über die Sache mit dem Tisch und dem Bleistift nach, als Jordi etwas sagte, das sie zuerst gar nicht verstand. Wie bei der Sache mit dem Bleistift ergab die Antwort auch hier keinen richtigen Sinn.

»Der Kanal ist fort.« Das war alles, was Jordi über die Lippen brachte.

Firnis blieb stehen und starrte den Jungen an. »Wie meinst du das?«

»Der Kanal ist woanders.« Er dachte nach, wie er es ausdrücken sollte, und sagte schließlich: »Alles da draußen hat sich verändert.« Er musste kurz nach Luft schnappen.

Catalina lief zu ihm. Als sie aus dem Fenster blickte, schwindelte ihr. Wie war das möglich?

Sie stand da und spürte nur, dass die Welt sich ein weiteres Mal verändert hatte.

Der Kanal war nicht verschwunden, wie Jordi es zuerst behauptet hatte. Wenngleich, das musste sie sich sofort eingestehen, es aber so aussah, als wäre er verschwunden. Nein, es war eine komplett andere Gegend, in der sich die Casa de les Punxes auf einmal befand.

Der Kanal verlief jetzt in einem scharfen Winkel vom Haus der Nadeln fort und nicht mehr an seiner Fassade entlang – und dort, wo gestern Abend noch andere Häuser gewesen waren, klaffte nun eine Wunde in der dunklen Erde auf, die nichts anderes als ein neuer Kanal war. Die Wellen schwappten heftig über die Ufer und die Schiffe, die von der Veränderung kalt erwischt worden waren, schaukelten nicht minder ziellos auf den unruhigen Fluten. Zwei Häuser waren wie vom Erdboden verschluckt und die Bäume, die den Pfad auf der anderen Seite gesäumt hatten, fehlten ebenso.

»Es sieht alles so schief aus«, flüsterte Jordi.

Ja! Genau das war es auch, was Catalina empfand. Die Welt da draußen sah nicht mehr richtig aus, sondern wie etwas, das nicht fertig war. Eine schiefe, falsche Welt.

Aus den Augenwinkeln machte sie eine Bewegung aus. Im ersten Schreck hatte sie nur den neu entstandenen Kanal im Blickfeld gehabt.

Wie hatten sie nur so sorglos sein können? Wie lange hatten sie in der Bibliothek gesessen, ohne darüber nachzudenken, in welcher Gefahr sie schwebten?

Es waren viele, so viele!

Sie hatten sich vor dem Haus der Nadeln versammelt. Mit Augen, so finster wie die Nacht, stierten sie auf die Fassade und einige von ihnen näherten sich bedrohlich schnell. Gewöhnliche Leute waren sie einst gewesen, doch jetzt lebten Schatten in ihnen.

Catalina musste daran denken, was Jordi herausgefunden hatte. Was immer in der Stadt namens Madrid geschehen war, es passierte auch hier. So oder nur so ähnlich. Doch was machte das schon für einen Unterschied? Es passierte, daran gab es keine Zweifel mehr. Nur der Grund blieb ihr noch verborgen.

»Catalina!«

Sie blinzelte.

»Die Tür!«

Sie erwachte aus ihrer Erstarrung. War die Haustür nicht gewaltsam geöffnet worden? Hatten Pérez und Reverte nicht kläglich aufgeschrien? Es war etwas in das Haus eingedrungen, bevor das Beben und Raunen und Rumpeln alles erschüttert hatte.

Jordi drehte sich zu Firnis um, dem vor Aufregung die Buchstaben nur so aus dem Mund purzelten.

»Das ist das Ende«, jammerte er und zeigte zur Küchentür, die offen stand. Wild gewordene Schwärme aufgeschreckter Buchstaben flogen durch den Flur, der von hier aus zur Bibliothek führte; ein feiner Nebel, der vor lauter Furcht keine Worte mehr zu bilden vermochte. Tausende von Buchstaben flüchteten sich in die Küche, ließen sich auf den Schränken und Regalen nieder, wo sie sich in Tassen, Töpfen, Terrinen und Karaffen zu verstecken versuchten. Sie schlüpften in Schubladen, krochen hinter den Kühlschrank, sprangen in die Spüle. Sie hatten Angst, denn etwas Fremdes war in ihre Welt gekommen.

Jordi lief in den Flur und verschwand in der Bibliothek, doch nur einen Moment später kam er zurück in die Küche gerannt und schlug die Tür mit einem Knall hinter sich zu.

»Was ist los?«

»Schattenaugenmenschen«, keuchte er, »sie sind überall. Pérez und Reverte . . .«

»Was ist mit ihnen? Firnis sprang vor.

»Sie gehören auch zu denen.«

»Nein, nein«, murmelte Firnis verzweifelt.

»Ich habe zwei Harlekins gesehen.« In nur wenigen Worten malte Jordi ein Bild von der Bibliothek. Umgestürzte Regale, wilde Berge von Büchern, Schwärme von Buchstaben. Eine Wand war ganz verschwunden und dort, wo sie gewesen war, lief nun ein Stück des Kanals entlang. Für die Bücher, die ins Wasser gefallen waren, würde es keine Rettung mehr geben.

Eine Horde von Schattenaugenmenschen folgte den Befehlen der Harlekins, die beide mitten in der Bibliothek standen.

»Sie haben Pérez und Reverte im Treppenhaus erwischt«, sagte Jordi.

Catalina blickte mit aufgerissenen Augen auf die Tür.

»Los, komm!« Jordi zerrte an dem großen Küchenschrank. Er winkte Firnis zu sich. Gemeinsam schoben sie den Schrank vor die Tür.

»Glaubst du, das reicht?«, fragte Catalina zweifelnd.

»Die Schattenaugenmenschen«, keuchte Jordi voll Zuversicht, »sind immer noch mehr Mensch als Schatten. Sie können nicht einfach unter der Tür hindurchwabern.« Er seufzte. »Zumindest gewinnen wir ein wenig Zeit.«

Catalina hoffte inständig, dass er recht behielt.

»Bleibt uns nur noch das Fenster, um von hier abzuhauen.«

Sie schauten sie sich an. Jordi nickte und war schon unterwegs. Aber als Catalina ihm folgte, verwandelte sich jegliche Zuversicht in einen hässlichen Klumpen aus Verzagtheit.

Der gesamte Platz vor dem Haus der Nadeln war eine einzige dichte Menschenmenge. Wie willenlose Marionetten bewegten sich die Schattenaugenmenschen und umringten die Bibliothek.

Es pochte gegen die Tür. Der Küchenschrank erbebte, wenn auch nur kurz. Catalina sah sich um. Das Fenster war der einzige Weg nach draußen. »Wir sitzen wie die Mäuse in der Falle«, flüsterte sie.

Doch niemand hörte ihr zu. Firnis war zu sehr damit beschäftigt, sich gegen den Küchenschrank zu stemmen, um ihn zu sichern. Und Jordi war vor dem Tisch stehen geblieben und starrte wie gebannt auf die Zeichnung.

Sie ging auf Jordi zu. »Was hast du?«

»Die Zeichnung«, sagte er nur. Das war alles, was er zustande brachte. Seine Stimme war nur mehr ein Krächzen. »Du solltest dir das ansehen.«

Catalina trat vor.

Ihr Blick wanderte über die Zeichnung auf dem Tisch: das Haus der Nadeln mit seinen Spitztürmen, der Pfad – und der Kanal.

»Verstehst du jetzt?«

Herrje!

Sie hielt sich mit beiden Händen an der Tischkante fest. Ein Schwindel erfasste sie und alles um sie herum begann sich zu drehen. Es war ein Schwindel, der das, was bisher gewesen war, mit sich nahm. Ein Sog, der ihr die Wahrheit ins Gesicht schleuderte wie einen feuchten Lappen, der unsanft und rüde ihren Schlaf beendete.

»Das kann aber nicht sein.« Sie hörte ihre Stimme und sie klang wie die einer Fremden.

»Glaub mir, das ist der Grund«, sagte Jordi und legte ihr seine Hand auf die Schulter. »Genauso ist es passiert. Trau deinen Augen, sie belügen dich nicht.«

»Ja.«

Nur ein ersticktes Flüstern.

Mit einem Mal schien die Küche ein weit entfernter Ort zu sein. Da war der Tisch mit der Zeichnung und Catalina erinnerte sich noch verschwommen daran, dass sie gedankenverloren den Bleistift in der Hand gehalten hatte. Die Schreie, das Splittern von Holz. Sie war vor Schreck ganz plötzlich zusammengezuckt. Der Bleistift war ihr auf der glatten Tischplatte abgerutscht und der feine Strich, den sie gerade hatte ausführen wollen, war in eine völlig andere Richtung gestoßen worden.

Sie hatte den Kanal zeichnen wollen. Den letzten Schliff hatte sie der Linie gegeben. Und nun verlief sie in eine völlig andere Richtung, dort, wo sie nicht hingehörte.

»Ich . . .« Die Worte blieben ihr im Hals stecken.

Das, was sie gezeichnet hatte, war der Kanal. Aber nicht der Kanal, den sie gesehen hatte, sondern der Kanal, der jetzt da draußen vor dem Haus entlanglief.

»Du hast es gemacht«, hörte sie Jordi sagen.

»Nein, hab ich nicht.« Nur halbherzig kamen ihr die Worte in den Sinn. Eine schwache Lüge waren sie.

»Catalina!«

Sie sah ihn an.

»Das da draußen«, sagte er, »das bist du gewesen.«

Nein, nein, nein!

Sie hatte das Bild auf der Tischplatte gemalt und nur, weil sie mit dem Bleistift abgerutscht war, sollte sich die Welt da draußen verändert haben? Das wollte sie einfach nicht glauben. Das *konnte* sie nicht.

Aber jetzt hast du keine andere Wahl, wisperte es in ihr. Jetzt musst du es glauben.

Catalina wurde mit einem Mal klar, wie lange sie sich gegen den Gedanken gesperrt hatte. Seit Márquez ihr die Karte ihrer Mutter gezeigt hatte, lauerten die Fragen in ihr. Sie hatte sich einfach nur davor gefürchtet, die richtigen Schlüsse zu ziehen.

Die Worte des alten Márquez kamen ihr in den Sinn:

»Du musst dich genau an die Vorlage halten.« Immerzu hatte er betont, dass sie nicht eigenständig zeichnen sollte. Stets hatte er sie ganz genau kontrolliert, hatte jeden Federstrich mit Argusaugen überwacht. Was hatte Sarita noch gesagt, als sie Catalina in die Windmühle gebracht hatte?

»Eines Tages wirst du wunderschöne Karten zeichnen.«

Catalina schlug die Hände vors Gesicht und schloss für einen kurzen Moment die Augen.

»Deswegen«, hörte sie Jordi sagen, »wollen sie dich haben.«

Sie spürte die Tränen in den Augen.

Jordi stand vor ihr, fasste sie an den Händen. »Deswegen sind sie hinter dir her.«

Sie begann zu weinen. Nein, sie wollte das nicht, natürlich nicht. Aber die Tränen taten einfach, wonach ihnen war.

Die Geräusche, die sie umgaben, wurden wieder lauter. Hände, die sich wie Klauen auf Holz anhörten, schabten an der Tür entlang. Körper drängten gegen das Hindernis, und wütende Stimmen zischten, fluchten und fauchten hinter dem Küchenschrank.

»Das hört sich an, als würden sie mit bloßen Händen die Tür zerfetzen.«

Catalina wischte sich übers Gesicht und warf Jordi einen nervösen Blick zu. »Das ist genau das, was ich jetzt brauche.«

Firnis lief hektisch in der Küche umher, stopfte sich einige der verirrten Buchstaben in die Taschen, auf dass sie nicht verloren gingen in dem Tumult. »Allein werden sie niemals überleben«, murmelte er.

Das Kratzen wurde lauter.

Bedrohlich schwankte der Küchenschrank. Die Gläser und Teller und Tassen in seinen Fächern fielen herunter. Kleine und große Buchstaben stoben auf. Das Porzellan zerbrach auf dem Steinboden und dann kippte der Schrank vornüber.

Mit einem Aufschrei sprang Catalina zum Fenster. Jordi war direkt hinter ihr.

Firnis schlug die Hände vors Gesicht und flüsterte etwas. Catalina glaubte ein Rascheln zu hören.

»Sie werden uns helfen«, sagte der Bibliothekar.

Dann kamen die Schattenaugenmenschen.

Ein Harlekin stand hinter ihnen, mitten in einem kunterbunten Bücherhaufen. Ohne Ausdruck verfolgten die geschminkten Augenschlitze das Geschehen. Das rotschwarze Grinsen schien einem Albtraum zu entstammen.

Die Schattenaugenmenschen mochten früher nette und friedfertige Menschen gewesen sein. Geschäftige Leute, die einem im Vorbeigehen ein Lächeln schenkten und ihren Kindern Gutenachtgeschichten erzählten. Doch das war gewesen, bevor sie von den Schatten berührt worden waren. Jetzt waren sie seltsame Wesen, Kreaturen mit menschlichen Körpern und menschlich anmutenden Gesichtern, in denen jedoch nur Kälte war und Augen voller Finsternis. Manche von ihnen schnüffelten in der Luft herum, als wollten sie Witterung aufnehmen. Andere torkelten mit leeren Blicken und hängenden Armen nach vorne, immer und immer weiter.

»Es sind zu viele.« Das war Jordi.

Er stellte sich schützend vor Catalina. »Versuch aus dem Fenster zu klettern, hinauf zum Dach.«

Mist, schon wieder klettern! Sie konnte nicht glauben, dass sie sich in haargenau derselben Situation befand wie am Tag zuvor.

Die Schattenaugenmenschen näherten sich Firnis, der sich die ganze Zeit über nicht von der Stelle bewegt hatte. Immer noch flüsterte er in seine Handflächen hinein und es sah aus, als wolle er ein Eulenpfeifen erzeugen. Dann hob er die Hände, öffnete sie und war augenblicklich in eine Wolke aus kleinen und großen Buchstaben eingehüllt.

»Was tut er da?«, flüsterte Jordi.

Die Buchstaben formten Wörter. Lange, spitze Wörter. Wörter, die von alten Schlachten und Kampfeslust kündeten. Wörter, die mutig und hitzköpfig und zu allem bereit waren. Wörter, die Poeten geschrieben und Dichter besungen hatten.

Sie stürzten sich in den Kampf. Wie Hornissen umschwärmten sie die Schattenaugenmenschen, rasten wildwütig auf sie zu, bissen sich an ihrer Kleidung fest, verwehrten ihnen die Sicht und setzten die Stachel ein, die Wörter, deren Bedeutung man kennt, nun einmal besitzen.

Mit rudernden Armbewegungen versuchten die Schattenaugenmenschen ihrer Herr zu werden.

Der Harlekin im Hintergrund rührte sich nicht.

Ein zweiter Maskenmann trat neben den ersten und zischte Befehle. Mehr und mehr Schattenaugenmenschen brandeten heran, trafen auf die Wörter.

»Wie viele sind das nur?«

Jordi drehte den Kopf, sodass er Catalina in die Augen sehen konnte. »Die Frage ist«, raunte er, *»wo* kommen sie her?«

Catalina schluckte. Jordi hatte recht.

Wo, in aller Welt, kamen all die Schattenaugenmenschen her? Das waren nicht mehr die vereinzelten Späher, von denen Jordi ihr berichtet hatte. Nein, dies hier war eine Armee. Die Schattenaugenmenschen waren Legion und sie waren alle hinter ihr her.

Sie war die Beute.

Und das nur, weil sie dieses seltsame Talent geerbt hatte und schon jetzt eine Kartenmacherin war.

»Verschwindet aus dem Fenster.« Firnis war jetzt bei den beiden Kindern. Er sah müde und unendlich traurig aus. »Die Wörter werden euch ein wenig Zeit verschaffen, aber sie werden diese Kreaturen nicht lange hinhalten können.« Die Augen, in denen auch jetzt noch kunterbunte Lettern schwammen, zwinkerten dem Mädchen und dem Jungen zu. »Klettert hoch hinauf aufs Dach. Ihr könnt über die Zinnen in einen der anderen Spitztürme gelangen. Von dort könnt ihr über die Treppe wieder nach unten.« Er schilderte ihnen eilig den Weg, den sie zu nehmen hatten. »Und jetzt, lauft los!«

»Und was passiert mit Ihnen?«, wollte Jordi wissen.

Auch Catalina wollte den Bibliothekar nicht zurücklassen.

Firnis lächelte und es lag eine unheimliche Ruhe in seinem Blick. »Dieser Platz hier ist mein Leben. Ich werde meine Bücher und Buchstaben niemals verlassen. Habt keine Angst um mich.«

Ein Schattenaugenmensch kam durch die Wolke von wilden Wörtern auf sie zugesprungen. Er fletschte wütend die Zähne. Ganz schwarz waren sie von den Schatten, die sie berührt hatten. Er landete auf allen vieren vor Jordi.

Der Junge schrie laut auf.

»Reverte«, sagte Firnis.

Der Bibliotheksgehilfe, der Jordi so fürsorglich die Hand verbunden hatte, war nicht mehr wiederzuerkennen. Wild war sein Blick und eisig finster dazu.

»Verschwinde!« Jordi griff nach einer Wasserkaraffe und warf sie nach ihm. Flink wie ein Wolf wich er dem Gefäß aus. Dann duckte er sich, bereit zum Sprung.

Plötzlich heulte es vor dem Fenster auf. Ein mächtiger Wind wehte mit einem Mal durch das Fenster, jaulte wie ein Rudel Krieger und griff sich, wessen er habhaft werden konnte. Dinge purzelten von den Regalen, Gegenstände wurden umgeworfen.

Der Schattenaugenmann, der einmal auf den Namen Reverte gehört hatte, verlor das Gleichgewicht und wurde vom Wind in die Ecke geschleudert.

»El Cuento!« Catalina presste sich gegen die Anrichte.

»Bin zur Stelle«, wehte der Wind. Er warf den Tisch um, schmetterte ihn gegen den Körper des Schattenaugenmannes, der wimmernd am Boden liegen blieb.

»Zeit, abzuhauen«, schlug El Cuento vor.

»Will ich nicht abstreiten.«

»Und wo soll's hingehen?«

Catalina sagte es ihm.

»Hey, hoch hinauf.« Der Fluchtweg schien dem Wind zu gefallen.

»Catalina!«

Abrupt drehte sie sich um. Jordi deutete zum Fenster. Schattenaugenmenschen kletterten in die Küche hinein. Reihe um Reihe brandete gegen das Haus, sodass die hinteren auf die vorderen steigen konnten, um das Fenster zu erreichen.

Mit Klauenfingern und hungrigen Gesichtern zogen sich die Kreaturen durch die Fensteröffnung, plumpsten kopfüber auf den Küchenboden.

»Die Tischplatte!«, schrie Jordi.

Catalina sah ihn fragend an.

»Du musst es tun.«

Der Junge warf sich auf den Boden. Auf allen vieren kroch er über die Steinplatten, wich den gierigen Händen der Schattenaugenmenschen aus und versuchte an etwas heranzukommen, das Catalina nicht sehen konnte. Doch sie wusste, worauf er aus war.

»Der Bleistift«, flüsterte sie.

Jordi griff nach dem Stift, der in eine Ecke gerollt war,

sprang auf die Beine und war Sekundenbruchteile später wieder neben ihr.

»Hier!« Er drückte ihr den Bleistift in die Hand. »Tu das, was du gut kannst.«

Sie stockte. »Ich weiß nicht, wie man das macht.«

Jordi verdrehte die Augen. »Tu es einfach! Zeichne uns hier raus!«

El Cuento verwehte eine Traube von Schattenaugenmenschen, die durch das Fenster gekommen war, während Jordi und Catalina sich beide hinter dem umgestürzten Tisch versteckten.

Catalina betrachtete die Zeichnung, die sie begonnen hatte. Wie ein Bild, so sah sie aus. Da war der Strich, der zu einem anderen Kanal geworden war und die Welt da draußen verändert hatte.

»Jetzt!«, schrie Jordi sie an. Er deutete auf eine bestimmte Stelle. »Da ist die Küche. Du bist eine Kartenmacherin. Tu es endlich!«

Ein Schattenaugenmensch tauchte über ihnen auf. Es war Pérez.

Catalina atmete tief durch und traf eine Entscheidung. Ohne zu zögern, setzte sie den Bleistift an, führte schwungvoll eine Linie aus, genau dort, wo sich die Küchenwand bei dem gemalten Haus der Nadeln befinden musste.

Ein Raunen und Rumpeln erklang. Die Erde erbebte.

Pérez wurde von den Füßen gerissen, als die Wand mit dem Fenster und ein großer Teil des Fußbodens verschwand. Wie eine unfertige Zeichnung, so sah die eine Seite der Küche jetzt aus.

El Cuento verlor das Gleichgewicht und wurde nach draußen geweht. Mit ihm flogen viele der Buchstaben hinaus und auch einige der wild kämpfenden Wörter wirbelten durch die Nachtluft. Wie betrunkene Glühwürmchen torkelten sie den Laternen entgegen und wussten nicht mehr, wie sie die Worte formen sollten, die sie eben noch gewesen waren.

Schattenaugenmenschen stürzten in die Tiefe. Ein Schlund klaffte dort, wo sich eben noch der Gehweg befunden hatte. Mit der Mauer hatte sich auch ein Teil des Kanals aufgelöst. Wasserfluten schossen in das riesige Loch.

»Oh.« Jordi starrte in die Tiefe.

»Ich habe dir gesagt, dass ich das nicht kann«, sagte Catalina betrübt und betrachtete den Schlamassel.

Hinter ihnen schlugen die Schattenaugenmenschen immer noch nach den Wörtern. Sie schienen gar nicht wahrzunehmen, was um sie herum vorging, sondern hieben nur stoisch nach ihren Angreifern. Die Reihen der Buchstaben lichteten sich sichtlich.

»Wir müssen da runter, irgendwie.« Jordi lugte hinter dem Tisch hervor. »Die Wörter werden sie uns nicht ewig vom Leib halten.«

Catalina kniete sich erneut vor die Zeichnung. Die Linie, die den Kanal und die gegenüberliegende Häuserfront verändert hatte, war nur sehr grob ausgeführt. Ihre Hand hatte gezittert, deswegen.

Sie schaute zu dem Loch, das in der Wand klaffte. Dann wieder zurück zum Tisch.

Jordi sprang auf und aus den Augenwinkeln heraus nahm sie wahr, dass er einem der Schattenaugenmenschen, der sich ihr näherte, eine Weinflasche über den Schädel schlug. Sie hörte das Glas splittern und die Kreatur laut aufstöhnen. Dann malte sie eine neue Linie. Sie konnte die alten Konturen nicht löschen und fragte sich, ob man das überhaupt je konnte.

Firnis beobachtete sie. Inmitten seiner Buchstaben stand er und ihrer beider Blicke begegneten sich.

Er weiß, dass ich es tun kann. Er weiß es und er ahnt, was ich vorhabe.

Es gab keinen anderen Weg. Die Schattenaugenmenschen waren überall. Es war ihre einzige Möglichkeit, lebendig hier herauszukommen.

»Es tut mir leid«, formten ihre Lippen die Worte.

In den Augen des Bibliothekars standen Tränen. Sie glitzerten im gleißenden Sonnenlicht.

Schwer lag der Bleistift in ihrer Hand.

Firnis nickte ihr zu.

Und Catalina malte.

Diesmal war es mehr als nur ein Strich. Sie bemerkte, dass Jordi neben ihr kniete und ihrer Hand folgte, die schnelle Kreise beschrieb, neue Linien zauberte und die Welt um sie herum erzittern ließ.

Das Haus der Nadeln wurde von der Landkarte gefegt wie einst die tote Stadt namens Madrid.

Die Wände lösten sich im Bruchteil eines Fingerschnippens auf. Die Küchentür war fort, als sei sie niemals dort gewesen. Bücher stürzten in den Kanal und die hohen Spitztürme knickten ein wie Strohhalme. Der Küchenboden blieb erhalten, darauf hatte Catalina geachtet und inständig gehofft, die richtigen Linien gezeichnet zu haben. Ein kleiner Fehler nur, und ...

Aber darüber wollte sie jetzt nicht nachdenken. Nein, sie wollte überhaupt nicht mehr nachdenken.

Sie kniete neben Jordi im Sonnenlicht und die Hitze des Tages bedeckte ihre Gesichter. Das Dach über ihnen war verschwunden.

Von den Harlekins war keine Spur zu sehen. Pérez und Reverte waren in die Tiefe gestürzt. Die Schattenaugenmenschen waren, wie auch viele der Bücher, in den Trümmern begraben.

Firnis stand noch da. Er hielt sich die Hände vor den Mund und weinte in stiller, stiller Verzweiflung.

Es brach Catalina das Herz, ihn so zu sehen. Jetzt erst verstand sie, was sie zu tun imstande war. Sie war als Gast in diesem Haus willkommen gewesen und nun hatte sie es zerstört.

»Es tut mir leid«, flüsterte sie nur.

Langsam stand sie auf. Die Zeit schien stillzustehen, mit einem Mal.

Jordi war ganz dicht neben ihr. Er sagte etwas und sie glaubte, dass er sich an Firnis gewandt hatte, denn der Bibliothekar erwiderte etwas. Die Worte verstand sie nicht.

Alles war so weit entfernt, wich einer überwältigenden Einsamkeit, die sie an der Kehle gepackt hielt und sie würgte.

Doch dann berührte Jordis Handrücken für einen winzig kleinen Moment den ihren. Die kurze zufällige Berührung war wie Worte, die keiner von ihnen beiden bisher ausgesprochen hatte.

Er nahm sie an die Hand, bestimmt und drängend, und zog sie mit sich. Hinaus ins Sonnenlicht und fort von diesem Ort, der nie mehr sein würde, wie er einst gewesen war.

Aquamarin

Sie rannten, bis ihnen die Luft in den Lungen brannte.

Über Hinterhofmauern kletterten sie, stießen sich an Wänden ab, stolperten Treppen hinunter. Sie schlugen Haken und rannten und rannten und rannten und rannten. Catalina schaute nicht zurück.

Sie sah nur Jordi, der sie unerbittlich hinter sich herzog, selbst als ihr die Puste ausging.

»Bleib nicht stehen«, hielt er sie immer wieder an. »Schneller! Duck dich! Pass auf!«

Nach einer Weile verlor Catalina die Orientierung. Sie lief einfach nur noch vorwärts. Die Sonne brannte heiß auf sie herunter und zum ersten Mal, seit sie in Barcelona lebte, hatte Catalina das Gefühl, als hielte die singende Stadt die Luft an.

In den Straßen tummelten sich nur wenige Menschen. Es musste bereits Mittag sein und Catalina erinnerte sich daran, wie sie gestern um diese Zeit oben in Montjuic gesessen und mit El Cuento geplaudert hatte.

Gerade einen Tag war es her, dass ihr Leben noch ohne

Sorge gewesen war. Keine Spur von Schatten oder Harlekins. Ein gewöhnliches Mädchen war sie gewesen.

Und jetzt?

Sie konnte die Welt verändern, indem sie einen Bleistift in die Hand nahm und etwas kritzelte und damit Dinge tat, die nicht richtig waren.

War es möglich, dass erst eine einzige Nacht vergangen war seit alledem? Ihr schwindelte. Wie gerne hätte sie sich einfach nur an den Straßenrand gesetzt. Die Augen würde sie schließen und an gar nichts denken. Die Sonne würde ihre Nase kitzeln und ...

»Wir müssen weiter.«

Ein lautes Heulen erklang in der langen Avinguda, die sie eben gekreuzt und schnell wieder hinter sich gelassen hatten. Wie Wolfsheulen, nur raschelnder, so hörte es sich an, aber Catalina wusste es besser. Sie erkannte die beiden Stimmen. Sie hörten sich jetzt nur nicht mehr so an wie vor wenigen Stunden noch.

Pérez und Reverte hatten sich an ihre Fersen geheftet. Catalina hatte keine Ahnung, was aus ihnen geworden war. Aber das, was sie da aus der Ferne hörte, war kein Schattenaugenmensch. Das war etwas anderes. Etwas, das eben erst geschaffen worden war und weitaus furchteinflößender war, als die Marionetten aus Mensch und Schatten es je sein würden.

»Ich kann nicht mehr«, stöhnte sie und blieb kurz stehen, starrte den Boden an und schnappte nach Luft.

»Wir können nicht hierbleiben«, drängelte Jordi. Er

schwitzte, das Haar klebte ihm nass an der Stirn. Er packte wieder ihre Hand.

»Nicht so schnell«, bat Catalina, lief aber trotzdem weiter. Sie ignorierte das Seitenstechen, das stärker und stärker wurde.

Pérez und Reverte waren gebildet und schlau gewesen. Und das, was da hinter ihnen durch das Labyrinth der singenden Stadt hastete, war zu einem Teil, das spürte sie, noch immer Pérez und noch immer Reverte – und darüber hinaus noch etwas anderes, das Catalina nicht zu fassen vermochte.

Sie musste an den gestrigen Abend denken und die kindliche Begeisterung von Perez und Reverte, als sie den neuen Gedichtband erblickt hatten. Ein lauwarmer Anflug von Mutlosigkeit bemächtigte sich ihrer und sie hasste sich selbst dafür.

Herrje, Jordi hatte nicht einmal geschlafen! Die ganze Nacht über hatte er seine Nase in die Bücher gesteckt. Er war derjenige, der müde sein und jammern müsste.

Außerdem: Hatten sie es nicht geschafft, aus dem Haus der Nadeln zu entkommen, obwohl die Lage mehr als hoffnungslos gewesen war? Barcelona war riesengroß. Es gab Orte und Plätze, an denen sie sich vor den Schatten würden verbergen können.

Und es gab auch noch Makris de los Santos. Ihre Mutter hatte ihr nicht ohne Grund den Namen zukommen lassen. Wenn sie erst einmal dorthin gefunden hätten, wären sie in Sicherheit. Makris würde ihnen Unterschlupf gewähren und Catalinas Fragen beantworten. Wenn sie nur wüsste, wo sie mit der Suche nach der geheimnisvollen Frau beginnen sollten!

Gedanken kannst du dir später auch noch machen, schrie es in ihr. Wenn dich diese beiden Dinger, die dir folgen, einfangen, dann ist das Spiel ohnehin aus.

Sie schluckte. Nein, das war nicht richtig. Dann würde das Spiel erst anfangen. Das war es, das ihr wirklich Angst machte. Die Harlekins waren hinter ihr her, weil sie etwas mit ihr vorhatten.

Wie viele Menschen hatten sie bereits zu den ihren gemacht! Nahezu hundert Schattenaugenmenschen mochten es gewesen sein, die bei der Bibliothek aufgetaucht waren.

Catalina fragte sich, was mit ihnen geschehen sein mochte. Waren sie tot? Hatten sie sich in Luft aufgelöst? Waren sie an einem anderen Ort?

Sie rief sich die Caxa de la Punxes ins Gedächtnis – oder das, was von ihr übrig geblieben war.

Über Trümmer waren sie auf ihrer Flucht geklettert, gestützt von El Cuento, der ihnen Halt gab und ihnen beistand, wenn sie drohten zu stürzen. Sie hatten den Kanal überwunden und nur ein einziges Mal hatte Catalina in den Schlund hineingesehen. Er schien keinen Boden zu haben und die Wassermassen wurden von ihm geschluckt, als sei er eine dunkle, durstige Kehle.

Was hatte sie nur angerichtet?

Mit voller Absicht hatte sie die Striche auf dem Tisch

ausgeführt und Menschen, ja, lebendige Menschen, ins Verderben geschickt. Denn was immer den armen Leuten auch widerfahren sein mochte, es konnte einfach nichts Gutes gewesen sein.

Sie allein trug die Schuld an dem, was geschehen war.

Ein papierenes Heulen zerriss die Mittagshitze. Es kam näher und näher.

»Pass auf!« In letzter Sekunde konnte Catalina noch einer Dampfdroschke ausweiche, die die Avenguda herunterratterte und sie fast erwischt hätte.

Jordi zog sie weiter.

Und Catalina folgte ihm. Ihr Atem rasselte, salziger Schweiß rann ihr in die Augen. Sie konnte kaum noch etwas sehen.

»Warte Jordi«, rief sie. »Ich . . .«

Doch in dem Moment blieb sie mit einer Sandale an einem Pflasterstein hängen, der mitten aus dem Weg herausragte wie ein stumpfer Zahn.

Sie strauchelte, stürzte, fiel hart zu Boden.

»Oh, verdammt.« Sie hielt sich den Fuß fest.

Sofort war Jordi da und kniete neben ihr. Behutsam berührte er den Knöchel ihres rechten Fußes.

Catalina schrie auf.

»Kannst du ihn bewegen?«

Sie wurde bleich. »Ja.«

»Kannst du laufen?« Er stützte sie.

Sie versuchte aufzutreten, ganz langsam. Der Schmerz fuhr ihr durch den Körper wie eine glühende Nadel.

Jordi blickte sie an und in seinen Augen stand die Angst. »Du hast dir den Fuß verstaucht.«

Sie biss sich auf die Lippen.

»Was jetzt?«

»Du wirst auf gar keinen Fall schnell genug sein, um ...«

Hinter ihnen raschelte es bedrohlich. Pérez und Reverte kamen näher.

»Ich trage dich!«

Sie schüttelte den Kopf. »Bis zur nächsten Ecke? Vergiss es! Nie im Leben sind wir schnell genug.«

»Hast du einen besseren Vorschlag?«

»Du musst allein weiter.«

Er schüttelte den Kopf. »Du spinnst wohl. Ich lasse dich nicht zurück.«

»Das musst du aber.« Es gab keine andere Lösung.

Ratlos schaute Jordi in die Richtung, aus der das Geheul erklang. Die Verzweiflung war ihm deutlich anzusehen. »Sie werden gleich hier sein.«

Catalina gab ihm einen Stoß. »Lauf schon los!« Sie drückte ihn von sich weg.

Er blieb stehen, wo er war. »Vergiss es.«

»Dann fangen sie uns beide.«

Verzweifelt fuhr er sich mit beiden Händen durchs Haar. Dann bückte er sich, riss den lockeren Ziegelstein aus dem Boden, über den sie gestolpert war, und warf ihn mit aller Kraft gegen eine Hauswand. »Verfluchter Miststein!«, schrie er. »Verflucht, verflucht, verflucht!« Hastig lief er auf und ab.

»Du musst dich verstecken.« Er rannte zur Brücke, lehnte sich über das Geländer und schaute nach unten. »Da!« Er kam zu ihr zurückgelaufen.

Catalina sah auf die schmale Treppe, die zum Kanal hinunterführte. »Sie werden uns wittern, wenn wir uns dort verstecken.«

Er schüttelte den Kopf. »Glaub mir, sie werden erst gar nicht auf die Idee kommen, da unten nach dir zu suchen.«

Sie hatte geahnt, dass er so etwas sagen würde. Und mit voller Wucht traf sie die Erkenntnis, dass er es ernst meinte. Sie würde nichts tun können, um ihn daran zu hindern.

Hilflos schüttelte sie den Kopf.

»Hast du eine bessere Idee?«, fragte er. Seine Stimme klang plötzlich sehr sanft.

Wieder schüttelte sie den Kopf, mutlos. Nein, sie hatte natürlich keine bessere Idee. Ihr Fuß schmerzte, sie konnte nur humpeln und es mochte nur noch wenige Augenblicke dauern, bis Reverte und Pérez sie erreichten.

»Komm schon! Schnell!« Er half ihr auf die Beine.

Catalina legte einen Arm um seine Schulter und da war wieder dieser wunderbare Geruch. Das dunkle Haar roch nach Sonne und Meer.

»Du wirst dort unten bleiben«, sagte er, »und ich werde sie in die Irre führen.«

»Und wenn sie dich kriegen?«

»Sie wollen mich doch gar nicht.«

Mit einem Fuß sprang sie von Treppenstufe zu Treppenstufe und Jordi stützte sie dabei.

»Du weißt, was sie mit den Leuten machen.«

Jordi sah kurz zur Seite. »Seit ich dich kenne, habe ich erstaunlich viel Glück«, sagte er. Dann lächelte er verwegen. »Außerdem kann ich verdammt schnell laufen.«

Sie funkelte ihn wütend an. »Hör auf, den Helden zu spielen!«

Sie hatten die Treppe hinter sich gebracht. Unter der Brücke war es dunkel. Ein runder Bogen spannte sich über den Kanal und keinen Meter von der Wand plätscherte leise das Wasser gegen das Ufer.

»Ich spiele nicht den Helden«, erwiderte Jordi. »Ich ...« Er riss sich ein Stück von seinem Hemdsärmel ab und band den Fetzen stümperhaft und doch liebevoll um Catalinas Knöchel. »Das wird ein wenig helfen.« Er stand auf.

Sie sahen einander an.

Kurz nur, und doch so lange.

Dann kam er ihr nah, ganz nah. Sie spürte seine Lippen auf ihren. Jordi küsste sie! Einfach so, ohne vorher zu fragen.

Niemals zuvor hatte Catalina einen Jungen geküsst. Seine Hände berührten zögerlich ihre Haare, so vertraut, als hätte er es immer schon tun dürfen. Er wollte etwas sagen, doch sie legte ihm den Finger auf die Lippen.

Jordi lächelte. Hinter all der Verwegenheit konnte er die Angst nicht verbergen. »Bis bald.« Es war ein Versprechen.

Catalina zog ihn an sich und tat es erneut und wünschte sich, ihn nie wieder loslassen zu müssen. Weil sie Jordi Marí ihren ersten Kuss gegeben hatte, weil das Glück sie so unverhofft angesprungen hatte und weil die Welt kurz, ganz kurz, schön geworden war.

Jordi sah sie an, ein letztes Mal. Seine Augen leuchteten.

»Viel Glück«, flüsterte sie. »Pass bloß auf dich auf!« Doch was sie meinte, war viel mehr.

Im nächsten Moment schon war er losgelaufen und Catalina konnte nichts tun, als ihm nachzuschauen. Sie sank zu Boden, zog die Beine an, schlang die Arme darum und schloss die Augen. Sie fühlte sich glücklich und allein und verlassen und sie hörte Jordis Schritte, wie sie sich oben auf der Brücke entfernten.

Dann zerschnitt das Heulen die Hitze des Tages. Zwei Gestalten näherten sich. Catalina konnte spüren, dass sie jetzt oben auf der Brücke waren. Etwas schepperte, gefolgt von einem Rascheln, das ein Knurren sein wollte. Schließlich entfernten sich die Geräusche, doch Catalina hielt noch immer den Atem an. Sie zitterte am ganzen Leib.

Insekten surrten in der Luft, von ferne hörte sie die Motoren der Boote und das Stampfen der Dampfmaschinen in den kleinen Manufakturen vom Placa Nova.

Er wird es schaffen, sagte sie sich. Sie sah sein Gesicht vor sich, dachte an all die Kleinigkeiten, die er getan oder gesagt hatte und die mit einem Mal so viel bedeuteten. Diese wunderschönen Augen mit der Farbe von Mokka. Sie erinnerte sich daran, wie sein Haar gerochen hatte, nach Sonne und Meer. Jordi Marí. Selbst sein Name schien mit einem Zauber behaftet zu sein. Er hat mich geküsst, wisperte es ihr im Herzen. Er hat mich geküsst und ich habe ihn geküsst!

Wie konnte das sein? Dass es einfach so passierte, hier unter der Brücke, wo es doch gar nicht der richtige Zeitpunkt dafür war? Warum traf sie das alles so unvorbereitet?

Catalina schaute sich um. Der Kanal war an dieser Stelle verlassen. Nicht einmal Wellen kräuselten die Wasseroberfläche. Dafür huschten die Wasserläufer wie spinnenartige Farbkleckse von einem Ufer zum anderen.

Catalina schloss die Augen, kurz nur. Wie lange würde Jordi brauchen, bis er wieder hier war?

Eine Stunde, zwei? Wie weit würden die beiden Gestalten ihn durch die Stadt jagen?

So saß sie da, wusste nicht einmal, wie lange. Ihr Knöchel schwoll an. Es tat weh und der Schmerz hinderte sie am Einschlafen. Die Sonne wanderte kaum merklich am Himmel entlang. Und andauernd lauschte Catalina in den Tag hinein.

Ja, sie hatte Angst. Aber nicht um sich selbst.

Ganz erschöpft spürte sie, wie ihr eine Träne übers Gesicht lief.

Dann hörte sie die Schritte. Jordi! Er war wieder bei ihr. Sie drehte sich um und blickte hinüber zur Treppe.

Ein Harlekin stand dort.

Sie hatte ihn nicht kommen sehen. Nicht einmal seine Eiseskälte hatte sie gespürt. An Jordi hatte sie gedacht und an sein Lächeln und jetzt kam die maskenhafte Gestalt auf sie zu und grinste.

Catalina kroch tiefer unter die Brücke und ließ die Gestalt nicht aus den Augen.

Der Harlekin hatte sie gefunden.

Catalina Soledo saß in der Falle.

Ramon Rocas

Die Brücke hatte ihn nach Barrio Gótico geführt, wie das Gebiet rund um die Kathedrale von Santa Eulalia hieß. Das mittelalterliche Erbe Barcelonas atmete hier in jeder Häuserecke und auf jedem der vielen Plätze.

Jordi rannte um sein Leben, emsig darauf bedacht, an jeder Ecke eine Spur zu hinterlassen, die seine Verfolger auch finden würden. Eine zertrampelte Blume hier, ein zerbrochener Krug vor einem Brunnen, dies und das. Nach einiger Zeit merkte er, dass er keine Hinweise hinterlassen musste. Die Verfolger fanden die Fährte auch so. Sie hatten Witterung aufgenommen, nur so konnte sich der Junge erklären, dass sie ihm nach all den Haken noch immer auf den Versen waren.

Aber er war vorbereitet. Nur wenige Straßenzüge noch und er würde seine Spuren zu verwischen beginnen.

Wenn er die Rambla erreicht hatte, dann müsste er die Verfolger weit genug von Catalina fortgeführt haben. Bis es so weit war, folgte er dem Gewirr von engen Gässchen und tauchte in eine orientalische Welt ein, die Zeugnis davon ablegte, wie die Stadt in den uralten Zeiten des indischen Königreichs ausgesehen hatte.

An den Resten der Stadtmauer lief er entlang, fegte durch eine schmale Gasse mit in den Wänden eingelassenen Keramiktafeln, rannte durch einen Hinterhof mit hebräischen Inschriften an den Türen. Er ließ den Carrer d'Avinyo links liegen und wandte sich in Richtung Port Vell. Ein Elefantenkopfgott glotzte ihn als Steinfigur an und zwei Straßen weiter sah er in einem Schrein eine kleine Affenstatue mit zwölf Armen.

Inzwischen war er mitten im Zentrum von Barrio Gótico. Es wurde Zeit, die Spuren zu verwischen.

Als Jordi eine Anhöhe nahe der Kathedrale erklommen hatte, hatte er einen Blick auf die beiden Bibliothekare werfen können. Unten in der Straße waren sie auf die Kirche zugelaufen. Im Sonnenlicht hatte er deutlich die schwarzen Flecken in den Gesichtern erkennen können, die seltsam verzerrt gewirkt hatten.

Die Menschen in der Straße wichen furchtsam vor den beiden zurück. Sie liefen auf allen vieren, und das so schnell, wie ein Wolf es wohl getan hätte.

Jordi hatte keine Ahnung, was aus Pérez und Reverte geworden war. Ganz anders als die übrigen Schattenaugenmenschen waren sie. Bösartiger. Und zudem wirkten sie, das musste er sich erschrocken eingestehen, intelligenter als die nur marionettenhaft agierenden armen Kreaturen, die von den Schatten berührt worden waren.

Zum ersten Mal fragte sich Jordi, ob die Harlekins unterschiedliche Fähigkeiten besaßen. Bisher hatte er sie nur als Späher wahrgenommen, die die Leute mit ihren Schatten infizieren konnten. Doch anscheinend waren sie zu unterschiedlichen Dingen fähig.

Der Junge beschleunigte seine Schritte. Was auch immer aus den beiden geworden war – er wollte ihnen nicht Auge in Auge gegenüberstehen, auf gar keinen Fall.

Er durchquerte die Carrer del Vidre. Große Glasöfen brannten hier, selbst in der Mittagshitze. Männer mit Hüten saßen an Tischen im Sonnenlicht und bliesen Gläser in allen Formen. Ein Laden, der eine Kräuterhandlung war und »Herboristeria del Rei« hieß, rauschte an Jordi vorbei.

An der Placeta del Pi schnappte sich Jordi einige Kleidungsstücke von einer Wäscheleine. Im Laufen zog er sich das frisch riechende Hemd über den Kopf. Mit der Hose gestaltete es sich schon schwieriger. Er musste an einer Häuserecke stehen bleiben und hoffte nur, dass ihm keiner beim Wechseln der Kleidung zusah.

Dann rannte er weiter.

Jetzt musste er nur noch seine eigenen Kleidungsstücke loswerden und ein Versteck finden.

In der Carrer Petritxol fuhr eine Dampfdroschke an ihm vorbei, die langsam genug war, um das Hemd in den Gepäckkorb auf dem Dach zu werfen. Der Hose entledigte sich Jordi an einer Brücke, die sich über den Canal de la Mercè spannte. Eine rotbraune Gondel fuhr gerade unter der Brücke vorbei und Jordi ließ die Hose einfach fallen, sodass sie sich in der ausgestreckten Hand der kunstvollen Holzfigur am Heck des Bootes verfing.

Das sollte genügen.

Die Dampfdroschke fuhr nach Westen, die Gondel schipperte in den Osten Barcelonas.

Jordi blieb kurz stehen und schöpfte Atem. Jetzt musste er sich nur noch verstecken und abwarten, was geschah.

Er sah sich um und sein Blick fiel auf ein Haus mit einem seltsamen Briefkasten. Drei Schwalben befanden sich über dem Briefschlitz, und darunter hockte eine Schildkröte. Ein dicker Stapel von Briefen quoll aus dem Briefschlitz.

Gut so! Es schien niemand zu Hause zu sein.

Jordi prüfte den Efeu, der die Fassade bedeckte, und kletterte dann kurz entschlossen daran empor, bis er sich auf einen Balkon im ersten Stockwerk schwingen konnte. Dort versteckte er sich in einem blühenden Oleanderbusch.

Die Fensterläden, das fiel ihm sofort auf, waren nicht richtig verschlossen. Im Notfall würde er sie leicht eindrücken können. Außerdem spannte sich eine recht stabil aussehende Wäscheleine vom Balkon bis zur Dachterrasse des Hauses auf der gegenüberliegenden Straßenseite. Wenn sein Trick mit den Kleidungsstücken nicht funktionierte, dann wären da immerhin noch zwei Fluchtwege, von denen er hoffentlich einen würde nehmen können.

So saß er da und wartete auf seine Verfolger.

Er dachte an Catalina und fragte sich, ob sie wohl auch an ihn denken würde. Hatte er sie wirklich geküsst? Und sie ihn? War das tatsächlich passiert? Ja, gar kein Zweifel. Er würde zu ihr zurückkehren. Und dann? Vielleicht wäre ihr der Kuss mittlerweile peinlich?

Zu all diesen Fragen gesellten sich weitere: War es richtig gewesen, sie dort allein zu lassen? Hatte sie noch Schmerzen? Was, wenn die Schattenaugenmenschen sie unter der Brücke finden würden?

Er merkte, wie er die Luft anhielt.

Bald würde sich zeigen, ob sein Plan etwas wert war. Der Oleanderbusch verbarg ihn gut und der starke Duft der Blüten müsste, so hoffte er, seine Fährte zudem verschleiern. Außerdem roch er jetzt nach den frisch gewaschenen Klamotten.

Dann sah er sie. Durch einen Spalt zwischen den kunstvoll geschwungenen Lücken in der Balustrade warf er einen Blick hinunter in die Straße vor dem Kanal. Die Kreaturen näherten sich.

Die eine groß, die andere klein.

Die eine mit Bart, die andere ohne.

Und doch hatten sie nichts mehr Menschliches an sich. Wie die zerknitterte Mischung aus einem Menschen und einem aus braunem Papier gefalteten Schakal, so sahen Reverte und Perez jetzt aus. Jedenfalls war es das Einzige, was Jordi bei ihrem Anblick einfiel. Noch niemals zuvor war er etwas Ähnlichem begegnet. Sie sahen aus, als habe jemand ein Buch über ägyptische Raubtiere mit den Bibliotheksgehilfen gekreuzt.

Pechschwarze Augen funkelten in den Gesichtern, die

Schnauzen hatten und dennoch an die Gesichter von Pérez und Reverte erinnerten, nur wildwütend und mordlüstern. Sie schnüffelten aufgeregt, als sie unten die frische Fährte suchten. Sie standen an genau der Stelle, an der Jordi vorhin haltgemacht hatte.

Dann hob einer von ihnen den Blick und starrte nach oben. Es war Reverte, der wie ein Schakal schnupperte.

Erschrocken starrte der Junge auf seine Hand. Ein Schreck durchfuhr ihn, dem blankes Entsetzen folgte.

Der Verband! Reverte hatte ihm die Hand mit den Binden umwickelt! Wenn er eine so gute Nase hatte, wie es aussah, dann ...

Jordi schluckte.

Der Reverte-Schakal hielt das Schnauzengesicht in den Wind und schnüffelte erneut.

So schnell es nur ging riss Jordi den Verband ab. Er musste ihn loswerden, unbedingt. Die Frage war nur, wie.

Warum, in aller Welt, fluchte er, hatte er vorher nicht daran gedacht? Er war so stolz gewesen auf seine Idee, die Kleidung auszutauschen, dass er den Verband dabei ganz vergessen hatte.

Ein leichter Windstoß bewegte den Oleanderbusch.

Jordi beachtete ihn nicht.

Mit nur einer Hand war es gar nicht so einfach, den Verband schnell aufzuwickeln.

Dann war da mit einem Mal etwas in seinem Gesicht. Er zuckte zusammen. Eine Oleanderblüte hatte sich ihm mitten auf die Nasenspitze gesetzt. Aufgeregt hüpfte sie dort herum und ein leichter Wind säuselte dem Jungen um die Ohren.

El Cuento? Er flüsterte den Namen, ganz leise. Die Oleanderblüte hüpfte einmal auf und ab. War das eine Antwort?

Er hielt den Verband in der gesunden Hand. Der Wind wehte ihm um die Finger und zupfte an dem Stoff. Jordi ließ los.

Wie von Geisterhand wirbelte das Leinentuch über das Häuserdach hinweg und war verschwunden.

Unten auf der Straße drehte Reverte ruckartig den Kopf. Er knurrte tief. Wie ein Rascheln von altem Papier, so klang es. Dann sprintete er los, lief in eine an die Carrer angrenzende Gasse und kehrte nach wenigen Sekunden mit dem Verband zurück. In den Händen, die noch menschlich waren, hielt er den Stoff und ließ Pérez daran schnuppern.

Jordi wagte nicht, Atem zu holen.

Reverte bellte seinem Kollegen etwas zu. Eine Mischung aus Worten und Hieroglyphen troff ihm über die Lefzen. Unschlüssig hielten sie erneut die Schnauzen in den Wind.

Es funktioniert, dachte sich Jordi. Sie nehmen unterschiedliche Witterungen auf!

Die Dampfdroschke und die Gondel.

Es funktionierte tatsächlich. Reverte lief den Weg nach Westen entlang zur Dampfdroschke und Pérez folgte der Fährte der Gondel.

Jordi versank im Oleanderbusch und schloss die Augen.

Das Herz schlug ihm bis zum Hals, und während er sich langsam beruhigte, kehrten seine Gedanken zu Catalina zurück, die noch immer unter der Brücke war.

Die Angst um sie war mit einem Mal so stark, dass es fast schon schmerzte. Er betrachtete die verbrannte Hand. Ja, er hatte es für sie getan. Er hatte sie retten wollen, weil er schon während der Flucht auf dem Flickenfetzen geahnt hatte, wie sehr er sie mochte. Obwohl, eigentlich war es um ihn bereits geschehen gewesen, als Catalina mitsamt des Flickenfetzens in ihn hineingerast war. Sie hatte sich aus dem staubigen Fetzen gewickelt und ihn angesehen, mit ihren hellen Augen und den wirbelnden Zöpfen.

Er musste zurück zur Brücke! Pérez und Reverte würden zurückkehren, wenn sie die falsche Spur erkannt hatten. Und dann, davon war Jordi überzeugt, würde er sie kein zweites Mal täuschen können.

Noch wenige Minuten wartete er. El Cuento war nicht wieder aufgetaucht. Dann kletterte er aus dem Oleanderbusch, spähte vom Balkon aus in alle Richtungen und machte sich, so schnell ihn seine Füße tragen konnten, auf den Weg zurück zu Catalina.

Der Harlekin war ihr so nah, dass sie glaubte, seinen Atem zu hören.

Catalina war so weit unter die Brücke gekrochen, wie es nur ging, doch ihr war von Anfang an klar gewesen, dass sie dem Harlekin nicht entkommen würde. Sie konnte den Stoff seines Mantels riechen, hörte, wie die Stiefel auf dem

Steinboden entlangschabten. Unaufhörlich kam er auf sie zu und dann, als sie nicht weiter nach hinten zurückweichen konnte, streckte er langsam die Hand nach ihr aus. Die langen Finger waren wie Krallen, so dürr, und sie steckten in einem Handschuh aus schwarzem Samt.

Catalina wollte schreien, konnte es aber nicht. Nur ein erstickter Laut entrann ihrer Kehle.

Der Harlekin beugte sich zu ihr herab.

»Hallo«, sagte er, »ich bin Ramon.«

Hätte sie nicht schon auf dem Boden gesessen, wäre Catalina wohl umgekippt.

»Du bist Catalina Soleado.«

Nein, sie konnte keinen Laut herausbringen.

Die Stimme des Harlekin klang rau und krächzend. »Oh, die Maske«, sagte er.

Catalina spürte, wie sie nickte.

Nur so. Einfach nur nickte.

»Du hast dich erschrocken?«

War das ein Scherz? Sie nickte erneut. Das war die einzige Bewegung, zu der sie im Moment fähig war.

Der Harlekin zog sich die Maske aus. Darunter kam ein hageres Gesicht zum Vorschein, aus dessen Mitte eine lange gebogene Nase herausragte. Die Augen waren klein und sehr, sehr dunkel, aber nicht schwarz und schattig, im Gegenteil: Sie hatten einen warmen Schimmer, der wie ein verstecktes, leicht spöttisches Lächeln war. Die Haare sahen zerrupft aus wie Federn. »Ich bin Ramon Rocas«, stellte sich der Harlekin vor, der ein junger Mann aus

Fleisch und Blut war. Er lächelte und schüttelte den Kopf wie ein Vogel, der getrunken hat. »Ich habe dich gesucht, Catalina Soleado.« Dann verbeugte er sich, wenn auch nur leicht, und verkündete: »Deine Großmutter schickt mich.«

Catalina wusste nicht, was sie sagen sollte. Bisher hatten ihr noch nie die Worte gefehlt, doch jetzt fiel ihr nichts mehr ein. Sie saß hier im Dreck unter der Brücke, hatte vor wenigen Augenblicken noch geglaubt, dass ihr letztes Stündlein geschlagen habe, und dann tauchte dieser seltsame Mann auf, zog sich die Harlekin-Maske vom Gesicht und schlug ihr diese Neuigkeiten um die Ohren, als sei gar nichts dabei.

Was, in aller Welt, wollte er von ihr?

»Ich habe keine Großmutter.« Immerhin war das ein klarer Satz. Aber einer, der sich nicht sehr intelligent anhörte.

»Jeder hat eine Großmutter«, widersprach ihr Ramon. Er musterte sie. »Sie hat mich gewarnt, dass du so bist.«

Wer hat dich gewarnt?, dachte Catalina, doch sie fragte: »Wie bin ich denn?«

»So.«

Sie verdrehte die Augen. Die Situation begann reichlich seltsam zu werden.

»Wer hat behauptet, ich sei so?«

»Deine Großmutter.«

»Ich habe . . .«

Ramon Rocas hob den Zeigefinger der rechten Hand,

was äußerst belehrend wirkte. Catalina hielt mitten im Satz inne. Dann verbesserte sie sich: »Ich kenne sie nicht.«

»Natürlich nicht.«

Catalina seufzte. »Ich bin in meinem ganzen Leben noch nie meiner Großmutter begegnet.« Sie wusste nicht einmal, wo sich eine Großmutter hätte aufhalten sollen.

»Das hat sie gesagt.«

»Was?« Die überhebliche Art des jungen Mannes begann Catalina zu ärgern.

»Dass du dich nicht daran erinnern würdest.«

»An meine Großmutter?« Das wurde ja immer seltsamer.

Er nickte.«Ja. An Nuria Niebla, deine Großmutter.«

Catalina starrte den Fremden an. Sie hatte den Namen noch nie gehört. Es gab keine Nuria Niebla in ihrem Leben, hatte niemals eine gegeben. Nicht einmal den Hauch einer Erinnerung verband sie mit diesem Namen. Nichts, rein gar nichts.

»Sie war Saritas Mutter.«

Catalina konnte das nicht glauben. Sarita hatte niemals eine Mutter erwähnt.

»Und warum kann ich mich nicht an sie erinnern?«

»Nuria Niebla glaubt, dass dir deine Erinnerungen gestohlen wurden.«

Das wurde ja immer besser.

»Von wem?«

»Kannst du dir das nicht denken?«

Sie antwortete schnippisch: »Nein, kann ich nicht.«

»Deine Mutter hat sie dir gestohlen.«

Mit halb offenem Mund starrte Catalina den seltsamen Mann an. »Das glaube ich nicht.«

Er hob eine Augenbraue, abschätzig. »Das dachte ich mir.«

Er musterte sie von oben bis unten und ihr gefiel sein Blick nicht. »Aber warum solltest du mir auch glauben? Ich tauche in der Verkleidung eines Harlekins auf, noch dazu in einer für dich recht misslichen Situation. Ich konfrontiere dich mit Dingen, die du vergessen hast.« Er zwinkerte ihr zu, was vertrauensselig wirken sollte, es aber irgendwie nicht war. »Natürlich fällt es dir schwer, mir zu glauben. Aber du *wirst* es tun.« Er grinste. »Denn du musst mir zuhören, weil du nicht fortlaufen kannst.«

Catalina war baff. Bildete sie sich den Kerl nur ein oder stand er wirklich da vor ihr und redete all dieses Zeug? Er war arrogant, stolzierte unter der Brücke herum, als gehöre ihm die Welt, und faselte etwas davon, dass ihre Mutter ihr . . . ja was? Dass sie Catalinas Erinnerungen gestohlen hatte? Unsinn!

Andererseits, und das war nicht unwichtig, er hatte ihr bisher nichts getan.

»Wer, in aller Welt, bist du?« Vielleicht war das eine gute Frage, um noch einmal von vorne zu beginnen.

»Ich bin, wie ich bereits sagte, Ramon Rocas. Ich diente Nuria Niebla, deiner Großmutter. Sie war es, die mich zu dir geschickt hat.«

»Warum erst jetzt?«

Er zuckte die Achseln. »Ich habe dich nicht früher gefunden.«

»Nein, das meine ich nicht. Warum soll ich die Erinnerungen erst jetzt wieder zurückbekommen?«

»Nuria Niebla dachte, dass es an der Zeit dafür ist.«

Catalina setzte sich auf und verzog das Gesicht dabei. Der Knöchel war noch immer geschwollen. »Wer ist sie? Wo lebt sie? Warum . . .?« Sie schüttelte den Kopf. Immer schön der Reihe nach. »Wer ist sie?«

Ramon Rocas stolzierte auf und ab. Seltsam ruckartig bewegte er sich und dann wieder geschmeidig wie eine Katze. Catalina wusste nicht, ob sie einer Täuschung erlag, aber sie glaubte wirklich zu sehen, dass ihm kleine Federchen aus dem Kopf herauswuchsen. Dort, wo der Haaransatz war, lugten winzige Federn aus der Haut heraus.

»Nuria Niebla war eine Kartenmacherin, wie deine Mutter eine ist.« Er lächelte. »Und wie du eine bist.« Er senkte den Blick und die Stimme, die so krächzte, wurde noch rauer und kratziger. »Jetzt ist sie tot.« Er schaute wieder auf. »Sie ist verbrannt. Ich war dabei. Doch vorher wollte sie, dass ich dich finde.« Ein wenig erinnerte er sie schon an einen Vogel. Es waren die Bewegungen, die ruckartig und irgendwie rabenartig waren. »Ich bin zur Cala Silencio geflogen. Dann hierher, in die singende Stadt.«

Catalina hob beide Hände in die Höhe. »Moment, Moment. Ich verstehe rein gar nichts mehr.«

Er schwieg.

Ja, es waren wirklich kleine Federn, die ihm oben am Haaransatz aus dem Kopf sprossen.

»Verständlich, verständlich«, murmelte er. »Nuria Niebla war eine Hexe und eine gute obendrein. Sie konnte das tun, was auch du zu tun vermagst.«

Er drehte den Kopf ruckartig in ihre Richtung. »Ich bin im Haus der Nadeln gewesen. Ich war einer der beiden Harlekins. Sich zu verkleiden war einfach. Ich dachte, dass ich dich so am schnellsten finde, indem ich mich unter die Schatten mische. Also verkleidete ich mich als einer von ihnen. Als ein Eistreter.«

»Eistreter?«

»So werden sie genannt. Weil dort, wo sie hintreten, die Luft förmlich zu Eis erstarrt.«

Catalina erschauderte allein bei der Erinnerung an die Harlekins. Woher, in aller Welt, wusste dieser Kerl das alles? Gut, er hatte unter ihnen gelebt, hatte sich in ihrer Mitte verborgen gehalten. Trotzdem! Etwas schien ihr nicht zu passen an dieser Geschichte.

»Du hast bereits getan, was du nie hättest tun dürfen. Das kompliziert die Sache ein wenig.«

»Was meinst du?« Es machte sie rasend, dass er so in Rätseln sprach. Und es machte sie noch rasender, dass sie einfach nur im Dreck saß und sich kaum rühren konnte.

Selbst wenn sie ihm hätte davonlaufen können – es wäre ihr nicht gelungen.

»Du hast gezeichnet. Die Casa de les Punxes ist nicht mehr länger dort, wo sie jahrelang gewesen ist. Es gibt einen Kanal, der vorher nicht dort war, und ein fast neu gestaltetes Viertel. Du hast die kleine Welt dort drüben verändert, dessen musst du dir bewusst sein.«

»Ich habe das nicht . . .« Sie stockte.

»Gewollt?«

Sie nickte.

»Du hast es aber getan!«

»Ich habe mich nicht gut dabei gefühlt.«

»Niemand tut das.«

Etwas in seinem Blick verriet ihr, dass es da mehr gab, als er zu sagen bereit war.

Nachdenklich musterte er sie mit schief gelegtem Kopf. Dann griff er unter seinen Mantel. Jetzt erst sah Catalina, dass er etwas an einer Kette um den Hals trug. Es war ein Stein von der Größe eines kleinen Fingers, der die Form eines Wassertropfens hatte und von einem Tiefblau war, so schimmernd wie die Wasser in der Bucht von Talamanga.

Ramon Rocas streifte die Kette über den Kopf und hielt den Anhänger hoch.

»Weißt du, was das ist?«

»Ein Stein.«

»Es ist nicht irgendein Stein, Catalina. Dies hier ist ein Aquamarin. Es ist der Stein, der all deine Erinnerungen enthält.« Er trat vor und überreichte ihn dem verdutzten und gleichsam misstrauischen Mädchen. »Wenn du ihn in die Hand nimmst, dann wird alles wieder dir gehören, alles, was man dir einst genommen hat. Bist du bereit dazu?«

Catalina glaubte ihm kein Wort. Ihre Mutter sollte ihr die Erinnerung genommen haben? Warum hätte sie so etwas tun sollen? Und doch – warum hatte ihre Mutter nie von ihrer Großmutter gesprochen?

Catalinas Blick irrte zum Kanal, der träge gegen das dunkle Ufer schwappte. Immer mehr hatte sie das Gefühl, ein kleiner Ball in einem großen Spiel zu sein. Was, wenn Ramon Rocas nur ein Betrüger war? Wenn er den Schatten dienen und ihr einen faulen Zauber vorhalten würde?

»Du traust mir nicht.« Es war eine Feststellung.

»Ich ...«

Er hob die Hand. »Es ist ein Aquamarin, weil du deiner Großmutter am Meer begegnet bist. Die Liebe zum Meer hat euch beide verbunden.«

Catalina dachte an den Tod ihres Vaters.

»Ich mag das Meer nicht«, sagte sie.

»Das ist eine Lüge.«

Woher konnte der Fremde das nur wissen? Ja, es war eine Lüge. Sie liebte das Meer noch immer. Sie fürchtete sich bloß davor, ins Wasser zu springen, weil die Wellen ihren Vater begraben hatten.

»Nuria Niebla liebte das Meer«, flüsterte Ramon. »Und dein Vater hat das Meer ebenfalls geliebt. Nur deine Mutter, sie mochte es nicht.«

Catalina nickte. Alles, was er sagte, stimmte. Ihre Mutter hatte die Arbeit ihres Vaters gehasst. Das Meer ist dunkel und es ist gefährlich, hatte sie immer gesagt.

Catalina streckte die Hand aus.

Ramon Rocas, dem wirklich kleine schwarze Federn aus der Stirn wuchsen, legte den Aquamarin hinein.

Und als Catalina den warmen Stein berührte, da geschah etwas ganz und gar Außergewöhnliches. Eine Welt, die sie ganz einfach nur vergessen hatte, floss sanft leuchtend in sie hinein.

Catalina starrte den Aquamarin an und begann hemmungslos zu weinen. Die Tränen rannen ihr übers Gesicht. In der Heftigkeit eines einzigen Augenblicks waren Dinge da, von denen sie nie etwas gewusst hatte. Oder vielmehr: an die sie sich bis heute nicht mehr erinnert hatte. Das Leben lauwarmer Sommernächte, Kinderlachen und Kartoffeln mit gebratenem Fisch, Lieder und kurze Reime, erdacht von Nuria Niebla, die ihre Enkelin in den Armen hielt und sie mit Küssen bedachte, wie es nur eine Großmutter tun konnte.

»Ich habe das alles erlebt«, stammelte Catalina.

Ramon Rocas, der neben ihr kniete, sagte: »Du erinnerst dich wieder?«

Sie konnte gar nicht mehr aufhören zu weinen. So viel war wieder da.

»Ich habe das erlebt, als ich klein war.« Ganz verheult betrachtete sie den Aquamarin in ihrer Hand.

Ramon Rocas beobachtete sie, während die Erinnerungen sie bestürmten. Er stand still und leise da und starrte sie mit seinen pechschwarzen Rabenaugen an. »Du musst mich anhören«, sagte er. »Und du musst mit mir kommen.«

Finsterfalter

Jordi stand da und rührte sich nicht von der Stelle. Er schnappte nach Luft, war ganz außer Atem. Gerannt war er, so schnell es nur ging, den ganzen langen, weiten Weg zurück zur Brücke, wo er gehofft hatte, Catalina anzutreffen. Er hatte sich ausgemalt, wie es sein würde, sie wiederzusehen. Er wollte sie in die Arme nehmen, ihr Haar riechen und ihr Lachen hören. Er würde ihr sagen, was er fühlte. Ja, jetzt würde er es tun. Er hätte es schon vorhin tun sollen, doch da hatte ihm der Mut gefehlt.

Aber nein, das stimmte nicht ganz. Er hatte sie immerhin geküsst. Wenn er darüber nachdachte, dann konnte er nicht fassen, dass er sich das getraut hatte. Er musste an ihre wunderschönen Augen denken, an die Nase, die sie manchmal rümpfte. An die Zöpfe, die so voller Leben waren wie Catalina selbst.

Jordi seufzte.

Es gab keinen Zweifel, nicht den geringsten. Er war verliebt, bis über beide Ohren. So sehr, dass er am liebsten pausenlos singend durch die Stadt gelaufen wäre. Gar nicht oft genug konnte er sich das vor Augen halten. Es war dieser wunderbare Gedanke, der ihn schneller und schneller werden ließ, der ihn mutig machte und der ihn die ganze Welt mit anderen Augen sehen ließ. Ja, er war verliebt in Catalina Soleado – und am liebsten hätte er es laut hinausgeschrien, damit es jeder hören konnte.

Jetzt stand er hier.

Unter der Brücke.

Allein.

Catalina war fort und die Gewissheit, dass dies so war, fraß sich in sein Herz hinein wie ein hungriges Tier.

Er starrte auf das hölzerne Ding, das auf dem schmutzigen Steinboden lag. Es war eine Harlekin-Maske. Das rotschwarze Grinsen auf dem weißen Gesicht schien den Jungen zu verhöhnen und war mehr Antwort auf alle Fragen, als er jemals hatte hören wollen.

Jordi kniete sich neben die Maske und berührte sie. Kurz zuckte seine Hand zurück, als erwarte er, dass sie sich noch bewegen würde. Dann fasste er sie an, hob sie hoch und sah hinein. Nichts!

Es war eine gewöhnliche Harlekin-Maske aus Holz. Was immer sich einmal hinter ihr verborgen hatte, es war nun fort.

Wie Catalina.

Er ging in die Knie, ganz zittrig waren seine Beine. Ihm schwindelte. Mit beiden Händen stützte er sich auf dem Boden ab. Heiß brannte ihm die Sonne in den Nacken, doch in ihm drin wurde es kalt. Er schüttelte den Kopf, als könne er damit etwas bewirken. Als könne dieses trotzige Kopfschütteln irgendetwas verändern.

Wie konnte das sein? Nach all dem, was sie gemeinsam durchgemacht hatten?

Nein, es durfte nicht sein. Was war das für eine Welt, in der man sein Herz verlor und einem dann so was widerfuhr? Es war falsch, von Grund auf falsch.

Er rappelte sich auf.

Er half Catalina nicht, wenn er hier hockte und vor Selbstmitleid zerfloss. Sie würde es nicht gutheißen. Catalina war mutig und voller Tatendrang. So sah er sie. *Ihr* würde etwas einfallen. Irgendetwas.

Eine leichte Brise fuhr ihm durchs Haar. Sie wehte übers Wasser, kräuselte die Oberfläche und kehrte dann zu ihm zurück.

»El Cuento?«

Der Wind zerrte an dem verbliebenen Hemdsärmel. Zu dumm, dass er ihn nicht verstehen konnte. Bestimmt wüsste er, wo sich Catalina aufhielt.

»Sie ist fort«, flüsterte Jordi.

Der Wind antwortete ihm nicht. Stattdessen wirbelte er durch den Sand, der sich an manchen Stellen auf dem alten Pflaster häufte. Eine Figur formte er. Etwas mit Masten und Segeln. Etwas Schwarzes.

Natürlich! Warum war er da nicht selbst draufgekommen? Die *Meduza!*

Wenn wirklich einer der Harlekins Catalina geschnappt hatte, dann würde er sie zu der fliegenden Galeone bringen. Wer auch immer den Maskenmännern Befehle erteilte, er befand sich dort, auf dem fliegenden Schiff. Er war derjenige, der Catalina Soleado in seiner Gewalt wissen wollte. Und er würde auf der *Meduza* nur darauf warten, dass ihm jemand das Mädchen brachte.

Jordi überlegte. Als er die fliegende Galeone das letzte Mal gesehen hatte, hatte sie drüben im Hafen geankert.

Er schaute dorthin, wo Catalina gesessen hatte, als er gegangen war. Der Gedanke, dass sie sich an Bord der Galeone befinden konnte, beunruhigte Jordi mehr als alles andere. Und das alles nur wegen dieser Kartenmacherei.

Jordi konnte selbst nicht ganz fassen, was Catalina in der Bibliothek getan hatte. So schwerelos und leicht hatte es ausgesehen. Nur ein, zwei Striche mit dem Bleistift und die Welt stürzte zusammen und wurde gleichzeitig neu erschaffen. Er hatte ihr angesehen, dass sie selbst nicht die geringste Ahnung von dem gehabt hatte, wozu sie da fähig war. Es war etwas, das es gar nicht hätte geben dürfen. Und doch war sie dazu in der Lage.

Der Wind wehte ihm mitten ins Gesicht. El Cuento hatte recht. Die Zeit war knapp.

Was hatten sie mit Catalina vor? Würden sie ihr etwas antun? Würden man sie dazu zwingen, etwas zu tun, was sie nicht wollte?

Er betrachtete die Maske und stellte sich vor, wie der Harlekin Catalina geschnappt hatte. Wehrlos war sie gewesen mit ihrem verstauchten Knöchel. Womöglich hatte sie sogar gekämpft und dem Harlekin die Maske von seinem Schattengesicht gerissen.

Während sie Catalina verschleppt hatten, war er in Barrio Gótico gewesen. Viel zu weit fort, um ihr zu Hilfe zu eilen. Er rieb sich erschöpft die Augen. Es war seine Schuld. Er war es gewesen, der die beiden Schakalbibliothekare unbedingt in die Irre hatte führen wollen.

Meine Güte, wäre er nur bei Catalina geblieben!

El Cuento blies ihm erneut ins Gesicht, diesmal heftiger. Konnte es sein, dass der Wind seine Gedanken las?

»Du hast ja recht«, grummelte Jordi.

Er setzte sich in Bewegung und rannte die schmale Treppe hinauf, fort von der Brücke, hinunter nach La Marina, wo im Hafenbecken die *Meduza* vor Anker lag. Inständig hoffte er, dass das Schiff Port Vell nicht bereits wieder verlassen hatte.

Nein, nein, nein.

Ihr war nichts zugestoßen. Das war es, was er glauben wollte. Und das war es, was er letzten Endes auch glaubte.

Er würde Catalina finden und befreien. Dieses Versprechen gab er sich selbst und Catalina, die ihn nicht hören konnte und doch da war, irgendwo dort, wo ein junges Herz schneller und schneller zu pochen begann.

Meduza

Karim Karfax stand auf der Brücke der *Meduza.* Die Sonne versuchte sich in den gründunklen Gläsern seiner Brille zu spiegeln, ohne Erfolg. Da war nur ein Schimmern, so schillernd spiegelnd wie das Wasser unter dem Kiel des Schiffes.

Karfax lächelte sein dünnes Lächeln und die Luft um ihn herum wurde kälter und schattiger.

Einer der Späher hatte ihm mitgeteilt, wo er Sarita Soleado finden würde. Endlich! Die Mannschaft bereitete das Schiff bereits auf den Aufstieg vor.

La Sombría würde zufrieden sein.

Karim Karfax, der, eingehüllt in seinen Ledermantel, frierend auf dem Deck der Galeone stand, ließ seinen Blick über den Hafen schweifen, hinüber nach La Marina – dann weiter nach Montjuic, das die Schatten schon fast in ihren Besitz gebracht hatten. Barcelona war noch immer die singende Stadt, aber das würde sie nicht mehr lange sein. Die Welt war im Wandel, nichts währte ewig.

Ein Grollen ließ die Luft vibrieren. Tief in den Eingeweiden der *Meduza* schaufelten die Sklaven Kohle in die Bäuche der Winderhitzer. Die Gebläsemaschinen erwachten langsam zum Leben. Dunst stieg aus ihren Mäulern auf und wehte bis hinauf in die Takelage. Die eisernen Schlünde und sich ringelnden Rohre waren den gezackten Seeschlangen der vergangenen Jahrhunderte nachempfunden worden. Schon immer hatte Karim Karfax ihren Anblick gemocht und sich gefragt, ob er wohl jemals einem dieser majestätischen Kreaturen begegnen würde.

Unruhig ging er an Deck auf und ab, die Hände auf dem Rücken verschränkt. Wie ein Panther im Käfig, so drehte er seine Kreise auf dem Deck der fliegenden Galeone.

Weiter vorne wurde ein Beiboot kielgeholt. Ein Eistreter und zwei seltsame Gestalten, die wie Schakale aus Papier und Mensch aussahen, betraten das Vorderdeck der Galeone. Die Schakale flankierten den Eistreter, der vor die Brücke trat und Bericht erstattete.

»Sie ist also wieder entkommen«, sagte Karfax. Das Mädchen hatte seine Gabe dazu benutzt, seinen Häschern zu entfliehen. Sie war geschickt darin, sich aus der Affäre zu ziehen, die Kleine.

Doch dieses Mal brachte die Neuigkeit Karfax nicht in Rage. Das Mädchen würde in eine Falle laufen, das war beschlossene Sache. Sie war noch immer ahnungslos.

Er drehte sich zum Steuermann um. »Nehmt Kurs auf die Sagrada Família.«

Der große Mann mit den vielen Ohrringen und den dunklen Zähnen nickte dem Kapitän zu.

Der Eistreter verließ die Brücke.

Karim Karfax betrachtete erneut die singende Stadt.

Die Türme der Sagrada Família stachen wie Dornen in das helle Blau des Himmels. Dort würde er Sarita Soleado finden. Und ihre Tochter würde früher oder später zu ihr kommen. Er lächelte und beugte sich vor, um die Decks zu überblicken. So oder so, er würde sie kriegen. Und die Schatten würden ihm dafür dankbar sein, das wusste er. Sie würden ihre Dankbarkeit in Loyalität ausdrücken und genau das war es, was ihn die ganze Zeit über lächeln ließ.

Die Familie Karfax würde wieder so mächtig und einflussreich werden, wie sie es einst gewesen war. Man würde Wälder abholzen und neue Galeonen bauen, fliegende Schiffe, die den Himmel bevölkern würden wie Wolken.

Die beiden Schakalmenschen, das hatte der Eistreter ihm mitgeteilt, waren die Angestellten in der Bibliothek gewesen. Es verwunderte Karim Karfax immer wieder aufs Neue, zu was die Schatten fähig waren, wenn man ihnen freie Hand ließ.

Pérez und Reverte, das waren die Namen, auf die sie in ihrem alten Leben gehört hatten. Sie hatten, glaubte man dem Eistreter, den Jungen verfolgt, aber seine Fährte verloren.

Das Grollen wurde lauter. Matrosen rannten umher. Anstelle von Augen hatten sie im Licht blinkende Silbermünzen, die ihnen in den bleichen Gesichtern steckten. Sehen konnten sie nur mit Sinnen, die kein Sterblicher richtig zu verstehen vermochte. Erfahrene Seeleute, mutige Flieger und verwegene Kämpfer waren sie. Karim Karfax vertraute ihnen vorbehaltlos.

Heißer Wind rauschte jetzt aus den Gebläsemaschinen und pustete die Segel zu dicken Kissen auf. Karim Karfax hielt sich an der Reling fest. Der Steuermann zog das riesige Rad nach hinten, drehte nach backbord.

Langsam erhob sich die *Meduza* aus der azurblauen See. Wasser tropfte ihr in Sturzbächen vom Rumpf, als sie aufzusteigen begann. Anfangs war es nur ein leichtes Schweben, doch dann schob sie sich durch die Luft wie ein Pfeil, so schwer und dunkel, dass selbst die Zeit die Luft anzuhalten schien, wenn die Galeone vorüberflog. Karim Karfax wusste, wie elegant sich die Galeonen zu bewegen vermochten. Schon als Kind hatte er den Anblick der fliegenden Schiffe gemocht.

Die *Meduza* vollführte eine leichte Drehung, flog über La Marina hinweg und nahm Kurs auf das Zentrum der singenden Stadt.

Unten reckten die Menschen die Köpfe. Nur die Älteren konnten sich noch an die Geschichten erinnern, die von den fliegenden Schiffen berichtet hatten.

Eines von ihnen war wieder da.

Und wo es eins gibt, dachte Karim Karfax vergnügt, da wird es bald viele geben.

Er stand auf der Brücke seines Schiffes, ein zufriedener Mann. Denn er wusste, dass er bald schon am Ziel sein würde.

Vor der *Meduza* tauchte in der nahen Ferne die überaus

alt und mächtig wirkende Kathedrale auf, die Sagrada Familia. Der Ort, an dem er Sarita Soleado vorfinden würde.

Er konnte es kaum erwarten, ihr endlich gegenüberzustehen.

Enthüllungen

»Wir müssen von hier verschwinden«, hatte Ramon Rocas gedrängt.

»Nein!« Sie war starrköpfig geblieben bis zuletzt. »Ich gehe nicht ohne Jordi.«

Doch dann waren die Schattenwesen am oberen Ende der Treppe erschienen und Ramon Rocas hatte sie einfach gepackt und war mit ihr losgelaufen.

Nun ja, das war nicht ganz richtig.

Ramon war losgelaufen. Er hatte sie getragen und die Leichtigkeit, mit der er das bewerkstelligt hatte, war mehr als nur wundersam gewesen. Er war mit ihr den Kanal entlanggerannt, als wöge sie gar nichts. Über Seitenarme, die hier und da in den Hauptkanal mündeten, war er gesprungen, ja, fast *geschwebt.* Das alles mit ihr in den Armen.

Am Ende hatte er sie in die Katakomben gebracht. Hinab in die Nekropolis von Barcelona, wo sich die Gebeine der längst Verblichenen reihten. Dort war es stockfinster und es gab nicht einmal Schatten. Aus einem Grund, den Catalina nicht kannte, konnte Ramon dort unten sehen. Sie selbst war nahezu blind, wurde sich nur einiger Schemen hier und da bewusst, aber das war auch schon alles. Sie spürte nur die kräftigen dürren Arme des jungen Mannes, die sie die ganze Zeit über trugen.

Kanäle gab es hier unten zuhauf, breite Flüsse und dünne Rinnsale, die wohl die Stadtteile miteinander verbanden. Catalina hörte die Fluten in der Dunkelheit rieseln und rauschen. Später dann kamen sie in eine Gegend, wo in regelmäßigen Abständen lange gewundene Schächte hinauf zur Oberfläche führten. Spärliches Licht fiel durch sie nach unten.

Irgendwo unter La Ciutadella, mussten sie jetzt sein.

»Es tut mir leid«, sagte Ramon und setzte sie ab. Unruhig schaute er sich um. »Aber es gab keine andere Möglichkeit. Das weißt du.«

Sie konnte ihn wieder sehen. Aufgeregt schnupperte er in der kühlen Luft. Catalina tat es ihm nach, aber sie konnte im Halbdunkel nichts erkennen.

Gut so!

Die Schattenwesen bei der Brücke waren Tiere gewesen und sie verspürte keine Lust, ihnen noch einmal begegnen zu müssen. Gewöhnliche Tiere hatten sie verfolgt, das war es, was sie am meisten erschreckt hatte. Alte und junge Hunde und Katzen mit geschmeidigen Raubtierkörpern, Tiere, die normalerweise durch die Gassen und Straßen streunten. Sie waren mit pechschwarzen Augen und vor Finsternis triefenden Lefzen hinter ihnen her gewesen.

»Die Schatten«, hatte ihr Ramon erklärt, »vermehren sich schnell.«

Wohin das führen konnte, wollte sich Catalina gar nicht erst ausmalen. Sie stellte sich ein Barcelona vor, das von den Schattenwesen bevölkert wurde. Eine Stadt der Schatten. Sie musste an Madrid denken und die Landkarte, die Jordi ihr in der Bibliothek gezeigt hatte.

Jordi!

Es zerriss ihr das Herz zu wissen, dass er irgendwo da draußen herumlief und sie suchte. Sie hoffte inständig, dass ihm nichts zugestoßen war. Doch selbst wenn er es geschafft hätte, wohin würde ihn das bringen? Doch nur zurück zur Brücke, um festzustellen, dass niemand mehr dort war. Dass Catalina nicht gewartet hatte.

Was würde er denken? Sie schlug die Hände vors Gesicht.

Irgendwo in der Nähe von N'Arai waren sie in die Nekropolis hinabgestiegen. Die Hunde und Katzen waren schon vorher mehr und mehr auf der Strecke geblieben. Ramon war äußerst schnell gewesen.

Im Grunde wusste Catalina genau, dass sie mit ihrem verstauchten Knöchel keine Chance gehabt hätte. Dass sie nun hier war und noch unversehrt, verdankte sie dem jungen Mann, dem, das hatte sie aus der Nähe betrachten können, tatsächlich ein Flaum aus winzigen schwarzen Federn aus der Stirn herauswuchs.

Aber dennoch blieb die Tatsache, dass Jordi irgendwo da draußen zurückgeblieben war. Und die Angst, ihn vielleicht nie wiederzusehen, war stärker als jede Erleichterung über die gelungene Flucht.

»Lass mich runter!«, herrschte sie ihren Retter an.

Ramon setzte sie einfach ab.

»Danke.« Sie war sich bewusst, dass es nicht nett klang, so, wie sie es sagte.

Trotzdem! Sie war sich nicht einmal sicher, ob sie ihm auch wirklich danken wollte. Er hatte *sie* gerettet, ja. Aber was war mit Jordi? Alle Wut und Hilflosigkeit entluden sich jetzt und Ramon war nun einmal der Einzige, der zur Stelle war.

»Wir müssen zurück«, sagte Catalina.

»Nein!«

»Dann geh ich allein.« Trotzig funkelte sie ihn an.

»Das wirst du nicht tun!« Es klang wie ein Befehl.

»Willst du mich etwa daran hindern?«

Er sagte: »Ja.« Es klang ruhig und bestimmt.

Sie ballte die Fäuste vor Wut. »Ich muss aber zurück. Jordi wird zur Brücke kommen und ...«

Er fiel ihr ins Wort: »Der Junge ist nicht wichtig.«

Hatte sie richtig gehört? »Ich werde jetzt zurückgehen.« Sie drehte sich um.

Ramon packte sie plötzlich am Arm. »Das wirst du nicht!«

Erschrocken sah sie in seine rabenschwarzen Augen. »Du tust mir weh.«

Er ließ los, aber er entschuldigte sich nicht.

»Du hast keine Ahnung, worum es hier geht. Der Junge ist unwichtig. Er wird schon wissen, was zu tun ist.«

»Ich liebe ihn!«, schrie sie ihr Gegenüber an. Ihre Stimme hallte verzerrt von den Wänden wider, an denen dicke Wassertropfen hingen. »*Das* ist wirklich wichtig!«

Ramon Rocas wischte sich eine Feder von der Stirn. Dann sah er das Mädchen ernst und ruhig an. Langsam, quälend langsam, sagte er: »Du musst ihn vergessen, Catalina.«

»Einen Teufel werde ich tun.«

Er trat vor sie. »Du liebst ihn wirklich.« Es war eine Feststellung, die er bestätigt haben wollte.

»Ja.«

Ramon seufzte, traurig. »Dann ist es um ihn geschehen.« Er drehte sich um und ging weiter in den Tunnel hinein.

Catalina stand nur da und starrte ihm hinterher.

»Was soll das heißen?«, rief sie wütend.

»Es ist um ihn geschehen«, sagte Ramon. »Du kannst nichts mehr daran ändern. Du hast die Bibliothek verändert, Catalina. Es gibt kein Zurück mehr.« Er blieb stehen. »Das ist es, was du wissen musst.«

Sie humpelte ihm hinterher. »Was redest du da?«

»Das ist der Preis, den du zahlen musst, wenn du diese Dinge tust.«

Jetzt bekam sie es langsam mit der Angst zu tun.

»Welchen Preis?«

»Der Preis dafür, dass du die Welt verändern kannst.«

Mit einer gleitenden Bewegung drehte sich Ramon um und blieb dicht vor ihr stehen.

»Jedes Mal, wenn du eine Karte zeichnest und dadurch die Welt veränderst«, begann er, »wenn du sie *anders* zeichnest, als sie in Wirklichkeit ist, dann musst du einen Preis zahlen.«

»Welchen Preis?« Sie merkte, dass sie plötzlich ganz atemlos klang.

»Jemandem, den du von ganzem Herzen liebst, wird etwas sehr Schlimmes zustoßen.« Seine Stimme war nur ein raues Krächzen. »Das, Catalina, ist der Preis.«

Sie schnappte nach Luft. Nein, das wollte sie nicht glauben.

»Jordi wird ein Unglück ereilen. Heute, morgen, irgendwann.«

»Nein!«

»Du kannst nichts mehr daran ändern.«

Alles drehte sich. »Nein.«

»Du kannst es nicht abwenden, in dem du fortwährend Nein stammelst.«

Sie schwieg.

»Wir haben zu wenig Zeit und es gibt so vieles, das ich dir erklären müsste.«

Sie hörte ihm gar nicht richtig zu. Sie dachte nur an Jordi und das, was ihm wohl zustoßen könnte.

Argwöhnisch betrachtete sie den jungen Mann, der so plötzlich in ihrem Leben aufgetaucht war. Konnte sie ihm wirklich trauen? Oder führte er sie hinters Licht?

Sie fühlte den Aquamarin, der an einer Schnur um ihren Hals hing. All die Erinnerungen und Gefühle, die darin verborgen worden waren, gehörten nun ihr, und dass dies so war, hatte sie Ramon Rocas zu verdanken.

Vergiss nicht, was er noch behauptet hat, wisperte es tief in ihr. Sarita soll es gewesen sein, die dir diese Erinnerungen gestohlen hat. Deine Mutter.

»Was willst du von mir?« Sie trat einen Schritt zurück.

Ramon schüttelte bedauernd den Kopf. »Du misstraust mir.«

»Ja.«

»Ich will dir nichts tun, im Gegenteil.«

»Warum bist du hier?«

Er seufzte und schaute sich abermals sichernd in dem Tunnel um. Weit vor ihnen in der Dunkelheit hörte Catalina einen unterirdischen Fluss rauschen. »Du willst es wirklich wissen?«, fragte er und legte den Kopf schräg. »Dann hör mir zu.« Er fixierte sie. »Jemand hat die Insel, auf der deine Großmutter lebte, verändert. So hat man sie aufgespürt. Man glaubte, es sei ihre Kartenkunst gewesen, die diese Veränderung beigeführt hätte. Doch Nuria hätte niemals ihren Aufenthaltsort preisgegeben.« Er strich sich über seine Federn. »Nun ist sie tot. Aber bevor sie starb, hat sie mich hierhergeschickt.« Er krächzte einmal trocken auf. »Catalina, es geschehen schlimme Dinge, Dinge, die wir vielleicht verhindern können. Die wir verhindern *müssen.* Das wird uns aber nur gelingen, wenn du endlich mit mir kommst.«

»Aber wohin? Und was sind die Dinge, von denen du sprichst?«

»Ich werde es dir erklären, wenn wir in Sicherheit sind.«

»Wann wird das sein?«

»Bald.«

»Wohin bringst du mich?«

Er rollte mit den Augen. »Zur Sagrada Família. Wir werden dort jemanden treffen.«

»Wen?«

»Du musst dich ein wenig gedulden.«

Catalina schüttelte den Kopf, eine Geste der Verzweiflung. Sie hatte nicht die geringste Ahnung, wovon er sprach. »Ich will jetzt endlich wissen, was hier los ist!« Sie spürte, wie sich ihre Stimme überschlug. Ja, es klang hysterisch. Na, und?

»Dies ist nicht der rechte Ort dafür«, beschwichtigte er sie.

»Ich tue keinen Schritt, bevor ich es nicht weiß.«

Er funkelte sie an. Kurz sah es so aus, als überlege er, ob er sie wieder packen und einfach davontragen sollte.

»Wenn du mich anfasst, dann werde ich um mich treten und dir die Augen auskratzen.«

Ramons Schultern sanken ein winziges Stück nach unten, kaum sichtbar. »Also gut.«

»Nun?«

»Du hast die Geschichte von Madrid gelesen.«

Wie konnte er das wissen? »Ach ja?«, fragte sie misstrauisch.

Genervt sagte Ramon: »Ich bin in der Bibliothek gewesen, hast du das bereits vergessen? Das Buch hat noch aufgeschlagen dort gelegen.«

So viel also dazu.

»Madrid, das war einst eine Stadt der Schatten. Eine tote

Stadt, die von den Schatten nach ihrem Abbild gestaltet worden ist. Von dort aus sind die Schatten über das Land gewandert und haben alles verändert.«

»Aber es gibt keine Stadt, die so heißt. Die Landkarte ist falsch.«

Er schüttelte den Kopf. »Damals gab es sehr wohl eine Stadt, die so hieß. Doch dann wurde die Welt verändert.«

»Von wem?« Der Gedanke, dass eine Landmasse dieser Größe einfach so verändert werden konnte, machte Catalina Angst.

»In den alten Zeiten«, erklärte Ramon, »lebten noch viele Hexen unter uns. Weise Frauen, die Gutes und Schlechtes zu tun vermochten.« Er sprach davon, als sei es das Normalste der Welt. »Diejenigen unter ihnen, die in der Kunst des Kartenmachens bewandert waren, kamen überein, dass die wandernden Schatten aufgehalten werden müssten.« Er hielt inne und machte eine kurze Pause. »Es gab nur einen einzigen Weg. Die Orte, die den Schatten ein Zuhause boten, mussten vom Angesicht der Erde verschwinden.«

»Und so veränderten sie einfach alles?« Catalina starrte ihn an.

Ramon nickte. »Die Kartenmacherinnen trafen sich an einem Ort namens Malfuria. Dort malten sie mit vereinten Kräften eine neue Welt auf knittriges Pergament.«

»Und das, was sie malten, wurde Wirklichkeit«, sagte Catalina tonlos.

Erneut nickte er. »Seitdem ist die Welt so, wie du sie kennst.«

»Aber wie konnten sie das tun?«

»Eine Einzige von ihnen hätte vermutlich nicht die Kraft dazu gehabt«, erwiderte er nachdenklich. »Zu groß war die Aufgabe. Aber zusammen gelang es ihnen. Sie waren talentiert. Sie waren Kartenmacherinnen.«

Er schlug den Blick nieder und es mochte Traurigkeit sein, die seine Rabenaugen benetzte. »Doch sie mussten einen fürchterlichen Preis zahlen für das, was sie getan haben.«

»Was ist passiert?«

»Ihre Kinder ...« Wieder krächzte seine Stimme wie die eines Raben, der noch nicht zu weinen gelernt hatte.

Es war ein Moment, in dem Catalina klar wurde, dass sie eigentlich gar nicht erfahren wollte, was damals geschehen war.

»Ihre Kinder sind gestorben.« Die Worte fielen fast lautlos in die Stille wie schwere Steine in ruhiges Wasser. »Das ist der schreckliche Preis gewesen, den sie zahlen mussten. Den sie *freiwillig* gezahlt haben.«

Catalina erschauderte. Allein die Vorstellung daran konnte etwas in einem jungen Herzen zerbrechen lassen, das man nie wieder würde zusammenfügen können.

»Deswegen gibt es heute keine Hexen mehr. Die alten Familien starben aus.«

»Aber ich ...«

»Du musst wissen, dass es nur eine einzige Hexe gab, die sich nicht nach Malfuria begeben hat.«

Catalina ahnte, was er sagen wollte. »Nuria Niebla.«

Ramon nickte. »Die anderen Hexen hassten sie dafür. Doch Nuria wollte ihr Kind nicht opfern. Niemals wäre sie bereit gewesen, diesen Preis zu zahlen. Sie versteckte sich mit ihrer Tochter Sarita auf einer Insel fernab der Handelsrouten.« Er machte eine Pause, ganz nachdenklich. »So ist es geschehen, so hat sie es mir erzählt. Das ist der Grund dafür, dass es heute keine Kartenmacherinnen mehr gibt.«

Die Schlussfolgerung lag auf der Hand. »Bis auf die Frauen in meiner Familie.«

»Du sagst es.«

»Und die Schatten . . .?«

»Sie machen Jagd auf dich, weil sie möchten, dass du etwas für sie tust.«

»Sie wollen mich dazu zwingen, ihnen eine neue Welt zu zeichnen?«

Er nickte. »Nuria glaubte das. Sie glaubte, dass die Schatten nicht auf ewig in unserer Welt leben können.«

»Was ist mit Nuria passiert?«

»Die Insel, auf der Nuria lebte, hat sich verändert. In einer einzigen Nacht ist die gesamte nördliche Küste eine andere geworden.« Er berichtete ihr von der Galeone und den Männern, die an Land gegangen waren.

»Wer hat das getan? Wer hat die Veränderungen auf der Insel herbeigeführt?« Etwas tief in ihr ahnte die Antwort, doch sie konnte es nicht aussprechen.

Er zuckte die Achseln. »Deine Mutter ist die Einzige, die dazu fähig war.«

Sie schüttelte den Kopf. Sie konnte nicht glauben, was sie da hörte. »Warum sollte sie so etwas tun?«

»Um den Erben des Hauses Karfax nach Eivissa zu locken. Der Arxiduc *sollte* Nuria finden.«

Catalina erinnerte sich an den Namen. Sie hatte in der Bibliothek von ihm gehört.

»Karim Karfax befehligt die *Meduza,* das fliegende Schiff, das drüben im Hafen liegt«, fuhr Ramon fort. »Er will sich die Schatten zunutze machen, damit sein Haus an Macht gewinnt.«

»Das ist alles?«

Er krächzte laut auf. »Das ist sehr viel. Die Familie Karfax ist von vielen Geheimnissen umwoben. Sie dienten der Kirche Konstantinopels und, wie man munkelt, auch damals schon den Schatten.« Er schwieg einen Augenblick lang, sodass nur das Geräusch des Wassers den Tunnel füllte. »Nuria glaubte, dass Karfax ursprünglich hinter deiner Mutter her gewesen ist. Erst die Veränderungen auf der Insel haben ihn nach Eivissa gelockt. Und diese Veränderungen zu bewirken, das konnte nur Sarita gewesen sein.«

»Catalina runzelte die Stirn. Irgendetwas stimmte nicht an dem, was er sagte, aber sie kam nicht drauf, was es war. »Du behauptest, dass Sarita Karfax bewusst auf eine falsche Fährte gelockt hat, ist es das? Um sich in Sicherheit bringen zu können?«

»Sich selbst und dich, natürlich.«

»Aber, das hieße ... hat sie denn nicht gewusst, dass Karfax ihrer Mutter schaden würde?«

»Darauf«, sagte Ramon, »weiß ich leider auch keine Antwort. Nuria und ihre Tochter hatten kaum etwas miteinander zu tun. Was zwischen ihnen vorgefallen ist ... ich habe keine Ahnung. Ich bin erst seit zehn Jahren in den Diensten Nurias.«

In Catalinas Kopf schwirrte es. Konnte das alles sein? Sarita hatte ihr nie von Nuria erzählt. Sie musste doch dafür einen Grund gehabt haben!

»Wenn es wirklich Sarita gewesen ist, die es getan hat«, dachte Catalina laut den Gedanken zu Ende, »musste sie dann nicht auch einen Preis dafür zahlen?«

»Es ist noch ein wenig komplizierter.« Er seufzte und vermied es, in Catalinas Augen zu schauen. »Denn man kann die Fähigkeit nur einsetzen, um jemanden zu helfen, den man liebt.«

»Aber du hast gesagt, dass man jemandem Schaden zufügt. Dass das der Preis ist.«

Er nickte und einige der Federn flogen durch die Luft. »Es muss nicht zwangsläufig die gleiche Person sein, glaube ich. Ich sagte ja, es ist kompliziert.« Er hüstelte. »Es steht geschrieben, dass man demjenigen, den man am meisten liebt, den Schaden zufügt. Das ist der Preis.«

Catalina fuhr sich übers Gesicht. All die neuen Gedanken wirbelten ihr durch den Kopf und verknoteten sich zu einem einzigen, undurchsichtigen Knäuel.

»Sarita hat also die Insel verändert, um jemandem, den sie liebte, zu helfen.«

Erneutes Nicken.

Catalina schaute auf. »Ich bin das gewesen«, flüsterte sie benommen. »Sie wollte mich in Sicherheit bringen!« Sarita hatte gewusst, dass die Schatten hinter ihrem Kind her sein würden, wenn sie erst einmal auf ihre Spur kamen. Vielleicht hatte Karfax nicht einmal gewusst, dass Sarita eine Tochter hatte. Vielleicht hatte Sarita sie mit allen Mitteln zu schützen versucht.

Trotzdem! Dafür die eigene Mutter zu verraten …

»Was ist der Preis dafür gewesen?« Sie flüsterte die Worte.

Ramon schwieg.

Catalina starrte ihn an. Sie kannte die Antwort bereits: Der Preis war jemand, den Sarita mehr geliebt hatte als ihre Tochter.

»Wir haben die Cala Silencio verlassen, nachdem mein Vater gestorben ist«, sagte sie mit erstickter Stimme.

Sie spürte, wie sich die Welt erneut zu drehen begann. Nein, das wollte sie nicht einmal denken. Das *konnte* sie nicht denken. So etwas durfte sie nicht einmal in Betracht ziehen. Ihre Mutter und ihr Vater hatten sich geliebt. Daran hatte sie immer schon geglaubt. Ja, sie hatten sich geliebt.

Das Mädchen fühlte, wie ihr die Tränen in die Augen stiegen.

Aber war das nicht gerade der Punkt? Widerfuhr nicht demjenigen Schlimmes, den die Kartenmacherin am meisten liebte? Hatte Ramon nicht genau das gesagt?

Und wenn es so wäre …

Dann würde das bedeuten, dass …

Nein, nein, das konnte nicht die Wahrheit sein.

»Du lügst!« Eine andere Antwort fiel ihr nicht ein.

Ramon erwiderte nichts darauf.

»Du bist ein Lügner!«, schrie sie ihn an. Ja, so musste es sein. Nur so und nicht anders.

»Wen wolltest *du* schützen, als du die Bibliothek und alles drum herum verändert hast?«

Der Mund wurde Catalina mit einem Mal ganz trocken. »Nein«, flüsterte sie.

Doch Ramon sprach es aus. »Jordi.«

Sie sah ihn an. Noch immer schmeckte sie den Kuss und es konnte nicht sein, dass es so endete. Das war nicht richtig.

»Du lügst«, weinte sie. Ihre Stimme zerbrach wie Glas auf hartem Stein. »Du lügst.«

»Er ist derjenige, den du am meisten liebst. Mehr noch als deine Mutter.«

Sie spürte, wie sie nickte.

Nein, das war nicht sie, die da nickte. Catalina Soleado war nur mehr eine Hülle, leer und hohl, und das Herz, das in dieser Hülle schlug, würde schon bald an seinem eigenen Echo zerbrechen. Jordi Marí, wo steckst du nur? Es war ein Hilfeschrei, der nicht beantwortet wurde, natürlich nicht.

Stattdessen durchdrang ein anderes Geräusch die Dunkelheit: ein Flattern wie von Tausenden von Flügeln.

Ramon und Catalina sahen einander an.

»Was ist das?«

Sie erhielt keine Antwort.

Doch das war auch nicht nötig. Denn einen Moment später konnte Catalina sie sehen. Wesen, die einmal Schmetterlinge gewesen sein mochten. Jetzt waren sie grau und ihre Flügel ließen düstere Muster erahnen. Eine ganze Wolke dieser Kreaturen füllte den Tunnel, in dem sie sich befanden.

»Finsterfalter«, sagte Ramon. Die Rabenfedern an seiner Schläfe vibrierten.

»Was jetzt?«

Er packte sie bei der Hand und zog sie mit sich. Sie schrie vor Schmerz auf, als sie ihren verletzten Fuß aufsetzte, aber er achtete nicht darauf. Er zog sie einfach nur hinter sich her, hinein in den nächsten Tunnel, dem Rauschen der Fluten entgegen.

Das Flattern hinter ihnen wurde schnell zu einem tosenden Brüllen, das in dem Echo einen schaurigen Hall fand. Es mussten Abertausende dieser Geschöpfe sein, die da hinter ihnen her waren.

Die Dunkelheit um Catalina wurde zu einem Dschungel aus Schwarz. Sie stolperte ohne Orientierung vorwärts, schrie laut auf, wenn ihr Fuß gegen ein Hindernis stieß. Die Klauenhand Ramons hielt die ihre fest umschlossen. Unbarmherzig zog er sie weiter.

Etwas setzte sich ihr in den Nacken. Sie spürte kleine Beine, und bevor das Ding etwas tun konnte, schlug sie mit der freien Hand danach. Es war weg. Aber ein weiteres war sofort zur Stelle. Auch danach schlug sie.

Ramon rief ihr etwas zu, das sie nicht verstand, und dann stolperte sie kopfüber in die Nachtschwärze, die überall war. Sie schmeckte den schalen Geruch beklemmender Panik, und während um sie herum die Dunkelheit in finsterem Flattern explodierte, da dachte sie an Jordi Marí. Sie spürte die Kälte in ihrem Herzen noch dunkler werden, kreischte, als etwas ihr Gesicht ansprang, und ließ sich einfach nur fallen.

Die Gezeitengondel

Jordi sah die fliegende Galeone, als er auf dem Weg hinunter zum Hafen war. Sie schwebte über La Riberia und bewegte sich langsam in Richtung der großen Kathedrale.

La Templo Expiatorio de la Sagrada Família.

Die *Meduza* flog direkt darauf zu.

Der Junge hatte seinen Blick zum Himmel gerichtet, konnte ihn gar nicht mehr lösen vom dunklen Rumpf des Schiffes, an dem Muscheln und Seetang hafteten. Die Gebläsemaschinen der fliegenden Galeone liefen auf vollen Touren. Er konnte sie bis hinunter in die Straße hören. Die Segel aus Nacht waren gebläht und das Schiff flog dicht über den Dächern der Häuser entlang. Viele Passanten hoben die Köpfe und sahen der fliegenden Galeone hinterher. Einige von ihnen mochten sich bei ihrem Anblick an die alten Geschichten erinnern, die sie von ihren Großeltern erzählt bekommen hatten.

Konnte es sein, dass sie Catalina noch gar nicht gefasst hatten? Jordi stand da, dachte nach. Er musste jetzt Ruhe bewahren.

Wenn die *Meduza* nach Barcelona gekommen war, um

Catalina zu finden, dann würde sie die Stadt auch wieder verlassen, wenn sie ihrer hatte habhaft werden können, oder etwa nicht? Das aber hieße, dass sie Kurs aufs Meer hinaus nehmen würde. Sie würde dorthin fahren, woher sie auch gekommen war.

Tat sie aber nicht.

Sie steuerte mitten in die Stadt hinein und warf einen langen Schatten auf die Häuser von Eixample. Und das ergab nur einen Sinn, wenn sie noch auf der Suche nach Catalina waren. Keiner würde ein so großes Schiff mitten in die Stadt hineinsteuern, wenn er nicht genau wüsste, wohin er fahren musste.

Was nur eines bedeuten konnte: Sie wussten, wo Catalina war.

Die Sagrada Família war offenkundig ihr Ziel, und wenn sie die Kathedrale ansteuerten, dann konnte das ein Zeichen dafür sein, dass Catalina dort war. Oder aber, dass sie dorthin zu kommen beabsichtigte.

Jordi setzte sich in Bewegung.

Doch noch bevor er die nächste Gasse erreicht hatte, fielen ihm die winzig kleinen fliegenden Schatten auf, die sich dicht unter der *Meduza* versteckt hielten. Es war ein großer Schwarm, das konnte er erkennen.

Dann spürte er etwas an seiner Hand. Es war ein Stich, kurz und spitz wie ein Wort, das im Streit ausgesprochen worden war.

Ein Schmetterling war das Erste, an das er dachte, als er das Tier sah, das da auf seiner Hand saß und ihm eine Art

Stachel unter die Haut gebohrt hatte. Doch dies war nicht der hübsche bunte Schmetterling, der sich in dem Spinnennetz verfangen und wieder befreit hatte. Dies hier war etwas anderes. Ein Falter, der finster war. Graue Schwingen mit dunklem Muster, nichts Schönes.

Instinktiv schlug Jordi nach dem Tier. Dort, wo es ihn gestochen hatte, blieb eine kalte Stelle zurück. Die Haut brannte wie Eis.

Hatten Schmetterlinge Stachel? Besaßen Falter welche? Jordi war sich nicht sicher, aber er glaubte es eigentlich nicht.

Der Falter erhob sich wieder in die Lüfte, kreiste einige Male über dem Kopf des Jungen und flatterte dann zur Galeone hinauf, wo er sich dem Schwarm anschloss.

Jordi musste wieder an Catalina denken. Ihr Gesicht sah er vor sich, die Nase, so hübsch, und die hellen Augen, die ihm zuzwinkerten. Die vielen Zöpfe, die bei jeder Bewegung wippten. Wenn er an Catalina dachte und dabei ganz still lächeln musste, dann fielen ihm immer die Zöpfe ein. Denn Catalina war wie sie: Sie wippte beim Gehen, sie sprang gerne Stufen hinunter, sie war lebendig und voller Lachen und immer ein wenig rastlos.

Er hatte ihre Zöpfe berührt.

Mit dieser Hand.

Er betrachtete sie und die dunklen Linien, die sich langsam dort auszubreiten begannen, flößten ihm Furcht ein. Es fühlte sich an, als ränne ihm Eis durch die Adern.

Der Falter war kein gewöhnliches Tier gewesen. Die

Schatten lebten in ihm und jetzt waren sie in seiner Hand, irgendwie. Jordi spürte es, doch da war noch mehr. Er erinnerte sich mit einem Mal nur vage daran, wie es gewesen war, Catalinas Zöpfe zu berühren. Ihr Lächeln verblasste so schnell, und wenn sie in seinen Gedanken die Stufen hinuntersprang, dann sah das nicht mehr anmutig aus, sondern kindisch und unbeholfen. Ihr Lachen wurde zu einem Geräusch, das keine Melodie mehr besaß, ihre Stimme erinnerte ihn plötzlich nicht mehr an den geheimnisvollen Klang der Eidechsenplättchen. Und ihre Augen waren nur hell, doch nicht mehr wunderbar. Alles verlor an Farbe und die Gefühle, die bunt und überschwänglich gewesen waren, verblassten im tristen Einerlei der Eintönigkeit. Jordi fragte sich, was gerade geschehen war, konnte es sich aber nicht erklären. Er fühlte sich, wie er sich immer gefühlt hatte. Ein wenig müde und ein wenig blass.

So stand er da und sah der fliegenden Galeone hinterher.

Ein lauwarmer Wind wehte ihm um die Nase, die Auge, durchs Haar.

»El Cuento«, murmelte er nur.

Natürlich wusste er noch, wer der Wind war. Er wusste auch, warum er der *Meduza* hinterherstarrte. Er hatte nicht vergessen, dass er Catalina befreien wollte und deswegen dem fliegenden Schiff folgen musste. Er erinnerte sich an den Kuss und all die anderen Dinge.

Nur waren sie ihm mit einem Mal ganz gleichgültig geworden. Das war es, was geschehen war. Seine Gefühle waren fort und ohne Gefühle stand er jetzt da, spürte die

Schatten nach seinem Herzen greifen und fragte sich, warum die singende Stadt plötzlich so schweigsam geworden war.

Catalina blieb die Luft weg. Kühles Nass zerrte an ihr und sie war kurz davor, in Panik zu verfallen. Noch immer konnte sie nichts sehen, weil es stockfinster war. Das Letzte, an das sie sich erinnern konnte, war der Schwarm gieriger Finsterfalter gewesen. Etwas hatte sie berührt, an der Hand, im Nacken, mitten im Gesicht. Sie hatte geschrien und die Krallenhand ihres Begleiters gefühlt, der sie nach vorn riss, und sie war gefallen und gefallen und gefallen. So lange, bis sie den Aufprall spürte und dann war da Wasser, überall Wasser, das über ihr zusammenschlug. Von da an war sie gesunken.

Furcht und Panik waren sofort zur Stelle gewesen. Wie wild hatte sie mit den Armen gerudert.

Und an Dinge gedacht. An den sonnigen Herbsttag, der so wunderschön hätte sein können, wäre da nicht ihr Vater gestorben. An ihre Mutter und das Lebwohl vor der Windmühle. An Jordi. Ja, vor allem dachte sie an ihn. Sah ihn vor sich, und als ihr die Luft aus den Lungen wich, da glaubte sie zu spüren, dass er sich in Gefahr befand. Dass ihm etwas zugestoßen war.

Wo bin ich? Was ist das für ein Ort?

Noch immer ruderte sie mit den Armen, schlug um sich, spürte, wie etwas ihre Haut streifte.

Sie dachte an ihre Großmutter. Die Erinnerungen, die

ihr der Aquamarin geschenkt hatte, flammten in der Dunkelheit auf.

Dann wurde es Licht und die Lungen, die noch immer brannten, füllten sich mit Luft. Gierig sog Catalina sie ein. Sie hustete und spuckte Wasser. Als sie die Augen öffnete, konnte sie nur blinzeln, mehr nicht.

»Wir sind in Sicherheit«, krächzte Ramon.

Sie hustete erneut. Ganz schwach fühlte sie sich.

»Wo sind wir?«

»In einer Gezeitengondel«, lautete die Antwort. »Wir hatten Glück. Sie sind nur hier, wenn die Flut ansteigt.«

Catalina versuchte zu begreifen, was geschehen war.

»Die Finsterfalter hätten uns beinahe erwischt«, half Ramon ihr auf die Sprünge. »Die Schatten befallen die Menschen und Tiere gleichermaßen. Es breitet sich aus.«

Plötzlich war wieder alles da. Sie war gestürzt, mitten hinein in die Nachtschwärze, und dann hatte sie gleichzeitig den Falter und das Wasser in ihrem Gesicht gespürt.

»Ich habe dich in den Kanal gestoßen«, hörte sie Ramon neben sich sagen. »Es ist die einzige Möglichkeit gewesen, ihnen zu entkommen.«

Ihr Blick klärte sich langsam. Sanftes Licht schimmerte in Wellenformen um sie herum.

»Was ist das?«

»Eine Gezeitengondel, das sagte ich doch bereits.« Ramon wirkte angespannt. Die Federn lugten jetzt noch viel dichter unter dem Haaransatz hervor.

Catalina schwindelte, als sie einige Meter *unter* sich die

Decke des Tunnels erkennen konnte, durch den der Kanal floss. Instinktiv hielt sie sich mit beiden Händen am Boden fest.

»Du wirst dich daran gewöhnen.«

»Woran?«

»An die Perspektive«, sagte Ramon, der neben ihr stand und keine Probleme mit dem Gleichgewichtssinn zu haben schien. »Unten ist oben und oben ist unten. So sind die Gezeitengondeln nun einmal.«

Catalina konnte nichts anderes tun, als den Boden anzustarren, auf dem sie kniete. Er sah aus wie Holz, atmete aber, als sei er aus Fleisch und Blut. Das Ding war geformt wie eine schlanke Gondel, mit einem geschwungenen Bug und einem verschnörkelten Heck, das Ähnlichkeit mit einem riesigen bunten Fischschwanz hatte. Ein wenig schaukelte es, während es sich vorwärtsbewegte.

Catalina wagte es jetzt, über den Rand zu schauen. Was sie sah, ließ sie erneut schwindeln.

Die Gezeitengondel fuhr auf einem breiten unterirdischen Fluss, doch das, auf das Catalina blickte, war nicht die Wasseroberfläche, sondern gewissermaßen die *Unterseite* der Wasseroberfläche. Die Gezeitengondel fuhr *verkehrt* herum auf dem Kanal. Was nichts anderes bedeutete, als dass sich Catalina und Ramon *unter* Wasser befanden, irgendwie. Die wirkliche Welt lag jetzt unter Catalinas Füßen.

Es war, wie Ramon gesagt hatte. Unten war oben und oben war unten.

»Wir sind zu lange unter Wasser gewesen«, erklärte Ramon. »Du hast meine Hand losgelassen und in der Dunkelheit die Orientierung verloren. Ich musste dich suchen. Der Strom hat uns währenddessen von den Finsterfaltern fortgetrieben. Als ich dich endlich gefunden habe, da hattest du bereits aufgehört zu atmen. Die Gezeitengondel hat uns gerettet, bevor wir ertrunken sind.«

»Was ist sie?«

»Sagte ich doch. Sie ist eine Gezeitengondel.«

Catalina bemerkte kleine Öffnungen im Boden. Unwillkürlich musste sie an die kleinen Atemlöcher der Wale denke. Sie hatte bei Marquez einmal eine Fotografie der riesigen Säugetiere gesehen.

Aus den Öffnungen strömte ein Flimmern, das leicht nach Fisch roch: die Luft, die sich in einer Glocke zu sammeln schien, die sich über die Gezeitengondel wölbte.

»Sie leben in den Gezeiten«, erklärte Ramon. »Man sieht sie nur sehr selten. Mit der Flut kommen sie manchmal bis mitten in die Stadt hinein und mit der Ebbe verlassen sie die unterirdischen Flüsse und oberirdischen Kanäle wieder.«

»Warum sind wir ... verkehrt herum?«

»Für die Gezeitengondel«, sagte Ramon und schüttelte sich, »ist es nicht *verkehrt herum.* Für die Gezeitengondel ist es *richtig herum,* die normale Sicht. Ja, die Dinge sind nun einmal so, wie sie sind.«

Catalina musste an die Schatten denken und fragte sich zum ersten Mal, woher genau sie wohl kamen.

Gab es eine Welt, die nur ihnen gehörte? Einen Ort, an

dem es finster und dunkel war und Schatten durch die Straßen krochen? Es klang beängstigend und sie musste wieder an Madrid denken. Doch war es wirklich so beängstigend, wie es sich anhörte? Sie wusste es nicht. Ja, sie wusste nicht einmal, warum sie so absonderliche Gedanken hatte. Die Schatten waren böse. Böse ist, wer Böses tut. War es nicht so einfach?

»Die Gezeitengondel wird uns zur Sagrada Família bringen«, sagte Ramon.

»Du hast mir ihr gesprochen?«

Er schüttelte erneut den Kopf und kleine Wasserspritzer stoben ihm aus dem Haar und den Federn. Jetzt glich er mehr denn je einem Vogel, der sein nasses Gefieder zu trocknen versucht. »Na ja, reden würde ich das nicht nennen.« Er sah sie an und grinste dabei. »Sie kann hören, was ich denke.«

»Sie kann Gedanken lesen?«

Er nickte.

»Meine auch?«

Er schüttelte den Kopf. »Du bist ein Menschenkind.«

Catalina hasste es, wenn er ihr diese kurzen, knappen Antworten gab. »Du etwa nicht?«

Erneutes Kopfschütteln. »Ich dachte, das hättest du bereits herausgefunden.«

Sie zog ein Gesicht.

»Die Federn sind mir aufgefallen«, gab sie zu.

»Du müsstest blind sein, um sie zu übersehen.« Jetzt lächelte er freundlich.

»Wer bist du? *Was* bist du?«

»Ich bin ein Rabenkater.«

Sie starrte ihn an.

Die rabenschwarzen Augen blickten zurück. »Ich habe deiner Großmutter gedient.« Er sagte dies, als sei es eine Selbstverständlichkeit. »Jede Hexe besitzt einen. Ich dachte, das wüsstest du.« Er musste laut lachen. »Das ist eine Sache, die sogar in den meisten Märchen steht.« Er strich sich mit den Fingern über die Federn an seinem Kopf. »Jede Hexe arbeitet mit einem von uns zusammen. Mit einem Rabenkater oder einer Rabenkatze.«

»Und weil du ein Rabenkater bist, kannst du die Gezeitengondel verstehen?«

»Du hast es erfasst.«

»Und du bist …«

»Ich bin in Malfuria geboren worden und dorthin werde ich zurückkehren.«

Catalina horche auf.

Malfuria. Das war der Ort, von dem er erzählt hatte. Jener Ort, an dem sich die Hexen versammelt hatten, um eine neue Karte zu zeichnen, und wo sie mit ihrem Tun das Angesicht der alten Welt verändert hatten.

»Was ist Malfuria?«

Ramon setzte sich im Schneidersitz vor sie. »Malfuria ist der Ort, den wir Heimat nennen. Den auch *du* Heimat nennen könntest. Aber ihr Menschen seid da anders. Euch zieht es in die weite Welt hinaus.« Versonnen berührte er den Boden der Gezeitengondel und kraulte ihn.

»Sie mag das«, erklärte er.

Dann wendete er sich wieder dem Mädchen zu. »Malfuria ist der Ort, an dem sich das gesamte Wissen der Hexen befindet. Es ist ein Ort, der durch die Lüfte zieht. Malfuria ist ein Sturm aus Rabenfedern. Riesig, mächtig, von unglaublicher Anmut. Malfuria ist eine wirbelnde Welt voller Wunder. Nur wenige haben ihn je betreten dürfen.« Er zwinkerte ihr zu. »Malfuria wird uns in der Kathedrale abholen. Ich habe eine Feder losgeschickt, um ihn zu rufen.«

Catalina hatte das Gefühl, dass immer nur Neues auf sie einstürmte.

»Ein Sturm aus Rabenfedern wird uns dort abholen?«

»Das sagte ich doch.«

»Was wird er tun?«

Ramon sah sie entnervt an. »Er wird uns abholen.«

Tolle Antwort! »Und dann?«

»Von hier fortbringen.«

Catalina dachte an Jordi. Nein, sie wollte nicht von hier fortgebracht werden. Sie musste zurück in die Stadt und das Unheil, das Jordi drohte, irgendwie verhindern.

»Wir sollen Barcelona den Schatten überlassen?«

»Hast du eine bessere Idee?«

Sie hasste diese Frage. Nein, sie hatte keine bessere Idee, noch nicht.

»Wo wird er uns hinbringen?«

Ramon zuckte die Achseln.

»Irgendwohin, wo wir in Sicherheit sind.«

»Na, klasse.« Catalina versuchte aufzustehen. Ihr Knöchel tat noch immer weh und ihr schwindelte, wenn sie zu ihren Füßen die Decke des Tunnels unter der Wasserfläche dahingleiten sah.

In was bin ich da nur hineingeraten?, fragte sie sich. Sie stand mitten in dieser verdrehten Welt und die Gezeitengondel brachte sie zu einem neuen Ziel, von dem sie nicht einmal wusste, ob es ein richtiges Ziel war.

Schatten, Raben, Stürme aus Rabenfedern.

Herrje, es war einfach zu viel.

Sie blickte in Schächte, die unter der Wasseroberfläche in die Tiefe hinabführten und aus denen Licht in die Dunkelheit drang. Sie dachte daran, dass diese Schächte eigentlich nach oben führten und es das Tageslicht war, das sie da sah.

Wer ist denn nun verkehrt herum?, fragte sich Catalina auf einmal. War sie diejenige, die an der falschen Stelle stand und die Welt verkehrt herum sah? Oder war sie an der Stelle, an der sie die Welt richtig herum sah? Welcher Standpunkt war die Wahrheit?

Sie musste wieder an die Schatten denken und an die Karten, die sie in der Windmühle gezeichnet hatte. Das Pergament war die Oberfläche gewesen, auf der sie gemalt hatte. So war die gezeichnete Welt entstanden, mit Tusche und Pinsel und allergrößter Sorgfalt. Man musste die Tusche sorgsam mit einem Schwamm abtupfen, damit sie nicht durchfärbte. Tat man das nicht, dann sickerte die schwarze Farbe durch das Papier hindurch und es entstanden unschöne Kleckse und verschmierte Spiegelbilder auf der Rückseite der Karte.

Wo ist oben und wo ist unten?, fragte sich Catalina. Was ist, wenn man die Karte einfach umdreht? Ist dann nicht das, was vorher die Unterseite war, jetzt die Oberseite? Und wenn die Oberseite die Wirklichkeit war, die Welt des Lichts, die Welt, so wie sie aussah, was war dann die Unterseite? War sie einfach nur das schattenhafte Abbild der wirklichen Welt? Oder war die wirkliche Welt gar nicht so wirklich und nur ein Abbild der dunklen Zerrbilder und Kleckse?

Mit einem Mal verstand Catalina, warum die Schatten sie in ihre Gewalt bringen wollten.

Das sollte sie zeichnen.

Die umgekehrte Welt, die eine Welt der Schatten war. Denn dort würden die Schatten leben können.

Aber wie wollten sie das bewerkstelligen? Nie würde sie aus freiem Willen eine Karte zeichnen und eine Welt erschaffen, in der die Menschen nicht zu leben vermochten. Wer sollte sie dazu zwingen? Und wie?

Sie schloss die Augen und atmete tief durch.

Das hier war zu groß für sie. Sie war nur ein Mädchen. Eine Kartenmacherin, die nicht einmal ausgelernt hatte.

»Wir sind da!« Ramon ging zum Bug der Gezeitengondel, die jetzt langsamer wurde.

Unten im Wasser konnte Catalina den Himmel erkennen. Der Fluss fand also seinen Weg zurück an die Oberfläche. Sie erkannte einen hölzernen Steg, dahinter einen riesigen Platz. Gigantische Spitztürme ragten in die Tiefe, wo sie den blauen Himmel zu berühren schienen.

Catalina rieb sich die Augen. Die verdrehte Perspektive verursachte ihr Kopfschmerzen.

Sie kannte die riesige Kathedrale, Marquez war ein paar Mal mit ihr dort gewesen. Zusammen hatten sie die schmal in den Himmel ragenden Türme mit ihren seltsamen Fransen und die Sankritbilder in den hohen Fenstern bestaunt.

Doch nun sah sie eine Sagrada Família, die nach unten geneigt war. Wo vorher noch die niedrige Decke des Tunnels gewesen war und eine Begrenzung dargestellt hatte, an der man sich zumindest ein bisschen hatte orientieren können, war nun der weite, weite Himmel und es schien, als läge unter der Gezeitengondel ein bodenloser Abgrund aus einem hellen Azurblau, das durchsetzt war von kleinen Wolken.

»Schließ die Augen«, sagte Ramon und trat hinter sie.

»Wie kommen wir hier raus?«

Die Gezeitengondel fuhr an den Steg heran. Catalina sah die Unterseite, die im Schatten lag.

»Wir steigen aus«, sagte Ramon ganz selbstverständlich, »wie man normalerweise aussteigt.«

Sie bewegte sich nicht von der Stelle.

»Du springst einfach über Bord.«

»Dann falle ich aber nach unten.« Sie würde in den azurblauen Himmel hineinfallen. Oder aber in den Abgrund, zu dem der Himmel geworden war. Es wäre ein bodenloser Fall und ...

»Stell dich nicht an.«

Beleidigt entgegnete sie: »Ich stelle mich nicht an!«

»Lehn dich vornüber, greife ins Wasser und halte dich am Steg fest.«

»Und dann?«

»Lässt du dich fallen.«

Das alles gefiel Catalina gar nicht. Aber welche Möglichkeiten blieben ihr?

Ramon stand immerhin hinter ihr und hielt sie an den Schultern fest. »Es wird dir nichts zustoßen«, versprach er ihr.

Hatte sie eine Wahl? Catalina beugte sich vornüber und sah, wie ihre Zöpfe in Richtung der Wasserunterfläche zeigten. Fast schien es, als würde der Himmel sie an den Zöpfen zu sich ziehen wollen. Der Aquamarin baumelte ihr vor dem Gesicht. Mit beiden Händen berührte sie das Wasser. Sie griff nach unten und doch glaubte sie, die Hände hoch in den Himmel hinaufzustrecken.

Dann spürte sie einen Stoß. »Jetzt!«, rief Ramon und sie fiel vornüber in die Tiefe.

Sie bekam den Steg zu fassen, rutschte kurz ab, griff erneut zu. Schnell schloss sie die Augen, und als sie sie wieder öffnete, da sah sie vor sich die Sagrada Família in den Himmel ragen, in der Perspektive, wie sie Catalina seit jeher kannte. Ramon der Rabenkater hockte schon oben auf dem Steg, ergriff ihre Hand und zog sie in einer einzigen fließenden Bewegung zu sich hinauf.

»Wir müssen uns beeilen«, drängte er und deutete in den Himmel.

Drüben, über La Riberia, schwebte die *Meduza* über den

Dächern. Sie kam auf die Kathedrale zugeflogen. Die dunklen Segel waren gebläht und sie schwebte schnell durch die Lüfte.

Ramon der Rabenkater fauchte.

Und Catalina Soleado wusste, dass ihnen die Zeit davonlief.

Arxiduc

Karim Karfax betrachtete La Riberia durch die lichtdämpfenden Gläser seiner Sonnenbrille. Den Kragen des Mantels hatte er hochgeschlagen, sodass die Kälte ihm auch im grellen Sonnenlicht nichts anzuhaben vermochte. Er war ruhig und abwartend.

La Sombría, die ihm den Aufenthaltsort von Sarita Soleado verraten hatte, war nun still. Sie schwieg und das kalte Herz, das in ihm schlug, fühlte sich ein wenig einsam an ohne sie. Aber Karim Karfax wusste, dass er sich keine Gedanken machen brauchte. La Sombría vertraute ihm. Sie legte alles Weitere, was zu tun war, in seine Hände. Ihr Vertrauen ehrte ihn und er wusste, dass sie in sein kaltes Herz zurückkehren würde.

Er schritt an Deck auf und ab.

Tief unter ihm hoben die Menschen in der singenden Stadt die Köpfe und sahen zu dem fliegenden Schiff empor. Die armen Tröpfe! Sie hatten nicht die geringste Ahnung, was bald schon mit Barcelona geschehen würde. Karim Karfax hatte die Menschen nie gemocht. Die meisten von ihnen waren dumm und rochen nicht gut und sie verdienten das Schicksal, das er ihnen zuteil werden ließ, mit jeder Faser ihrer kümmerlichen Existenz.

Er wendete seinen Blick dem Vorderdeck zu.

Dampf aus den Gebläsemaschinen wehte über die Decks. Die Segel weit gebläht, lief die *Meduza* volle Kraft voraus. Karfax' Mannschaft war bereit.

Nur noch wenige Augenblicke und sie würden die Kathedrale erreichen. Die *Meduza* würde an einem der Spitztürme anlegen.

Mit ein wenig Glück würde das Mädchen auch dort sein. Der Finsterfalter, den er vor Stunden aus einer Laune heraus geschaffen hatte, war zurückgekehrt. Weitere Finsterfalter waren erschaffen worden. Es war die Art und Weise, wie die Schatten von der Welt Besitz ergriffen. Jeder, der sie in sich trug, konnte sie weitergeben. So funktionierte die Welt, über die La Sombría gebot.

Der Finsterfalter hatte ihm von dem Angriff seines Schwarms auf das Mädchen berichtet. Ein letztes Mal hatte die Kleine entkommen können, aber das würde ihr nichts nützen.

Bald schon wären alle, hinter denen er her war, gehorsame Diener La Sombrías.

Karim Karfax, der Arxiduc von Gibraltar, lächelte eisig kalt wie ein schlechter Traum, der einen weinen und zittern lässt. Und aus dem es für die Schläfer kein Entrinnen gibt.

Malfuria

Sie betraten die Kathedrale durch das Hauptportal. Catalina war noch ganz außer Atem, doch Ramon der Rabenkater zog sie an der Hand hinter sich her. Er wirkte nervös, und das war etwas, das Catalina mehr beunruhigte als alles andere. Immerhin hatte Ramon bisher die Zuversicht ausgestrahlt, die ihr Mut gemacht hatte.

Du vertraust ihm, schoss es ihr durch den Kopf. Wann hatte sie begonnen, ihren Argwohn ihm gegenüber abzulegen? Als er ihr von Malfuria erzählte? Oder davon, was die Schatten mit ihr vorhatten?

Der Rabe zerrte sie vorwärts. »Malfuria wird uns hier abholen«, sagte er.

Sie fragte nicht mehr, woher er das wusste. Vermutlich würde sie ohnehin keine brauchbare Antwort darauf erhalten.

Schweigend liefen sie durch den geräumigen Kirchenraum. Es war kühl im Inneren der Sagrada Família, doch es war nicht die alles durchdringende Kälte der Schatten, sondern ein angenehmer Hauch, der Catalinas erhitzte Wangen berührte und sie durchatmen ließ.

Tief sog sie die Luft ein, die nach Mamor und Kerzenwachs roch, und dachte, dass sie sich gerne irgendwohin gesetzt hätte, um all das zu überdenken, was in den letzten Stunden auf sie eingeprasselt war.

Warmes Licht schien durch die Oberlichter in das Mittelschiff hinein. Vier mächtige Galerien wurden von kannelierten Pfeilern getragen, aus denen Heilige und Sünder herausragten, allesamt eckig und mit entstellten Fratzen in Stein gehauen. Die Säulen sahen aus wie die uralten dicken Wurzeln eines knorrigen Wassertupelobaumes. Ein ganzer Wald von mächtigen Säulen bildete das Innere der Kathedrale. Sie waren wie Pflanzen, wie Schlinggewächse und Wurzeln von Olivenbäumen. Viele der wie lebendige Äste wirkenden Säulen ruhten auf steinernen Schildkröten, eine respektvolle Verneigung der Architekten vor der heiligen Julika, der Schutzpatronin der Schnellen und Schlafenden. Andere Säulen mündeten in steinerne Chamäleons. Hoch oben bei den Oberlichtern ragten Engel und einige Gargylen aus den Wänden heraus, hielten Schriften, Zepter und Symbole in den Händen und Klauen.

Lebendig wirkte die Kathedrale, wie selten ein Bauwerk sonst.

All diese Pracht schaute Catalina an und für einen Moment waren die Schatten in ihrem Leben vergessen. Doch dann erklangen plötzlich Schritte.

Catalina schrak zusammen.

Die Schritte warfen ein lautes Echo in den Raum, den Giganten und Götter erbaut haben mochten.

Ramon der Rabenkater drehte ruckartig den Kopf in die Richtung, aus der die Geräusche kamen.

Auch Catalina schaute sich um und ihr blieb förmlich das Herz stehen, als sie die junge Frau unter einem verschlungenen Säulenbogen sah. In den hellen Augen lebte noch immer das Lachen, das auch früher schon dort geleuchtet hatte.

Catalina trat einen Schritt vor.

Nein, sie humpelte einen Schritt nach vorne. Unsicher noch, zögerlich.

Ihre Stimme war leise, nur ein Flüstern: »Mama!« Ganz ungläubig.

Am liebsten hätte sie geweint vor Erleichterung.

Sarita Soleado breitete die Arme aus. Sie strahlte, und Catalina erkannte, dass da etwas aus ihrem hübschen Gesicht wich, das vielleicht schon viele Monate dort gelebt hatte. Angst und Besorgnis um ihre Tochter, die mit einem Mal wie weggeblasen waren.

Dann hörte sie das Fauchen. Catalina schaute zur Seite. Ramon der Rabenkater fauchte bösartig wie eine Katze, die das raue und laute Rabenkrächzen beherrscht.

»Du wirst ihr nichts antun!« Sarita Soleado näherte sich dem Rabenkater ohne Furcht, aber vorsichtig und mit langsamen Schritten. Sie ließ ihn nicht aus den Augen. Ihre Worte aber waren an Catalina gerichtet: »Was hat er dir erzählt?«

Das Mädchen war verwirrt. Sie sah den Rabenkater an und bemerkte, wie seine Augen wütend funkelten.

»Das ist meine Mutter«, hörte sich Catalina sagen.

Ramon glich mit einem Mal einem Raubtier, das auf Beute aus war. Die struppigen Federn an seinem Kopf begannen zu sprießen und die pechschwarzen Haare wuchsen ihm ins Gesicht hinein.

Catalina trat einen Schritt zur Seite. Ramon raunte ihr etwas zu: »Zeig ihr nicht den Aquamarin.« Seine Lippen begannen zu zittern. Sie wurden schwarz und ihre Form begann sich zu verändern. Es sah aus, als bildete sich Hornhaut auf ihnen. Die Mundwinkel wanderten zur Seite und aus dem irren Grinsen, das dadurch entstand, wurde ein ganz und gar neues Gesicht geboren. Eine Fratze war es und der Mund, der jetzt ein spitzes Ding war, das Augen würde aushacken können, klappte hektisch auf und zu. Eine rosa Zunge war darin zu erkennen.

»Geh von ihm fort«, sagte Sarita Soleado. »Schnell!«

Catalina spürte, wie sie eine Gänsehaut überlief. Sie setzte sich in Bewegung, wurde schneller und dann rannte sie panisch, rannte auf ihre Mutter zu und dort wurde ihre Angst, die sie eben noch empfunden hatte, zu einer wilden Freude, verrückt und aus tiefstem Herzen.

Sarita Soleado erwartete sie. Sie schloss sie in die Arme, umfasste sie, als ob sie Catalina niemals wieder loslassen wollte. Sie küsste ihr Gesicht, ihr Haar und drückte sie an sich.

»Mama! Was ... Wo bist du nur gewesen? Was ist passiert?«

»Wir haben nicht viel Zeit für Erklärungen, Liebes.« Sarita warf einen hastigen Blick auf Ramon, der jetzt auf dem Boden kauerte und hasserfüllt zu ihnen hinüberstarrte. »Warum ich gegangen bin, ist eine lange Geschichte und ich verspreche dir, du wirst alles erfahren, sobald wir in Sicherheit sind.« Sie nahm Catalinas Hand und drückte sie fest. »Es tut mir so leid, was geschehen ist«, sagte sie. »Ich wünschte, ich hätte dich niemals allein gelassen.«

Auf einmal war Catalina wieder das kleine Mädchen, das einst in der Cala Silencio gespielt und mit El Cuento allerlei Unsinn anstellt hatte, weil sie wusste, dass sie sich nur ihrer Mutter anvertrauen musste, die alles in Ordnung bringen würde für sie.

»Komm, fort von ihm.« Sarita zog ihre Tochter in eine sichere Ecke hinter die Wurzelsäulen.

Ramon fauchte, versuchte auf sie zuzukriechen, doch ohne Erfolg. Noch immer veränderte sich sein Körper. Ein spitzer Schnabel prangte in dem Gesicht, das nichts Menschliches mehr hatte.

»Er hat mir geholfen«, sagte Catalina.

»Er diente Nuria Niebla.«

»Sie ist meine Großmutter.«

»Ich weiß.«

»Aber ich konnte mich nicht an sie erinnern.«

»Ich habe dir die Erinnerungen an sie genommen.« Das war ein Flüstern.

Also war es wahr! Ramon hatte nicht gelogen.

»Warum?« Catalina sah zu ihrer Mutter auf und fühlte, wie ihr die Tränen kamen. »Wie konntest du so etwas tun?«

Sarita zögerte. »Was hat er dir über deine Großmutter erzählt?« Sie warf einen Blick hinter der Säule hervor.

Catalina wollte etwas erwidern, doch Sarita legte den Finger auf ihren Mund. »Nein, ich will es gar nicht wissen.« Trauer breitete sich auf ihren Zügen aus.

Sie kniete sich vor Catalina. »Kind, du weißt von den Schatten und dem, was sie getan haben, damals in der alten Welt, oder? Du kennst die Geschichte der Hexen?«

Catalina nickte.

»Ich hätte dir das alles schon viel früher erklären müssen«, sagte Sarita. In ihrer Stimme klang Bedauern, aber noch etwas mit, was Catalina nicht recht deuten konnte. »Aber ich dachte . . .« Sie stockte. »Catalina, deine Großmutter war nicht die, die sie vorgab zu sein. Ich habe lange Jahre gebraucht, um das zu erkennen.«

»Was hat sie getan?« Catalinas Stimme war nur ein Hauch.

Sarita seufzte. »Damals, als sich in Malfuria die Hexen getroffen haben, wollten sie gemeinsam der Herrschaft der Schatten ein Ende machen.«

Catalina nickte. »Nur Nuria hat sich geweigert«, flüsterte sie. »Er hat es mir gesagt.«

Sarita sah sie merkwürdig an. »Aber hat er dir auch erzählt, warum sie geflohen ist und sich verborgen hat?« Sie zögerte. »Hat er dir erzählt, sie hätte es meinetwegen getan?«

Wieder nickte Catalina, diesmal hilflos. Sarita streckte ihre Hand aus und strich ihrer Tochter über die Wange.

Tränen standen in ihren Augen. »Ich wünschte, es wäre so gewesen. Und das ist es, was ich lange Zeit auch geglaubt habe. Aber dann . . .«, sie stockte, ». . . dann habe ich die Wahrheit erfahren. Deine Großmutter hat sich nur aus einem Grund geweigert, sich den Hexen in Malfuria anzuschließen. Sie war ein Bündnis mit den Schatten eingegangen.« Sie schwieg einen Moment lang, blickte zu Boden. »Seit den Kartenmacherinnen in Malfuria gelungen war, das Antlitz der alten Welt zu verändern, hatte Nuria Niebla nur eins im Sinn. Sie wollte es ungeschehen machen.«

Sarita strich eine Strähne ihres braunen Haares zurück, das ihr ins Gesicht gefallen war. Es hatte den gleichen Farbton wie Catalinas Zöpfe. »Deine Großmutter – sie hat dich benutzt. Sie hat Dinge mit dir getan, als du klein warst.« Sarita schloss die Augen, nur kurz. Dann sah sie ihre Tochter an. »*Diese* Erinnerungen durfte ich dir nicht lassen, Kleines.«

Catalina wusste nicht, was sie sagen sollte.

Ramon der Rabenkater hockte jetzt auf allen vieren. Seine Augen funkelten im Dämmerlicht rot glühend.

»Er ist ihr Diener. Und er ist ein Lügner.«

»Er hat gesagt, dass Nuria Niebla tot ist.«

Catalina erkannte Tränen in den Augen ihrer Mutter. »Nuria Niebla wollte eine Welt erschaffen, die nur den Schatten allein gehört. Denn in der Welt des Lichts werden die Schatten immerfort Sklaven sein. Es ist die einzige Möglichkeit für sie, das Licht zu besiegen.«

»Aber Ramon sagte, dass *ich* diese Welt erschaffen soll.«

»Nur eine Kartenmacherin ist dazu in der Lage. Aber eine allein vermag nicht, die nötigen Kräfte aufzubringen.«

»Dann sollten wir beide es tun? War es das, was Großmutter im Sinn hatte?«

Sarita nickte. »Was hat Ramon dir noch erzählt?«

Catalina sagte es ihr. Alles.

Das fauchende Krächzen riss sie in die Gegenwart zurück. Die Verwandlung war zu einem Ende gekommen. Ramon war jetzt ein Rabenkater. Ein raubvogelartiges Ding mit den scharfen Krallen und dem Verstand einer Katze. Verschlagen wirkte er. Langsam, lauernd, kam er auf die beiden Frauen zu.

»Er wird dir nichts tun«, versprach Sarita ihrer Tochter und stellte sich schützend vor sie.

Der Rabenkater setzte zum Sprung an. Im gleichen Moment schob sich ein riesiger Schatten durch die Kathedrale.

Sie schauten zu den Oberlichtern hinauf.

»Die *Meduza*«, entfuhr es Catalina.

Die fliegende Galeone war zwischen den Spitztürmen angekommen. Eines der Oberlichter zersplitterte und Abertausende von Scherben regneten in die Kathedrale.

Finsterfalter stürzten sich aus den Höhen auf den Rabenkater, der wie wild mit den Klauen um sich schlug.

»Hör mir zu.« Eindringlich schaute Sarita ihre Tochter an und Catalina fiel auf, wie sehr sie ihrer Mutter doch ähnelte. »Hör mir ganz genau zu. Sollte mir etwas zustoßen, dann bist du die Einzige von uns, die noch etwas tun kann.« Sie zog Catalina in einen Beichtstuhl hinein, schloss die Tür hinter sich, ganz schnell. »Nur eine Hexe, die Kartenmacherin ist, kann die Welt so verändern, dass sie den Ansprüchen der Schatten genügen wird. Aber welche Kartenmacherin würde so etwas tun? Niemand, der reinen Herzens ist, würde seine eigene Welt zerstören. Nur eine Kartenmacherin, die selbst zu einem Schatten geworden ist, würde sich eine Welt erschaffen, in der auch sie zu leben vermag.«

Catalina nickte. Das leuchtete ihr ein.

»Du weißt, dass man die Fähigkeit nur einsetzen kann, indem man einen Preis zahlt.«

Sie dachte an Jordi und abermals geriet ihr der Herzschlag vor Kummer ins Stocken. »Ja.«

»Jedes Licht wirft einen Schatten, mein Kind. Jede gute Tat bewirkt auch etwas Schlimmes.« Sarita seufzte. »Das alles ist Nuria Nieblas Plan gewesen. Sie wollte, dass du die Schatten in dein Herz lässt. Ich musste dich davor schützen.«

»Aber wie sollte das geschehen?« Nie und nimmer hätte sie das freiwillig getan.

»Du bist noch jung. Die Schatten sind so schnell in unseren Herzen. Du tust einem Menschen, den du kennst, etwas Schlimmes an, und wenn das geschieht, dann stirbt ein Teil des Lichtes, das in dir wohnt, auf immer. Und je öfter du deine Fähigkeit anwendest und die Welt durch die Kartenkunst veränderst, umso größer werden die Schatten in deinem Herzen. Es wird kalt in dir drin und irgendwann sehnst du dich nach der Schattenwelt. Dann ist der Moment gekommen, wo du aus freien Stücken mit den Schatten zusammenarbeiten wirst.«

»Das wollte Nuria erreichen?«

»Sie hatte schon lange ihr Herz an die Schatten verloren.«

»Aber die Schatten haben doch Jagd auf sie gemacht. Als sich die Insel veränderte, sind sie auf ihre Spur gestoßen.« Catalina versuchte, sich an die Worte Ramons zu erinnern.

Sarita schüttelte den Kopf. »Es ist Nuria Niebla selbst gewesen, die das fliegende Schiff nach Eivissa gelockt hat. Sie wollte sich mit dem Arxiduc verbünden.«

Catalina biss sich auf die Unterlippe, bis es schmerzte. Ramon hatte ihr all die Lügen eingeflüstert und sie hatte ihm allzu leichtgläubig vertraut.

Von draußen drangen Schreie an ihr Ohr. Menschlich und doch mehr Kater und Rabe. Panisch. Und verzweifelt.

»Ramon sagte, sie sei tot. Verbrannt.« Catalina runzelte die Stirn. Hatte der Rabe sie auch in dem Punkt angelogen? Aber weshalb?

»Der Arxiduc ist ein grausamer Mann, Catalina. Er hat Nuria verbrennen lassen, wie seine Familie immer schon Hexen auf den Scheiterhaufen verbrannt hat.«

»Ich verstehe das alles nicht.« Sie zögerte.

»Malfuria wird uns retten.«

»Aber die *Meduza* ist jetzt dort oben. Sie hat Jagd auf uns gemacht.

»Woher weiß er, dass du hier bist? Dass wir beide hier sind?«

»Ich habe nicht die geringste Ahnung.«

Die beiden sahen einander an. Sarita streckte die Hand aus. Catalina ergriff sie.

»Deine Hand ist ganz kalt, Kleines«, sagte Sarita.

Draußen kreischte der Rabenkater vor Schmerzen auf.

Dann erbebte die Erde.

Catalina wurde unsanft zu Boden geschleudert und Sarita in die Bank des Beichtstuhls gedrückt.

»Was ist passiert?« Sarita keuchte vor Schreck.

Catalina rappelte sich stöhnend auf, öffnete die Beichtstuhltür und lugte nach draußen.

Dort, wo eben noch die mächtigen Baumwurzelsäulen gewesen waren, klaffte nun ein riesiges Loch im Boden. Staub war aufgewirbelt worden und bedeckte die Kathedrale mit einem hellen Weiß. Ein lautes Knirschen zerschnitt die Luft, und als das Mädchen seinen Blick hob, sah es, dass das Dach der Sagrada Família fast vollständig verschwunden war. Von den sechs Türmen, das konnte sie erkennen, standen nur mehr zwei. Die *Meduza,* die hoch oben über der Kathedrale schwebte, hatte aus einem Grund, den das Mädchen nicht kannte, Schlagseite bekommen. Menschen mit silbrig glänzenden Augen stürzten in die Tiefe und verschwanden im Staubnebel, wo ihre Schreie erstarben. Die fliegende Galeone neigte sich gefährlich zur Seite und es sah aus, als würde sie in den nächsten Augenblicken in die Kathedrale hinabstürzen.

Catalina beugte sich noch ein Stück aus dem Beichtstuhl hervor. Sie suchte nach dem Rabenkater, hörte aber nur sein Kreischen aus dem Staubnebel heraus. Der Aquamarin rutschte ihr aus dem Hemd.

Sarita starrte den Stein an.

Catalina sah, wie Überraschung und Wut sich im Blick ihrer Mutter spiegelte, und ihre Gedanken schlugen Purzelbäume.

Das Rumpeln und Beben war ihr nur allzu vertraut. Sie hatte es selbst erlebt, heute Morgen noch. Nicht ganz so laut, nicht ganz so heftig. Und doch war es dasselbe.

Die Sagrada Família war so gut wie verschwunden. Wie Zahnstümpfe ragten die Säulen aus dem Boden und verloren sich weiter oben im Nichts. Ein sanfter Regen aus buntem Fensterglas senkte sich noch immer von oben herab. Der Schatten der *Meduza* wurde breiter und größer.

Catalina spürte, wie die Erde ein zweites Mal erbebte. Die gesamte Ostfassade der Kathedrale verschwand mit all ihren farbigen Mosaiken und Weihnachtsskulpturen. Die Lücke, die plötzlich dort klaffte, gab den Ausblick auf den Hafen und das Meer frei. Die Carrer de la Marina war mit Trümmerteilen übersät.

Catalina zitterte am ganzen Leib.

Jemand hatte die Sagrada Família verändert. So und nicht anders konnte es gewesen sein. Und Catalina fiel nur ein Mensch ein, der dazu in der Lage war.

Ihre Großmutter.

Nur das konnte die Erklärung sein für das, was gerade geschehen war.

Nuria Niebla lebte!

Und wenn Nuria Niebla lebte, dann ...

Catalina schaute hinter sich in den Beichtstuhl.

... dann musste Sarita gelogen haben. Dann war alles, was sie ihrer Tochter erzählt hatte, ein Lügengespinst gewesen.

Sie schluckte, schmeckte den Staub, der überall war. Sie blickte auf ihre Mutter und schrie auf.

Dichte Schatten schwammen in Sarita Soleados Augen. »Es sieht so aus, als müsste ich den Plan erneut verändern«, sagte ihre Mutter und lächelte leise.

Catalina atmete schwer. All die Scherben, all die Fetzen, all die Gedanken, sie fügten sich zusammen und im Bruchteil eines Augenblicks entstand ein Bild, das düster und unheilschwanger war. Ein Bild, durch das an manchen Stellen aber Lichtstrahlen schienen.

Die Dinge bekamen mit einem Mal einen Sinn.

Es tat weh.

Ja, es schmerzte, weil es das ist, was die Wahrheit immer tut. Wie ein Stich mit einem Messer traf die Wahrheit Catalina mitten in Herz und Verstand. Das Mädchen, das eine Kartenmacherin war und gerade zum ersten Mal in seinem Leben in das wahre Gesicht seiner Mutter geblickt hatte, wich schreiend vor der Frau zurück, die schon immer, all die Jahre über, die Fäden gezogen und mit den Schatten paktiert hatte.

Und während sich der Staub langsam über die steinernen Ruinen senkte, fragte sich Catalina verwundert, warum sie das alles nicht schon früher erkannt hatte.

Es war so klar. So deutlich.

Und wie jeder Plan, so war auch dieser hier einfach gewesen.

Sarita Soleado hatte ihre Mutter gehasst, das entsprach tatsächlich der Wahrheit. Catalina kannte den Grund nicht, warum sie Nuria gehasst hatte, aber es konnte nur so gewesen sein, so und nie anders. Der Rest war, wie man so schön sagt, nichts als eine Geschichte gewesen.

Denn in Wirklichkeit war es Sarita gewesen, die all das, was sie Nuria vorwarf, getan hatte. Sie war diejenige, die sich auf einen Pakt mit den Schatten eingelassen hatte.

Ramon hatte recht gehabt, die ganze Zeit. Sarita hatte sich die Veränderungen auf Eivissa mit dem Tod ihres Mannes erkauft und Karfax zur Insel gelockt. Sie wollte, dass Nuria starb, denn mit Nuria würde die letzte Hexe sterben, die ihr noch gefährlich werden könnte. Sie wusste um Nurias Standhaftigkeit und sie ahnte, dass Catalinas Großmutter alles in ihrer Macht Stehende tun würde, um jene Veränderungen rückgängig machen zu können, die Sarita bewirken wollte.

Doch was war mit Catalina?

Was hatte Sarita mit ihrer Tochter im Sinn gehabt? Hatte sie ihr eigenes Fleisch und Blut wirklich schützen wollen, als sie Catalina nach Barcelona brachte und dort in der Obhut des alten Márquez zurückließ?

Catalina lief eine Gänsehaut über den Rücken, als sie die Wahrheit erkannte. Nichts von all dem war richtig.

Ihre Mutter brauchte sie. Sie und ihre Fähigkeiten.

»Eine allein vermag nicht die nötigen Kräfte aufzubringen«, hatte Sarita gesagt.

Catalina sollte eines Tages zusammen mit ihrer Mutter die neue Welt zeichnen. Es war ein teuflischer Plan und Catalina schauderte, als sie daran dachte, dass sie nur ein Splitter in diesem unglaublichen Spiel gewesen war.

Sarita wusste, dass Karfax die Schatten in die singende Stadt bringen und nach Catalina suchen würden. Sie hatte sich ausgemalt, wie die Spur ihn zur Windmühle führen würde, wo Catalina den alten Márquez zu schützen versuchte. Das war von Anfang an der Plan gewesen. Der alte Márquez sollte ihr so sehr ans Herz wachsen, dass er die einzige Person sein würde, dem das Schlimme wiederführe. Hätte sie das getan, wären bereits dort die ersten Schatten in ihr Herz gekrochen.

Doch der Plan war nicht aufgegangen.

Sie war mit El Cuentos Hilfe geflohen und nichts war geschehen.

Was war dann passiert?

Sie hatte Jordi kennengelernt, herrje, sie hatte sich *verliebt,* und ihre Fähigkeit, ihre besondere Fähigkeit, war erst in der Bibliothek aus ihr hervorgebrochen.

Dort hatte sie Jordi dazu verdammt, sein Schicksal zu erleiden. Das war der Preis, den sie würde zahlen müssen und von dem weder sie noch Jordi wussten, wie er wohl aussehen würde.

Die Schatten waren also bereits in ihrem Herzen.

Bloß . . .

Catalina spürte keine Eiseskälte in ihrem Herzen.

Sie vermisste Jordi, ja. Aber da war keine Kälte.

Eben das war es, was das Gesicht ihrer Mutter in diesem Augenblick in eine wütende Fratze verwandelte.

Niemals hatte Sarita damit gerechnet, dass Nuria Niebla ihr die Erinnerungen zurückgeben würde. Und vor allem hatte sie nicht damit gerechnet, dass Nuria noch lebte. Denn jetzt gab es jemanden, der Catalina helfen konnte. Ihre Großmutter hatte die Veränderungen an der Sagrada Família bewirkt, um Catalina beizuspringen. Vielleicht wüsste sie auch eine Möglichkeit, wie man Jordi retten konnte.

Es gab Zuversicht in des Mädchens Herzen. Und diese Zuversicht konnte alle Pläne Saritas vereiteln.

Catalina warf einen Blick auf ihre Mutter, die noch regungslos am Boden hockte und sie lauernd ansah.

Langsam stand sie auf und ging rückwärts aus dem Beichtstuhl, hinein in die Staubwolke.

Sarita machte keine Anstalten, ihr zu folgen.

Catalina hielt sich die Hand vor den Mund. Tränen strömten ihr übers Gesicht und sie weinte um ihre Mutter, die sie soeben verloren hatte.

So stolperte sie vorwärts und hatte keine Ahnung, was jetzt geschehen würde.

Sie hatte Saritas Plan vereitelt, zumindest glaubte sie das. Ohne Catalina würde es keine neue Welt der Schatten geben. Ohne ihre Tochter war ihre Mutter machtlos.

Der Staubnebel lichtete sich ein wenig und dann sah das

Mädchen eine Gestalt am Boden liegen. Sie war pechschwarz und bewegte sich kaum.

Ramon! Sie humpelte zu ihm und kniete sich auf den Boden. Um ihn herum lagen viele tote Finsterfalter verstreut auf dem Boden. Er hatte sein Bestes gegeben und viele von ihnen in Stücke gerissen. Doch die Finsterfalter hatten ihn gestochen. Sie hatten ihn verletzt und jetzt lagen ebenso viele schwarze Rabenfedern um seinen reglosen Körper herum wie abgerissene Falterflügel. Die Verwandlung hatte eingesetzt und er war wieder mehr Mensch als Rabe oder Kater.

»Ramon!« Sie hob seinen Kopf an, strich ihm durchs Haar.

Die Rabenaugen öffneten sich. »Mir ist kalt«, sagte er.

»Was hast du?«

»Ich spüre nichts mehr.«

Sie sah ihn fragend an.

»Da ist nichts mehr«, krächzte er. »Kein einziges Gefühl. Nur Leere.«

»Wir müssen von hier verschwinden.«

Er drehte den Kopf ein wenig zur Seite und selbst diese Bewegung kostete ihn Mühe. »Das ist Nuria gewesen«, flüsterte er. »Sie muss noch am Leben sein.«

Tränen traten in die Augen des Mädchens. »Du musst mit mir kommen.«

»Nuria musste einen Preis zahlen für das, was sie getan hat.«

Catalinas Stimme war nur ein ersticktes Krächzen. »Nein, bitte nicht.«

»Sie hat mich geliebt, weißt du? Wie einen Sohn.«

Catalina schüttelte den Kopf. »Ramon!«

Er sah sie nur an. »Malfuria wird dich zu ihr bringen.« Er hustete laut. »Nuria war sich nicht sicher, aber ich bin es jetzt.« Das Sprechen fiel ihm schwer. »Karim Karfax. Es ist . . . nun . . . du denkst, er ist der Bösewicht in der Geschichte? Du hast ganz recht. Seine Aufgabe war es, Sarita zu jagen. Er sollte eine Verfolgte aus ihr machen, das Opfer. Nicht mehr, nicht weniger. Es sollte so aussehen, als ob sie in Gefahr wäre.«

Die Erkenntnis traf Catalina völlig unvorbereitet. Konnte es wirklich so gewesen sein? »Aber wenn beide, Karfax und Sarita, mit den Schatten im Bunde stehen, dann ergibt das nur einen Sinn, wenn . . .« Sie stockte, überlegte. »Es geht gar nicht um die Schatten, zumindest nicht nur.«

Ramon nickte. »Karfax wurde benutzt.«

»Es geht um Malfuria!«

Die ganze Zeit über ging es darum!

Malfuria. Der Sturm aus Rabenfedern.

»Das gesamte Wissen der Hexen befindet sich dort.« Warum hatte sie niemals zuvor daran gedacht?

»Nicht jeder darf Malfuria betreten«, krächzte Ramon. »Nicht jeder ist dort willkommen.«

»Aber Malfuria würde Sarita willkommen heißen, wenn sie in Gefahr wäre«, sagte Catalina. »Wenn sie von den Schatten verfolgt würde.«

Das war von Anfang an Saritas Plan gewesen. Denn sobald Malfuria sie aufgenommen hätte, wäre sie in der Lage gewesen, sich dort das Wissen der Hexen aneignen zu können.

Ramon hustete. Die pechschwarzen Augen wurden ganz matt.

»Du wirst Jordi wiedersehen«, sagte Ramon. Er versuchte zu lächeln. »Das verspreche ich dir.«

Schritte erklangen hinter Catalina.

»Lass ihn verrecken«, sagte Sarita Soleado zu ihrer Tochter.

Catalina drehte sich zu ihrer Mutter um. »Du hast das von Anfang an geplant. Alles.«

Sarita zwinkerte ihr zu. »Ja, das ist der Plan gewesen, mein Kind. Karfax ist ein Nichts. Ein Teilchen. Ein Fleck, der verschwindet. Das ist alles. Es musste einfach nur so aussehen, als ob ich in Gefahr wäre.« Ihre Lippen verzogen sich zu einer Grimasse. »Denn nur so wird mir Zuflucht in Malfuria gewährt.«

Catalina schwindelte.

»Du bist eine Lügnerin«, sagte sie nur.

Sarita Soleado lachte schallend.

Ein ohrenbetäubendes Krachen wirbelte neuen Staub auf.

»Die *Meduza* stürzt ab«, sagte Sarita. »Und Karfax mit ihr. Er hat seine Pflicht erfüllt.«

Ramon bäumte sich ein letztes Mal auf, dann sackte der Körper leblos in sich zusammen.

»Du wirst ihm bald Gesellschaft leisten.«

Die Tränen rannen Catalina übers Gesicht. Ihre kurzen

Zöpfe, die Jordi so gemocht hatte, hingen ihr ins Gesicht. Einzelne Strähnen hatten sich gelöst.

»Wir hätten beide gemeinsam nach Malfuria gehen können. Doch nun werde ich wohl allein dorthin reisen.« Sarita machte einen Schritt auf Catalina zu und dann wurde die Welt, die bunt und schön gewesen war, ein letztes Mal von tosendem Sturm heimgesucht.

Es ging schnell.

Die *Meduza* stürzte in die Ruinen der Kathedrale hinein. Holz zerbarst auf hartem Stein. Die Masten brachen und eine Explosion zerfetzte die kreischenden Gebläsemaschinen. Schreie hallten durch den staubigen Nebel und dann kamen die Rabenfedern.

Schwarz und mit spitzen Kielen sausten sie durch die Luft, sprangen Sarita Soleado an und rissen sie fort von ihrer Tochter, hinein in den Nebel aus Staub und Dreck und Schreien.

Catalina duckte sich und ihr Kopf lag dicht neben dem des Rabenkaters, der nie mehr krächzen würde, nie, nie mehr. Sie weinte, schluchzte sich die Seele aus dem Leib, weil sie nichts anderes mehr tun konnte. Die Welt um sie herum stürzte ein, und das war alles, was sie wusste.

Sie dachte an die Menschen, die ihren Weg gekreuzt hatten. An den alten Márquez, Firnis. Jordi, immer wieder Jordi. Er sollte jetzt bei ihr sein und nirgendwo anders.

Sie weinte und dann umarmten sie die Rabenfedern.

Sie waren schwarz und weich und manche kitzelten sie an der Nase, als wollten sie ihr Mut zusprechen und ein

Lächeln in ihr Gesicht zurückzaubern. Doch Catalina weinte nur, so bitterlich, wie ein Mädchen weinen konnte. Sie ließ sich tragen und wusste, dass Malfuria in die singende Stadt gekommen war, um ihr beizustehen.

Jenseits des Rabenfederwirbels, tief, tief unten, konnte sie Barcelona erkennen. So viele dunkle Stellen, wo vorher bunte Lieder gesungen worden waren. Die Schatten krochen in die entlegensten Winkel hinein.

Catalina schloss die Augen. Sie ließ sich weiter und weiter emporheben und hielt sich an dem kleinen Zipfel Zuversicht fest, so warm und glatt wie ein Stein, Aquamarin.

Viel, viel später erwachte sie, nach langem Schlaf, in einem Raum voller Bücher. Sie lag auf dem Boden. Von Augen aus Mokka und einem Kuss hatte Catalina geträumt. Vorsichtig richtete sie sich auf und sah sich um.

Eine junge Frau, die wie eine Zigeunerin aussah, betrat den Raum. »Es gibt nicht nur die Kartenmacherinnen«, sagte sie und blieb vor einem Globus aus Holz stehen. »Es gibt noch so viele von uns. Die Welt ist voller Hexen.« Sie war wunderschön und exotisch und ihre raue Stimme ließ sie selbst wie eine Rabenfrau wirken. »Ich bin Makris de los Santos«, stellte sie sich vor. »Und du bist Sarita Soleados Tochter.«

»Catalina«, sagte Catalina nur.

Die Wand aus Büchern öffnete sich und eine alte Frau mit kurzem weißem Haar stand dort. Eine Rabenkatze saß auf ihrer Schulter und musterte Catalina mit grünen Augen.

Catalina blickte sie fragend an, doch die Frau, die selbst das Gesicht einer Katze hatte, schüttelte nur kurz den Kopf.

Makris de los Santos lächelte. »Wir werden deine Großmutter finden, ganz sicher.«

Die alte Frau betrachtete das Mädchen lange Zeit.

»Ich bin Agata la Gataza«, sagte sie schließlich und sprach den Namen aus, als sei er selbst ein einziges Geheimnis. Sie ging auf Catalina zu und ihre warme, alte Hand strich dem Mädchen sanft und zärtlich übers Haar.

»Willkommen«, sagte sie. »Willkommen in Malfuria. Willkommen daheim.«

Malfuria
ist eine Geschichte in drei Bänden.
Der zweite Teil der Trilogie erscheint voraussichtlich
im Juli 2007

Nachwort

Jede Geschichte hat ihren Anfang. Diese hier wurde in Eivissa geboren, an einem perfekten Sommertag. Die singende Stadt erwachte dort zum Leben, im gleißenden Sonnenlicht, mit Blick hinaus aufs Meer.

Dank gebührt Ivan aus San Juan für unzählige Tostadas mit Marmelade, Joachim Nesch (Libro Azul) aus Santa Gertrudis für ein wertvolles Buch, auf das ich ohne ihn nicht gestoßen wäre, sowie Taron Benages, die ein wirklich lieber Mensch ist und es versteht, einem allzeit ein Auto zu besorgen. Nicht zuletzt danke ich den beiden Damen aus Santa Eulalia (Bäckerei Marí), die mir neben leckerem Gebäck die Bedeutung von »La Gataza« mit auf den Weg gegeben haben.

Dank auch an Christiane Düring und ihr Regiment Buchstaben fegender Hexenbesen sowie an das Team bei Arena, das die wütend knurrende Bestie namens Deadline zu zähmen vermochte.

Für Vielerlei zu danken habe ich Gudrun »Zeralda« Leinen und Christian Rocas (beide wissen, warum). Und ohne die Musik von James Newton Howard und Jerry

Goldsmith wäre die Geschichte bestimmt eine andere geworden.

Der größte Dank von allen aber gebührt meinen geduldigen Mädels: Tamara, Catharina, Luzi und Stella – die mir jeden Tag aufs Neue zeigen, dass Magie etwas ist, das wirklich existiert. Und die immer, aber auch wirklich immer, das Herz der Geschichte sind.

Christoph Marzi, November 2006

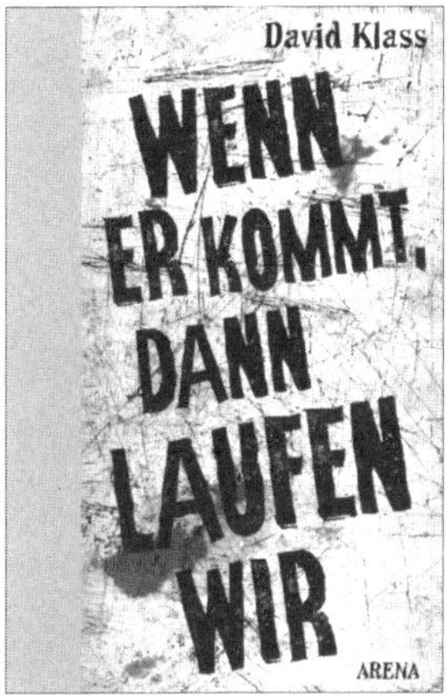

David Klass

Wenn er kommt, dann laufen wir

Fünfeinhalb Jahre lang haben Jeff und seine Eltern sich in dem ruhigen kleinen Küstenstädtchen mühsam ein neues Leben aufgebaut – Jahre, die Jeffs Bruder Troy im Gefängnis verbracht hat. Jetzt taucht er wieder auf, ein begnadigter Mörder, dem die Eltern eine zweite Chance geben wollen. Nur Jeff glaubt keine Sekunde an den bekehrten Sünder. Ein einziger Blick in die Augen des verhassten Bruders sagt ihm, dass es nur eine Frage der Zeit sein kann, bis Troy erneut etwas Furchtbares tun wird – etwas, das sie alle endgültig vernichten würde ...

328 Seiten. Gebunden.
Mit Lesebändchen.
ISBN 978-3-401-0**5898**-6

www.arena-verlag.de

Arena

Isabel Abedi

Whisper

Eine unwirkliche Stille liegt über Whisper, dem alten Haus, drückend und gefährlich. Als Noa es das erste Mal betritt, ist sie gleichermaßen ergriffen von Furcht und neugieriger Erwartung. Doch niemand außer ihr scheint zu spüren, dass das alte Gebäude ein lang gehütetes Geheimnis birgt ...

Meisterhaft und unwiderstehlich versetzt Isabel Abedi ihre Leser in eine unheimliche, psychologisch dichte, spannende Stimmung, aus der man erst nach dem letzten Satz wieder erwacht. Sie erzählt von einem geheimnisvollen Dorf, von einem nie geklärten Mord, von menschlichen Leidenschaften – und einer ersten großen Liebe.

280 Seiten. Gebunden. Mit Schutzumschlag.
Nominiert für den Deutschen Jugendliteraturpreis 2006.
ISBN 978-3-401-0**5369**-8
www.arena-verlag.de

Arena

Rainer M. Schröder

Die Bruderschaft vom Heiligen Gral

Der Fall von Akkon

Palästina im Jahr 1291, die Herrschaft der Kreuzfahrer im Heiligen Land steht vor ihrem Untergang. Letzte christliche Bastion ist die Hafenstadt Akkon. Unter den todesmutigen Verteidigern der Festung befinden sich auch vier junge Ritter, die fest entschlossen sind, bis zum letzten Atemzug zu kämpfen – doch der Orden hat ihnen eine andere Pflicht bestimmt: Die Rettung des heiligen Grals! Ausgerechnet im belagerten Akkon befindet sich der Kelch des letzten Abendmahls, in dem Joseph von Arimathäa am Kreuz Christi Blut aufgefangen haben soll.

Arena

488 Seiten. Gebunden.
ISBN 978-3-401-0**5878**-8
www.arena-verlag.de